청소년 문학

김상렬 장편소설

세상의

북치는마을

지상의 별

초판 1쇄 인쇄일 | 2012년 8월 9일
초판 1쇄 발행일 | 2012년 8월 10일

지은이 | 김상렬
펴낸이 | 정구형
출판이사 | 김성달
편집이사 | 박지연
책임편집 | 정유진
편집/디자인 | 이하나 이원숙 장정옥
마케팅 | 정찬용 김정훈
영업관리 | 한미애 권준기 정용현 천수정
인쇄처 | 미래프린팅
펴낸곳 | 북치는마을
등록일 2006 11 02 제2007-12호.
서울시 강동구 성내동 447-11 현영빌딩 2층
Tel 442-4623 Fax 442-4625
www.kookhak.co.kr
kookhak2001@hanmail.net

ISBN | 978-89-93047-29-5 *03800
가격 | 10,900원

* 얼룩말 청소년 문학시리즈의 판매 수익금 일정부분은 소년소녀가장돕기에 쓰입니다.

책 을 내 면 서

'없음'으로 존재하는 것은 없다

우리는 흔히 인생의 과정이나 결과를 이야기할 때 '무상'이라든가 '공(空)' 또는 '무(無)'라는 말을 즐겨 쓴다. 딴은 맞는 표현일 수도 있겠지만, 조금 더 깊은 본질의 관점에서 곰파보면, 세상에서 '없음'으로 존재하는 것은 아무 것도 없다. 모든 것은 개념 그 자체로 불멸이다. 불에 타 사라진 숯이나 먼지조차도 눈에 보이지 않는 상태로 공기 중에 스며들어 있기 때문이다. 설탕이 물에 들어가 녹으면 그 형체는 이미 눈에 안 보이지만, 우리가 마시는 물이 달다는 사실로써 그 '있음'은 충분히 입증되고도 남는다.

하물며 내가 온몸으로 대끼며 살아온 저 푸른 날의 기억에

서랴. 어쩌면 희미한 옛사랑의 그림자처럼, 또 어쩌면 시리도록 슬프면서도 아름다운 화상 자국처럼 영원히 지워지지 않는 게 우리들 저마다의 청춘이 아니겠는가.

이 풋내 나는 성장소설은 바로 그러한 진실의 이름으로 기록되었다.

문장에서 더러는 지나친 의식과잉이나 치기 어린 감정이 별 여과 없이 노출된 것은, 열다섯에서 스무 살까지의 청소년 주인공의 현재진행형 시점을 그대로 따라간 탓이다. 아울러 그 내용에서도 좀 더 솔직히 밝혀둘 게 있는데, 여기에서 펼쳐지는 경험과 상상력의 비율이 거의 반반씩이라는 사실이다. 소설은 어디까지나 실제와 상상력이 절묘하게 결합되었을 때 썩 괜찮은 '작품'으로 빚어질 터인즉, 독자들의 넘나는 오해나 착각 없으시길.

어쨌든 나는 이 원고를 여러 번 고쳐 쓰고 다듬으면서, 지금까지의 40년 가까운 집필 생활 중 가장 버겁고, 심란하고, 그리고 즐거웠음을 새삼 고백하고 싶다. 그만큼 추억의 보물창고에 깊숙이 숨겨 두었던 '어둠의 자식'을 빛 밝은 세상 밖으로 끌어내오기가 아름차더라는 이야기이다. 이를 그동안 너볏한 책으로 엮어 내지 않고 침묵처럼 그냥 비쌔게 묵혀 두었던 것도, 언젠가 더 늙어 참회록 비슷한 자전소설을 쓸 때, 거기에 그럴듯한 회상 장면으로 심심찮게 써먹을 요량이 크게 작용했을 터이다.

그러나 나는 뒤늦게 저 어릴 적의 때 묻지 않은 존재감이나 그 순수성을 하나의 독립된 인격체로 다시 인정해 주기로 마음을 고쳐먹었다. 그것은 무엇보다도 우리들 가슴속에 깊이 각인된 '성장소설'의 고유한 의미와 가치를 잘 알고 있어서이다. 그것은 또 제아무리 시간이 흐르고 세상이 뒤바뀌어도, 결코 시류에 따라 변질되거나 쉬 상하지 않는, 언제나 처음인 듯 새로운 소재이며 주제이기 때문이다.

매서운 한파가 지나면 봄은 보란 듯 다시 찾아오는 법, 싱그러운 첫사랑의 한때로 잠시나마 되돌아가게 해준 이들께 두루 감사드린다.

2012년 매화 필 무렵, 함박덕에서

김상렬

차례

밤으로 가는 길

나는 마침내 가출하기로 결심했다.

어디로 가는지는 아직 정해져 있지 않았다. 오직 나를 각다분히 둘러싼 질곡의 사슬로부터의 비장한 탈출만이 내 마음의 전부였다. 어떻게든 집을 떠나 살 수만 있다면, 그리하여 가슴이 확 터지는 푸른 바다와 하늘을 향해 목청껏 소리치며 날 수만 있다면, 그곳이 바로 나의 지상낙원이며 자유천지였다.

가출의 결심이 요지부동으로 똬리를 틀자, 나는 우선 작고 귀여운 열쇠부터 만들었다. 큰어머니가 신주단지 모시듯 아끼는 손재봉틀 서랍의 열쇠였다. 내리닫이로 나란히 들어 있는 세 개의 서랍 중 맨 위 칸이 당신의 금고로 이용되고 있었는데, 거기에 앙증스럽게 매달린 자물통을 용케 열어 젖혀야만 어디론가 갈 수 있는 최소한의 여비를 손에 거머쥐게 될 터였다.

열쇠는 매우 단순한 구조로 보잘것없이 작았으므로, 그걸 본떠 만들어 내기란 아주 손쉬운 일이었다. 얇은 양철조각을 재단용 가위로 잘 오려내기만 하면 그만이었다. 큰어머니가 손재봉틀 서랍에 이 자물통을 채우는 건 순전히 형식만의 겉치레에 불과할 뿐으로, 거기에 돈이 들어 있으나 없으나 착한 조카자식의 손이 그에는 절대 미치지 못하리라는 게 신앙심 깊은 당신의 철석같은 믿음이었다. 작은 새끼악마인 나는 바로 그 점을 역이용했다. 따라서 어떻게 보면 굳이 그까짓 양철 열쇠마저도 힘들여 복제해 쓸 필요가 없었지만, 나는 나의 가출의 의지와 어른들에의 반감을 좀 더 확실하게 표시하고 스스로 느끼기 위해, 그런 행동의 구체성을 남몰래 도모했던 건지도 모른다.

나는 달리고 또 달렸다.

앞집에 사는 내 친구 마테오가 어디를 그리 급히 달려가느냐고 놀라 물었지만, 응, 저기! 하고 건성으로 힐끗 대답한 나는, 더 이상 뒤도 돌아보지 않고 내처 내달렸다. 시장에서 돌아오는 큰어머니의 억센 찰거머리 손이 금방이라도 내 뒷덜미를 덥석 움켜쥘 것만 같아서였다. 그것은 정말 가슴 뛰는 전율이었으며, 쉽사리 견디어 낼 수 없는 검은 공포였다.

이 나쁜 놈, 몰래 도망치다가 벼락 맞아 뒈질 놈. 그리 애써 키워놨더니 쥐도 새도 모르게 줄행랑을 쳐? 배은망덕도 유분수지, 이 몹쓸 말종 같으니라구!

고래고래 소리 지르는 큰어머니의 낮도깨비 환영이 자꾸만 눈앞을 어지럽혔다. 당신은 나를 자식처럼 그느르는 절대 보호자였고, 나는 이제 겨우 열다섯 살이었다.

나는 달리고 또 달렸다. 바람 탄 잎사귀들이 은물결로 반짝이는 가로수가 지나가고, 학교 오가는 길에 예민한 내 어린 후각을 고소한 짜장면 냄새로 마구잡이 자극했던 중국집이 지나갔다. 늘 서늘한 냉기 감돌던 얼음집이 지나가고, 대로변 옆의 공동 수도가 지나가고, 희고 길고 가느다란 국수발들이 부신 무명천 빨래처럼 마당 가득 내걸린 국수 공장이 지나갔다. 큰어머니가 즐겨 다니는 중앙시장 길목이 지나가고, 검은 기차 바퀴 소리가 시시때때로 철커덕거리는 굴다리가 지나갔다. 그리고 번잡스런 역전 길모퉁이. 한눈에 달고도 먹음직스런 엿판들이 들어왔다. 넘어갈 듯 가쁜 숨이 헉, 헉, 헉 턱에 차올랐지만, 나는 다짜고짜 한 엿판 앞으로 다가가서 맛있는 엿들을 골고루 싸 달라고 말했다.

"아저씨, 저 울릉도 호박엿하구요, 깨엿, 생강엿…… 섞어서 싸 주세요."

아닌 밤중의 선 도둑처럼 몹시 쫓기고 있다는 절박한 사정 때문이기도 했지만, 또 얼마쯤은 꿈같은 탈출 성공에 따른 벅찬 감격에 겨워서 나는 자연 말을 더듬거리지 않을 수 없었다.

일찍이 나는 엿이 먹고 싶어서 견딜 수가 없었다. 학교를 오가는 길목에서 습관처럼 늘 지나치게 되는 역전 옆 엿골목의 감사나운 유혹은, 그리움과 동경에 한껏 주린 나를 맥없는 무기력 속으로, 터무니없는 슬픔과 절망의 구렁텅이로 냉큼 밀어 넣어 버리곤 했었다. 큰어머니에의 까닭 모를 증오와 저항 의지가 곰비임비 싹트고 벽돌처럼 쌓이게 된

것도 혹시 이 엿 때문은 아닐까 싶을 만큼.

아마 그랬을지도 모른다. 당신은 입버릇처럼 항상 필요한 게 있으면 주저 없이 말하라고 말씀하였다. 그 대신 용돈은 한 푼도 줄 줄을 몰랐는데, 철 따라 옷을 사 입히고 끼니때마다 따순 밥을 해 먹이는 건 물론, 때로는 무거운 수업료까지 가멸게 대납해 주니 따로 무슨 용돈이 더 필요하냐는 주장이었다. 너무나 엿이 먹고 싶은 내가 그것들을 함부로 훔쳐 먹고자 앙감질하는 충동에 무시로 시달린다는 사실은 꿈에도 생각지 못하는 모양이었다.

어쨌든 나는 그동안의 내 어둠의 집을 용감히 뛰쳐나온 덕분에 그리도 그리던 엿을 실컷 사 먹을 수 있었다. 그제서야 훔친 돈을 주머니 속에서 헤아려 보니 제법 두둑한 양감이 손끝에 전해져 온다. 그것을 둘로 갈라 나누어서 바지 뒷주머니와 잠바 속주머니에 따로따로 소중히 쑤셔 넣었다. 그리고 나는 다시 헉, 헉 달리기 시작했다. 일단 서울행 시외버스를 집어탄 다음 영등포역에서 내릴 작정이었다. 그때쯤이면 이미 꽃뱀의 혓바닥 같은 밤의 어두운 장막이 무단가출에 성공한 나를 포옥 감싸 줄 것이며, 나는 더 이상 쫓기지 않는 기분으로 따뜻한 남행 열차를 쉬 갈아탈 수 있을 것이었다. 나는 막연히 저 그리운 남쪽만을 지향하였다. 지도상의 또 다른 반대편 남쪽에는 물론 눈물겨운 고향땅이 따로 있었지만, 한번 떠나온 그 땅만은 이제 결코 쉽게 다시 밟지 않을 작정이었으므로, 내가 속으로 지목하는 목적지와는 애당초 거리가 멀었다. 남쪽은 남쪽이되 고향땅과는 정반대 방향인 곳이 숨어 살기에 딱 좋을 것 같았다. 아는 사람이 아무도 없는 미지의 낯선 땅과 낯선 시간 속에서, 나는 맘껏 그 거리를 넘나게 활보하며 푸른 꿈을 펼칠 터였다. 닫힌 수족관에서 훌쩍 뛰쳐나온 야생 물고기처럼, 감옥 같은 새장을 훌쩍 벗어난 자유의 새처럼, 나는 그렇게 나의 난바다를 맘껏 헤엄치고 한공중을 힘차게 비상飛翔하리라.

세상 밖으로 걸어 나가는 데 대한 알 수 없는 희열과 두려움은, 영등포역 개찰구를 빠져나와 어렵사리 부산행 열차에 몸을 실을 때까지도, 한시도 쉬지 않고 번갈아 계속되었다. 그리고 나는 마침내 속으로 만세를 불렀다.

아아, 어쨌든 무사히 탈출했다. 나는 이제 나의 지옥에서 완벽히 벗어났다!

그 부푼 꿈의 해방 열차는 칠흑 같은 온밤을 거침없이 내

달렸다.

새우처럼 구부정한 열차 속 잠자리 때문에 나는 또 얼마나 지친 몸을 뒤척였을까. 뒤숭숭한 꿈에서 깨어나 보니 어느새 희끄무레한 새벽이 밝아 오고 있었다. 부산역이었다. 저마다 부스스 불편한 선잠을 털어내고 일어선 승객들이, 바삐바삐 짐을 챙기며 밤새 지루했던 야간열차에서 내릴 준비로 앞다퉈 서둘렀다. 그들은 어디론가 갈 곳이 분명하게 정해져 있는 것 같았지만, 나만은 그렇지가 않았다. 양손에 별다른 짐이 들려 있지 않은 여행객도 거의 나밖에 없는 것 같았다.

바쁜 손님들 속에 뒤섞여 어렵사리 역 개찰구를 빠져 나왔다. 그리고 우두망찰하게 낯선 광장 한복판에 섰다. 스멀스멀 스러져 가는 지난밤의 휘황했던 네온 불빛과 욕설 비슷하게 들려오는 경상도 사투리, 그리고 짭짤한 갯바람에 실려오는 심한 물비린내 때문에 나는 한동안 어리둥절한 혼란 속에 잠겨 있었다.

하지만 코에 스미는 물비린내는 어쩐지 낯설지가 않았다. 어렸을 적부터 아주 익숙하게 맡아 온 고향 쪽의 냄새가 분명했다. 이 항구도시가 갖고 있는 이같은 냄새와 분위기는 오히려 나를 두 손 번쩍 들어 반겨 맞아주는, 어떤 불가해한 운명의 맞닥뜨림 같은 기분을 나에게 은근히 안겨주고 있었다. 그래서 부산이라는 이 공룡 같은 항구도시는, 왠지 나 같은 뜨내기 소년이 적응하며 살아가기에 아주 안성맞춤인 환경조건을 두루 갖추고 있는 듯싶었다. 나는 꽤나 설면하면서도 어딘지 정겨운 이 도시의 한복판을 아주 천천히 걸어 나갔다.

걷고 또 걸었다. 그리고 몹시 배가 고프고 다리가 뻐근할 때쯤, 나는 비로소 엉겁결에 이 세상 끝까지 와 버린 내 자신을 문득 발견했다. 이제부터는 아주 철저하게 나 혼자만이라는 자각이 그것이었다. 그리하여 죽음보다 더 삭막하고 냉혹한 현실과 강밭게 맞닥뜨리지 않으면 안 된다는 사실이 좀 더 분명한 실체를 띠고 내 눈앞에 대낮처럼 훤히 전개되고 있었다. 그러나 나는 여전히 많은 꿈 설레는 열다섯 살 푸른 소년이었고, 겁 없는 몽상가였다. 그 어떤 험난한 벽과 고해苦海가 앞을 가로막으며 펼쳐진다 할지라도, 그것이 우울과 낙천성이 적당히 버무려 뒤섞인 내 당돌한 성격 속으로 휩쓸려 들어오면, 그만 모든 것이 하나로 만나는 물이나 기체처럼 한데 희석되어 버리고 말 터였다. 나는 그

점을 이미 마음속 깊이, 본능처럼 감지하며 속으로 대비하고 있었다. 그 어떤 험난한 사막이나 절벽 앞으로 내몰려도 나는 끝내 꿋꿋하게 버티며 살아갈 수 있다는 엉뚱한 자신감이었다.

그 낯선 난달의 방황 끝에는 바다가 있었다. 영도다리 위 난간에 기대어 가없이 철썩이는 검푸른 물결을 유심히 내려다보거나, 그 출렁이는 바다 위를 바삐 오가는 크고 작은 배들을 정신없이 구경하였다. 끼룩끼룩거리며 파도 위를 나는 갈매기 떼, 온통 비린내 지천인 오른편 자갈치시장으로 오가는 번잡스런 인파와 쉬지 않고 이어지는 차량 행렬들, 어디선지 쉬지 않고 들려오는 뱃사람과 장사치들의 고함…… 그 모든 풍경과 날선 음향들조차도 활기차게 살아있는 생생한 생동감으로 가득 넘쳐나는 것 같았다. 싱그러운 5월의 햇살이 작살처럼 쏟아져 내리꽂히고 있었다. 그 상큼하면서도 따갑고 나른한 봄날의 햇살 속에서 나는 한동안 캄캄 눈부셔하다가, 다시 번화한 광복동 쪽으로 천천히 발길을 옮겼다.

화려한 국제시장 거리를 오가는 사람들 역시 북새통을 이루고 있었다. 화려하고 반죽 좋은 상품들이 앞을 다투어 내걸리거나 진열된 가게와 가게들, 온갖 유혹의 손짓과 탐욕의 잡소리들이 한데 뒤엉켜 어우러진 그 중심가를, 별나게 용감하고 호기심 많은 나는 걷고 또 걷는 데 열심이었다. 그러다가 우뚝 한 전파상 앞에서 발길을 멈추었다. 그 앞에 한 무리의 시민들이 한껏 들떠 웅성이며 몰려 있어서였다. 그들은 대부분 이상한 의혹과 기대, 또는 알 수 없는 불안의 기색을 감추지 못하는 얼굴이었는데, 그렇게나 활기에 차 있던 시장 거리가 갑자기 폭풍 전야의 정적에 휩싸여들면서 기묘한 공포 분위기를 자아내는 걸 보면 지난밤에 뭔가 큰일이 일어난 게 틀림없었다. 아닌 게 아니라 전파상 앞의 대형 스피커에서는 이런 알 수 없는 내용의 담화가 반복해서 흘러나오는 거였다.

혁명공약, 첫째, 반공을 국시의 제일의로 삼고……

카랑카랑한 웬 중년 사내의 배 내밀어 새된 음성은, 열다섯 철부지인 내가 새겨듣기에도 어딘지 위압스럽고 서슬 푸른 데가 있었다. 그런데 군사 쿠데타라니, 도대체 쿠데타가 뭐지?

어리둥절한 시선을 서로 교환하는 어른들도 그 말뜻을 쉬 알아듣지 못하는 건 어리보기인 나와 마찬가지인 듯싶었다.

야, 터져도 크게 터졌구나.

어쨌든 어른들은 저마다 눈을 휘둥그레 굴리면서 고개를 갸웃거리거나, 무슨 급한 볼일이라도 갑자기 생겨난 것처럼 어디론가 허둥지둥 사라져 가거나, 알지 못하는 옆사람에게 뭔가를 쑤얼쑤얼 계속해서 물어대거나, 하루아침에 세상이 확 뒤집어졌으니 이제 살판났다는 듯 공연스레 의기양양해하거나 하였다. 아무튼 그 어른들의 얼굴색이 금세 확 뒤바뀔 만한 일이 벌어진 것만은 숨길 수 없는 사실이었다. 그리고 그것이 곧 군사 '쿠데타'라는 말의 진정한 속뜻이며 실제의 모습이었다.

하지만 나는 그런 어른들의 모호하면서 당황스런 행동거지와는 전혀 달랐다. 오히려 괜스레 살판난 사람들의 축에 끼었다. 어떤 형태로든 세상이 확 뒤바뀜으로 해서, 갈 곳이 딱히 정해진 데 없이 그저 방황하기만 하는 나의 덧없는 정처가 곧 확고하게 자리 잡힐 수도 있겠다는 엉뚱한 기대감 때문이었다.

쿠데타가 무엇인가를 착실히 증명해 보여주기라도 하듯, 곧 한 떼의 정장한 군인들이 눈앞에 나타났다. 짙은 은회색 파일럿 점퍼를 걸친 별 하나짜리의 육군 장성을 중심으로 한 민정 시찰단이었다. 몇 대의 지프에 몇몇씩 나눠 탄 채 천천히 도심 한복판을 가로질러 가던 그들은, 선두의 지휘관이 불쑥 차를 세우고 내림에 따라 다른 이들도 일제히 보도 위로 따라 내려섰다. 보무도 당당히 무리에 앞장선 그 별 계급의 개선장군은, 연신 너그러운 미소를 얼굴 가득 머금은 채 지나가는 시민들의 손을 일일이 잡아 가며 터무니없는 악수 세례를 퍼붓는가 하면, 돈은 잘 벌고 장사는 잘 되느냐는 둥 세상살이에 대한 관심을 꼬치꼬치 나대어 곰파면서 새삼스레 과장된 친절 베풀기에 바빴다. 그들의 너볏한 표정과 두 어깨, 빛나는 제복 위에는 득의에 찬 승리의 도취감이 잔뜩 실려 있었는데, 어째서 그들이 그렇게 하나같이 으스대며 뻐기는지에 대해선 나는 아직 그 이유를 확실히 알 수가 없었다. 다만 저 군인들은 내가 이해할 수 없는 참 무섭고도 이상한 힘을 가졌구나, 하는 적당히 강요된 외경심만이 전신을 지배할 따름이었다. 그래서 하릴없는 나는 다시 지프에 오른 그들의 뒤를 따라 열심히 발걸음을

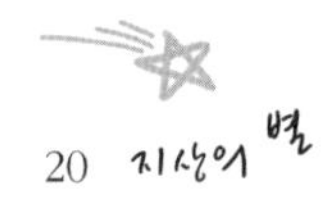

옮겼다.

지프 대열은 아주 천천히 로터리를 돌아 시청 쪽으로 꺾여 들어갔다. 일본日本의 '본本' 자를 그대로 옮겨 닮았다는, 꽤나 요상한 형태의 육중한 시청사 안으로 그들이 사라져 들어간 뒤에도, 나는 한동안 그 맞은편 골목 한구석에서 움직일 줄 몰랐다. 군인들은 분명 다시 시청 건물 밖으로 나와 번화한 광복동 중심가를 누비며 의기양양 돌아다니리라. 나는 그 기계 같으면서도 확신에 찬 그들의 모습을 결코 놓치고 싶지가 않았다.

그러나 그들은 더 이상 자신들의 도도한 얼굴을 세상 밖으로 드러내지 않았다. 아마도 방금 전에 들어간 그 군인들이 시청의 주인 노릇을 새로 맡게 된 모양이었다. 나는 좀 더 확실하게 쿠데타가 진정 무엇을 의미하고, 일상을 살아가는 우리에게 어떤 영향을 끼치는가를 어렴풋이나마 더듬어 짐작할 수 있을 것 같았다. 그리고 나는 몹시 배가 고팠다.

밤이었다.

휘황한 불빛들이 산지사방에서 질긴 유혹의 손짓을 사정없이 되쏘아 보내오고 있었다. 사람들은 저마다 제 갈 길을 찾아 분잡하게 움직이고 있었지만, 나는 진정 어디로 가야 할지 몰랐다. 다만 밤 부둣가의 찬 시멘트 벽에 기대어 그렇듯 바삐 오가는 행인들, 불야성을 이루는 환락의 술집과 유흥장들, 호수처럼 잔잔한 바닷물 위에 방패연 같은 수많은 불그림자를 흩뿌리며 정박해 있는 크고 작은 배들, 그리고 따뜻한 아랫목의 고향집과 올망졸망 모여 앉은 식구들의 꿈같은 정경을 나는 망연히 떠올리거나 바라볼 따름이었다. 왁자지껄 떠드는 술꾼들의 주정과 간드러진 작부들의 웃음소리도 쉬지 않고 들려왔으며, 연탄 화덕에서 지지직 익고 있는 고소한 꼼장어 냄새 또한 줄기차게 주린 내 식욕을 자극하였다.

하지만 더욱더 참을 수 없는 건 졸음이었다. 진종일 승냥이마냥 거리를 쏘다닌 덕분에 몸은 지칠 대로 지쳐 물에 젖은 솜처럼 무거웠고, 그래서 덤벼드는 졸음은 잔물결보다도 더 쉴 새 없이 어린 내 육신과 정신을 갉으며 괴롭혔다. 그런데도 나는 어디에 그 고단한 몸뚱이를 눕혀야 할지 몰랐다. 여인숙이라든가 역전 대합실 같은 곳에서도 충분히 잠을 잘 수 있다는 사실을 까마득히 알지 못한 채, 나는 오직 가정집만을 잠자는 곳으로 인식하고 있었다. 그래서 찾아갈 집이 딱히 없다는 현실만을 부질없이 걱정하였다. 그러다가 한 그릇의 포장마차 국수로 겨우 주린 배를 채우기 무섭게, 나는 다시 낯익은 부둣가를 배회하며 남몰래 잠잘 곳을 물색하기에 바빴다.

그렇게 얼마나 지났을까.

나는 마침내 부두 한켠의 어둑선한 곳에 정박해 있는 한 작은 고깃배 안으로 재빨리 몸을 숨겼다. 인적이 뜸해진 틈을 용의주도하게 포착해서 도둑고양이처럼 그 뱃전으로 뛰어내린 다음, 배다리인 듯 길게 잇대어진 소형 어선들 중 맨 바깥쪽 배 안에 납작 엎드릴 수가 있었던 것이다. 그리고 나는 한동안 그대로 침묵을 지키며 바깥 동정에 바짝 귀를 곧추세웠다. 뱃전을 때리는 가벼운 파도 소리만이 무슨 음악 장단처럼 반복해서 찰랑댔다. 슬그머니 고개를 쳐들었다. 아무도 보이지 않는다.

나는 곧장 지친 허리를 펴고 밤하늘을 향해 시체처럼 누웠다. 나른한 피로감이 전신으로 퍼져 나갔다. 그러나 이불 없는 노숙을 치르기에는 아직 이른 날씨였다. 낮엔 제법 훈풍이 도는 신록의 5월이지만, 물결 찰랑이는 밤 부둣가의 갯바람은 아직 코에 시렸으며, 눅진한 밤이슬의 감촉도 그렇게 유쾌한 것이 아니었다. 그래도 나는 아무런 불만 없이 하룻밤의 안녕과 속 편한 잠자리를 확보하게 된 데 따른 기쁨으로 마냥 뿌듯할 수가 있었다.

무수한 별들이 한꺼번에 쏟아져 내렸다. 합창처럼 쏟아지는 그 별들의 위세가 너무도 투명하게 아름다워서 나는 와, 하고 자신도 모르게 신음하듯 탄성을 내질렀다. 그리고 찰랑이는 파도 소리에 귀를 기울이면서 무거운 내 눈꺼풀 위로, 온 땅과 바다로 한꺼번에 쏟아져 내려오는 무수한 별빛들을 가만히 응시하였다. 은빛 빗금을 그으며 저 먼 고향 쪽으로 쏜살같이 내달리는 별똥별도 보였다.

내 눈 위로, 지상으로 쏟아져 내리는 별빛들은 이상하게도 쌓인 피로와 졸음을 한꺼번에 말끔히 가시게 해주었다. 물에 젖은 솜처럼 무거웠던 몸도 일시에 그 별무리 속으로 흡수되어 버리는 것 같았다. 나는 그 별밤 속을 깃털 같이 거닐었다. 나풀나풀 걷고 또 걸었다. 한여름 밤의 시골집 마당에 피워 놓은 매캐한 모깃불이 보이는가 하면, 끝없이 펼쳐진 사막을 홀로 걸어가는 외로운 어린 왕자의 뒷모습도 얼핏 눈에 들어왔다. 환히 이를 드러낸 어머니가 웃으며 손짓하기도 하고, 내가 질곡의 사슬로 인식했던 인천의 큰어머니와 얼음집과 좁은 골목이 아스라한 그리움으로 다가오기도 하였다. 길고 긴 낮 동안 낯선 길거리를 헤매면서 마음속에 칼처럼 품었던 까닭 모를 증오와 분노, 적의, 슬픔까지도 모조리 그 별무리 속으로 휩쓸려 들어가는 것 같았다. 모래알처럼 뿌려진 수많은 별들을 그렇게 바라보며, 나는 비로소 두 볼을 타고 흘러내리는 뜨거운 눈물을 의식했다. 삼키면 삼킬수록 눈물은 더욱 뜨겁게 목을 타고 넘어왔다. 그러다가 스르르, 나도 모르게 잠이 들었을 것이다.

왁자지껄, 사람들 떠드는 소리에 잠이 깨었다. 벌써 이른 아침이었다. 자갈치 어시장 쪽에선 알 수 없는 고함이 연신 들려왔고, 부둣가 역시 오가는 사람들로 다시금 북새통을 이루고 있었다. 오늘도 또 하릴없이 바쁜 하루가 시작되고, 나의 방황의 여정 또한 그와 함께할 거였다. 어쨌거나 그 부두의 반대편인 배 위에서는 혼탁한 세상의 아침이 그렇게나 아름다워 보일 수가 없었다.

그런데 이게 어찌된 일일까.

도둑고양이처럼 배에서 내린 내가 무심결에 주머니를 뒤졌을 때, 나는 하마터면 외마디 소리를 지를 뻔하였다. 위아래 옷 속의 돈이 몽땅 없어졌기 때문이었다. 다른 주머니들도 다 까뒤집어 보았지만 이미 소용없는 헛짓이었다. 마지막으로 지난밤 머리에 베고 누웠던 작은 가방을 허겁지겁 뒤졌으나 그 속 역시 돈이 들어 있지 않기는 마찬가지였다. 에누리 없이 탈탈 털려 버린 게 분명했다. 차라리 벼룩의 간이나 문둥이 콧구멍의 마늘을 빼먹고 말 일이지, 어떻게 이런 비정하고 무자비한 약탈이 저질러질 수 있단 말인가. 나는 그만 눈앞이 캄캄해지고 말았다. 하루아침에 완전 빈털털이로 전락해 버리고 만 꼴이었다.

시름없는 절망의 하루가 지나갔다.

날이 가고 시간이 흐르면 흐를수록 나는 점점 위기의 강밭은 수렁으로 더 깊이 빠져들었다. 나를 팔 수만 있다면 당장 팔아 버리고 싶을 정도의 절박한 상태로 치달아갔다. 눈앞이 핑핑 돌기 시작했으며, 밥과 빵을 훔치고 싶은 유혹에 한없이 시달리지 않으면 안 되었다. 문득문득 잘 벼린 식칼의 시퍼런 날을 떠올리기도 했으며, 이 도시로 떠나오기 전 성급하게 엿을 사먹었던 행위를 뒤늦게 몹시 후회하기도 했다. 그 돈이라도 다른 속주머니에 숨겨 두었더라면 지금쯤 얼마나 요긴하게 써먹을 수 있을 것인가. 그렇듯 용의주도하게 준비하는 성격이 아니어서 애당초 기대할 수도 없는 노릇이었고, 설사 그랬더라도 그 역시 어떤 형태로든 이미 없어져 버렸을 터지만, 나는 그런 애꿎은 자기모멸에 사로잡힌 채 낯선 항구도시의 뒷골목을 이리저리 기웃거리며 흘러 다녔다. 나는 이제 단순한 한 마리의 굶주린 늑대 새끼에 지나지 않았다.

나는 마침내 아, 죽고 싶다고 생각했다. 그게 바로 내가 사는 길이 아닐까고도 속으로 가늠했다.

그런 칼이나 올가미의 마음으로 용두산공원 돌계단에 오래도록 앉아 있었다. 산 아래 번잡한 시가지는 가능한 한 내려다보지 않고, 먼 바다 쪽에 가년스런 시선을 던졌다. 오륙도 너머 아득한 수평선과 여기저기 섬처럼 떠 있는 외항선들, 크레파스로 성냥갑을 그린 것 같은 영도의 집과 집, 공장과 조선소들, 개미떼 같은 사람과 갈매기와 고깃배들. 그것들은 나의 굶주리고 가파른 열다섯 살짜리 모진 인생과는 전혀 상관없는 아주 멋진 풍경화로 거기 보기 좋게 자리 잡고 있었다.

나는 다시 천천히 일어나 공원의 돌계단을 하나둘 밟아 내려갔다. 이 방황과 굶주림을 모면하기 위해선 그래도 공원 아래 번잡한 도심 속으로 섞여 들어가는 게 현명할 듯싶었다. 아무리 아름다운 저 바다의 수평선과 갈매기도, 창자가 에일 듯 주린 배를 채워 주지는 못한다는 걸 나는 이제 너무나 익숙히 잘 알고 있었다.

광복동 국제시장을 가로질러 남포동으로 들어섰다. 다시 자갈치시장 입구였다. 나는 어느새 이 비린내나는 부둣가와 질퍽한 골목들, 거기서 아옹다옹 살아가는 사람들에게 야릇한 친밀감을 속 깊이 품어가고 있는지도 몰랐다. 비록 코 묻은 내 돈마저 허락 없이 털어가고, 마땅한 일자리는커녕 식은 밥 한 숟갈조차 얻어먹을 수 없는 비정한 거리이긴 하지만, 그래도 왠지 이곳에 두 발을 들여놓을라치면 내 어리눅은 행동거지는 어느 결에 맘이 편해지고 괜히 자유로워지는 걸 느꼈다. 바로 그 길목 언저리에서 나는 아까부터 키 큰 전신주에 비스듬히 지친 몸을 기댄 채, 길 건너의 어느 한 곳을 뚫어질 듯 노려보고 있었다. 아바이식당이었다.

아바이?

나는 그게 무슨 뜻인지 몰라 미간을 살짝 찌푸리면서, 그 식당 안에서 푸성귀를 다듬고 있는 나이든 한 아주머니에게 온 관심을 집중시키고 있는 거였다. 얼핏얼핏 비치는 옆모습이 더없이 너그럽고 후덕하게 보여서 한눈에 절로 의

지하고 싶은 마음이 일었는지도 모른다. 한번 저 여자다 싶자, 나는 더 이상 망설일 수가 없었다.

"아주머니, 저, 물 좀 주세요."

"뭐, 물?"

너무 급작스레 엉뚱한 주문을 받아든 탓에, 여자는 잠시 어리둥절한 표정으로 내게 되물었다. 아주머니라기보다는 차라리 할머니 쪽에 더 가까운 초로의 얼굴이었는데, 예상했던 대로 아주 부드럽고 인자한 성품임에는 틀림없어 보였다.

물이라니, 도대체 무슨 물? 하던 의아스런 표정은 이내 지워지고, 여자의 손에는 벌써 한 사발의 냉수가 참하게 들려 있었던 것이다. 꾀죄죄하게 찌든 내 형편없는 행색에서, 그이는 한눈에 지친 황야를 맘껏 헤매다 돌아온 굶주린 늑대 새끼를 충분히 연상하고도 남았으리라.

기갈이 들릴 대로 들려 있던 나는 걸신처럼 그 물을 들이켰다. 벌컥벌컥 소리가 나도록 단숨에 물그릇을 비우자, 보다 못한 여자는 결국 때 묻은 내 손목을 덥석 움켜쥐었고, 식구들 점심으로 마악 준비한 상추쌈까지 내게 즐겨 먹이지 않으면 안 되었다. 쯧쯧쯧, 혀를 차면서 몇 번이고 요모

조모 내 위아래를 유심히 뜯어보던 아바이식당의 인심 좋은 주인여자는,

"이 간나가 어딜 이렇게 쏘다니다가 왔나? 어린 것이 을매나 배가 고팠으믄...... 잉, 어서 묵어라."

허름한 식탁 위에 대충 차려진 상차림 앞으로 나를 덥석 끌어 앉히는 거였다. 양푼 가득 쌀과 꽁보리가 적당히 뒤섞인 밥이 들어 있었고, 구수한 된장찌개와 갓 씻은 상추, 풋고추 따위도 먹음직스럽게 놓여 있었다.

"앤, 누구야?"

운동화 뒤축을 구겨 신고 무심히 걸어 나오던 훤칠한 키의 처녀가 주춤 걸음을 멈추면서 나와 주인여자를 번갈아 살폈다. 눈꼬리가 약간 치켜 올라가긴 했지만, 잘생기고 갸름한 얼굴에 덧니가 인상적이었다. 니 동생이란다, 하는 주인여자의 농담이 채 떨어지기도 전에, 그녀는 벌써 휙 등을 돌리고 제 방으로 다시 돌아갔다. 자기가 먹어야 할 몫을 엉겁결에 빼앗긴 데 대한 불만이었을까. 그러나 주인여자는 그에 아랑곳없이 나를 슬쩍 건너다보며 은근하게 캐묻는다.

"얼굴은 참하게 생겼는디 어째서 집을 나왔노? 잉, 어데서 왔어?"

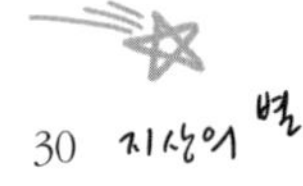

"……"

"솔직히 말해 보거라. 혹시 아나, 내가 니 취직시켜 줄지. 잉? 어떻게 된 거고?"

"저, 사실은……"

나는 밥알을 입에 문 채 더듬거리면서 지금까지의 내력을 조금은 사실 그대로 조심스럽게 털어놓기 시작했다. 무엇보다도 '혹시 아나, 내가 니 취직시켜 줄지' 하는 그이의 사탕발림에 귀가 번쩍 띄지 않을 수가 없었던 것이다. 이제 비로소 은인다운 은인을 만났구나, 싶은 생각도 번개처럼 뇌리를 스쳐 지나갔다.

"그래, 어서 묵어라. 밥부터 묵고 보자."

중요한 점만 대충 확인하고 난 주인여자는, 다시금 쯧쯧쯧 혀를 차면서 아직 손도 대지 않고 있는 상추 잎을 직접 추려 내게 건넨다. 그러나 나는 상추쌈을 싸먹을 겨를이 없었다. 아직 맛이 쓴 쌈을 좋아할 만한 나이도 아닌 데다가, 그렇게 뜸을 들이고 적당히 여유 부려가며 식사할 만큼 한가롭지가 않았기 때문이었다. 나는 이미 눈이 뒤집힐 정도로 잔뜩 배가 고파 있는 상태였으므로, 오로지 두 볼이 미어터지도록 밥숟갈을 욱여넣는 데에만 온 정신이 팔려 있었다.

그 사이 주인여자는 잠깐 자리를 비우는 눈치였다. 이보오 총각, 어쩌구 소리치며 문득 문 밖으로 뛰쳐나가더니, 길 건너 맞은편 시멘트 담장 아래서 낯선 젊은 사내와 미주알 고주알 무슨 수작인가를 열심히 나누는 중이었다. 먼지 낀 유리창 너머로 둘의 모습을 흘깃 일별하며, 나는 마파람에 게 눈 감추듯 어느새 밥그릇을 뚝딱 비워 없앴다. 그리고 나는 비로소 나의 새로운 일터, 새로운 장래를 약속받게 될지도 모를 식당 안을 쓰윽 휘둘러보았다. 약간 너저분하긴 하지만 제법 널찍한 홀에 살림방이 하나 딸려 있는 공간이었다. 아까 잠깐 얼굴을 내보였던 딸과 함께 주인여자는 아예 이곳에서 잠을 자고 살림을 하는 모양이었다. 적당히 배가 불러지자 그제서야 나는 나 때문에 제때 끼니를 놓친 주인딸에게 적이 미안한 마음이 생겼다. 게다가 앞으로 한 식구가 될 지도 몰랐으므로, 나는 용기를 내어 방 쪽에다 대고 소리쳤다.

"누나, 식사하세요!"

"......?"

쫑긋 귀를 세운 누나가 빠끔히 문을 열고 나오면서 슬쩍 웃음을 베어 물었다. 그리고는 내가 앉은 맞은편 자리에 털

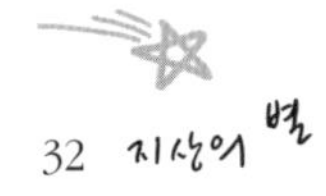

썩 주저앉으며,

"얘가 보기보담 아주 당돌하고 싹싹하네?"

나를 빤히 건너다보며 상추를 고른다. 그녀가 계속했다.

"이름이 뭐야?"

"승철이오, 김승철."

"어디서 왔어?"

"인천."

"인천? 먼 데서 왔네? 왜?"

"그냥요."

나는 재빨리 얼버무렸다. 어찌 된 셈인지 이 누나에게만은 그 이유를 딱히 밝히고 싶지 않았다. 그 대신 나도 지지 않고 궁금한 것을 묻기로 한다.

"근데, 아바이는 무슨 뜻이죠?"

"음, 그거? 할아버지의 함경도 사투리야. 우리도 먼 데서 왔거든. 우리도 승철이처럼 여기가 고향이 아니야."

그랬었구나. 그래서 왠지 모를 애정과 동질감이 처음부터 느껴졌던 거구나.

나는 내친 김에 그녀의 이름을 물었다. 그러나 그녀의 이름은 때맞춰 밖에서 들어온 주인여자가 한 발 먼저 알려 주었다.

"태옥이 니는 방에 잠깐 들어가 있거라."

"내는 오늘 점심 얻어먹긴 다 틀린갑다. 차라리 굶을란다."

잔뜩 입술이 부르터서 일어선 태옥이 누나의 시선은, 주인여자의 뒤를 곧바로 따라 들어선 한 젊은 사내의 시선과 짧게 부딪쳤다. 그녀는 이내 눈을 살짝 내리깔면서 안으로 들어갔고, 그 뒷모습을 훔치듯 일별한 사내는 사람 좋게 생글거리면서 이윽히 나를 관찰했다. 그리고 입을 열었다.

"어마이가 말한 아가 야인교? 니 몇 살이고?"

"열, 다섯이오."

나는 주춤 대답했다. 도무지 무슨 영문인지 알 수가 없어 어리둥절한 표정으로 뇌까렸지만, 나는 곧 주인여자가 귀띔한 취직자리는 당신의 알량한 식당이 아니라 바로 이 헌걸찬 젊은 사내의 손아귀에 움켜쥐어져 있음을 직감으로 눈치챌 수가 있었다. 사내는 한눈에 내가 마음에 드는 모양이었다. 어마이가 옆에서 살랑 거들었다.

"아주 좋은 아저씨대이. 바로 요 앞에서 사업하시는 분이니께 큰형님으로 알고 가 있거라. 그러문 좋은 일이 생길

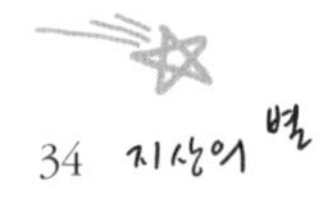

테니끼니, 잉? 내하고도 빤히 건너다보믄서 가까이 살게 될 끼다. 알았쟈?"

"예."

나는 또 공손히 대답했다. 도대체 뭐가 어떻게 돌아가는지 통 알 수는 없었지만, 그래도 사내의 첫인상이 지성과 야성을 겸비한 묘한 매력을 한껏 발산하고 있어서 그를 따라가기만 한다면, 따라가서 함께 몸 부비며 생활할 수만 있게 된다면 이 식당보다는 훨씬 근사하고 확실한 직장을 보장받을 것 같은 예감이 들었다. 둥글넓적한 얼굴하며 서글서글한 눈매, 그러면서도 차돌처럼 완강하고 빈틈이 없어 보이는 근육질의 골격이 그렇게나 믿음직스러울 수가 없었다. 퍼렇게 면도질한 구레나룻 자국, 포마드를 살짝 발라넘긴 단정한 머리칼, 세련된 청바지 차림에 목이 길고 날렵한 밤색 세무구두까지도 동경 어린 환상으로 가득 찬 나의 기대와 호기심을 울렁울렁 자극시키기에 충분했다. 드디어 그가 앞장을 섰다.

"자, 가자!"

그러나 내가 그를 따라 들어간 곳은 빛이 머무는 양지가 아니었다. 멀지도 않은, 아바이식당의 바로 맞은편 길가 창고였다.

시멘트 벽에 달라붙은 둔중한 철문을 열고 뒤를 돌아보았을 때, 저만큼 대각선으로 놓인 식당 입구에선 아직도 주인여자가 행주치마 한쪽을 손으로 거머쥔 채 다른 한 손을 휘저으며 나를 향해 서 있었다.

안으로 들어서자 휘발유 냄새가 훅 끼쳐 왔다. 두세 평이 채 될까 말까 한 좁은 공간은 차라리 창고랄 것도 없었다. 빛이나 공기가 샐 구멍이 전혀 뚫려 있지 않은 데다가, 출입구인 철문을 열고 들어서면 신발 벗는 데를 제외하곤 모두 간이식 합판 침상으로 덮여 있기 때문이었다. 대낮에도 훤히 불이 켜진 백열등 밑에서 군용 담요를 뒤집어쓴 채 한창 쿨쿨 코를 골고 있던 한 청년이 의외의 인기척에 부스스 잠을 깼다.

“니 작은형이다. 앞으로 함께 지낼 거니까 말 잘 듣거라.”

나를 데려온 사내가 턱짓으로 청년을 가리키며 말했다. 그러니까 나를 소개시킨 미남 사내는 그의 형님이 되는 모양이었다. 두 사내가 형제라는 건 느낌으로 첫눈에 척 알 수가 있었는데, 그러나 겉모습은 여러 모로 차이가 났다. 동생으로 말할 것 같으면 꽤나 독특한 인상이었다. 적당히 우수가 어린 깊은 눈을 갖고 있으면서도 싸움을 아주 잘할 것 같은 강인한 턱과 떡 벌어진 어깨의 소유자였으며, 가슴팍에도 온통 시커먼 털투성이로 뒤덮여 있었다. 다모多毛와 다혈질을 유전으로 공유하고 있는 핏줄임에 틀림없어 보였다.

"누꼬?"

털난 가슴을 쑤욱 내밀어 늘어지게 기지개를 켜고 난 작은형이, 나를 힐끗 건너다보며 무감동하게 물었고,

"아바이에서 소개해 주기에 델꼬 왔다. 아주 참하고 영리해 보여서…… 그럼 난 간대이."

큰형은 이내 돌아서서 쾅 철문을 닫아 주고 나갔다. 그 문이 닫히기가 무섭게 작은형이 한껏 눈알을 부라리며 사라진 자기 형의 뒤에다 대고 소리쳤다.

"절마가 정신이 있나 없나? 지금이 어느 땐데 일은 않고 내빼듯 놀러 간단 말이고?"

"……"

나는 여전히 어리벙벙한 표정으로 키 작은 허수아비처럼 가만히 서 있었다. 혹시 도깨비에 홀린 건 아닐까. 깊은 수렁 같은 여기는 도대체 어디란 말인가.

"앉거라, 가방 내려놓고. 근데, 이 손가방에는 뭐가 들어

있노?"

자기 형한테 '절마'라고 함부로 삿대질하며 욕한 건 금방 잊어 먹은 듯, 작은형은 금세 환한 얼굴로 변하면서 나긋나긋한 어조로 말했다. 그리고는 내 동의를 구할 것도 없이 가방을 홱 낚아채 지퍼를 열어젖히고 있었다. 나는 엉거주춤 침상 머리에 걸터앉았고, 작은형은 키득거리며 다시 입을 열었다.

"야, 일마가? 이런 것도 짐이라고 매고 다녔나? 안 되겠다, 이따가 목욕탕에 가 때 빼고 광 좀 내야겠다. 가만, 이건 학생증 아이가? 니, 학교 다니기 싫어서 도망쳐 나온 거제? 고향은 전라도 같은데, 와 인천서 학교 다녔노?"

"……"

나는 응답하지 않았다. 일일이 대꾸하기도 싫었지만, 한꺼번에 너무 많은 질문을 쏟아 냈으므로 나는 우선 정신이 없었다. 그런 내 침묵에는 아랑곳없이 작은형은 연신 코를 벌름거리며 이것저것 쓸데없는 잡동사니를 손가락 끝으로 뒤적이다가, 내가 용두산공원에서 끄적거린 낙서장을 집어 들여다보고부터는 일순 표정이 굳어지기 시작했다. 작은형은 거기서 무엇을 보고 읽은 것일까. 아마 철부지 어린 소년답지 않은 무서운 적의와 세상에 대한 불타는 증오를, 그래서 거기에 이를 수 없는 절망감으로 자살까지도 서슴없이 꿈꾸는 열다섯 살짜리 아픈 영혼을 얼핏 간파해 낸 건 아니었을까. 그런 게 아니라면 작은형의 시선은 분명 이런 엉뚱한 시구에 머물러 있으리라.

— 너의 입술에서는 바다 냄새가 난다.

그립다, 죽고 싶다, 라는 낱말도 수없이 되풀이되어 있을 터. 눈물로 빵을 먹어 보지 못한 사람은 인생을 이야기하지 말라는 자위 섞인 낙서도 유치하게 적혀 있을 거였다. 그러나 지나치게 어른스런 내용에 오히려 지레 기가 질린 탓인지, 작은형은 곧 노트를 덮고 손가방까지 지퍼를 채워 내 쪽으로 던져 주었다. 그리고는 씨익 웃으면서,

"니, 키스해 봤나?"

은근슬쩍 엉너리를 친다.

"아아뇨."

나는 강하게 고개를 가로저었고,

"안 해 봤으면서 어떻게 바다 냄새가 난다는 걸 알았노?"

작은형은 짓궂은 궁금증을 집요하게 드러냈다. 나도 지지 않고 받았다.

"안 해 봤지만 그런 건 생각만으로도 알 수 있어요. 달지 않고 찝찔하다는 걸. 사람 입냄새를 맡아보면……"

"햐, 야가 보통이 아니네?"

작은형은 벌떡 몸을 일으키면서 내 머리통에 꿀밤 한 대를 먹였다. 그리고는 날랜 몸놀림으로 담요를 개켜 선반에 얹고, 함부로 흐트러진 옷차림을 추스르고, 기름 묻은 군화끈을 질끈 졸라맸다. 포마드 냄새 자르르 번들거리는 큰형과는 달리, 짧게 깎은 머리에 위아래 허름한 작업복을 꽉 달라붙게 입고, 거기에 검은 군화까지 동원하여 단단히 무장하는 걸 보면, 평소 행동이 꽤나 민첩할 뿐만 아니라 생활력이 강해도 보통 강한 게 아닌 것 같았다. 그 군홧발로 왼쪽 벽면의 한 모서리를 툭 차니까 거짓말처럼 문이 열렸다. 겨우 어른 몸뚱이 하나가 들락거릴 수 있을 만한 좁은 쪽문이었다. 나는 그제서야 이 이상한 아지트 옆으로도 비밀스런 통로가 좁게 뚫려 있다는 걸 알아차리고 흠칫 놀랐다. 그곳은 드럼통이 들어 있는 큰 기름창고였다. 쪽문 바깥에서 허리를 구부린 작은형이 말했다.

"거기, 침상 좀 들춰 봐라. 빈 스피아깡이 있을 끼다."

"?!"

갈수록 오리무중이었다. 나는 급히 엉덩이를 일으켜 내가 앉았던 침상 판자 쪽을 들췄다. 여닫이 문짝처럼 댕강 잘려 열린 그 밑의 공간에는, 아닌 게 아니라 똑같은 크기의 '스피아깡'들이 일렬횡대로 주욱 잇대어 고개를 내밀고 있었다. 한 열 개쯤 모여 있을까, 꼭 사이좋은 굴비 두름 같았다. 나는 서둘러 그 중의 빈 스피아깡을 골라 꺼내어 작은형에게 건넸다. 그리고는 다시 널판자를 제자리에 내려놓은 다음, 무릎걸음으로 침상 위를 가로질러 쪽문 밖으로 나섰다.

제법 널찍한 공간의 드럼통 창고였다. 그러나 그곳은 전용하는 업주가 따로 있었다. 바로 그 건물주인 남미주유소의 소유로서, 작은형네는 그러니까 이 주유소 측과 긴밀한 악어와 악어새의 공생관계를 유지하는 사이였다. 어두컴컴한 창고 안에서 우리 둘은 이마를 맞대고 빈 스피아깡에 냄새 진동하는 휘발유를 열심히 옮겨 담았는데, 작은형은 아주 익숙한 솜씨로 내게 시범을 보이면서 이것저것 요령을 일러주기에 바빴다.

"그리고 말이지, 이 바닥에서 밥 묵고 살라믄 무엇보다도 부지런하고 정직하고 인사성이 발라야 돼. 내가 보기에 니는 그 삼박자를 다 갖추고 있을 것 같다. 자, 이걸 침상 밑으로 좀 옮겨 볼래?"

작은형은 다 채워진 통들을 턱짓으로 가리키면서 내 힘을 한번 시험해 볼 요량으로 말했다. 나는 착실히 뚜껑을 닫은 다음 그 중의 하나를 오른손으로 불끈 치켜올렸다. 생각보다는 훨씬 무거웠다. 좁은 쪽문을 지나 침상 쪽으로 겨우 옮겼을 때는 그 억지힘의 반동으로 휘청 뒤로 나자빠질 지경이었다. 그러나 나는 왼손까지 번갈아 동원하여 기를 쓰면서 그것을 목적지에 무사히 안착시켰다. 작은형이 빙긋 웃으면서, 그러나 눈길은 주지 않은 채 작업에 열중하면서 나에게 말했다.

"힘들제? 처음엔 다 그런 기라. 좀만 연습하면 충분히 해낼 수 있겠다."

"지가 앞으로 할 일이 이거여요?"

기회가 왔다 싶어 나는 주저 없이 물었다. 작은형이 휘발유가 한 가득 채워진 통을 다시 건네면서 말한다.

"그냥 있으면 된다. 이런 일도 옆에서 거들어 주고, 장부

정리도 좀 해 주고, 수금도 나가고, 대충 그런 건데, 니는 주로 기름 주문 받으면서 집이나 지키라."

"아, 예."

속으로 낑낑거리면서 통을 옮겨 넣은 나는, 비로소 내가 앞으로 정붙여 살아갈 '집'을 새삼 눈여겨 살폈다. 암만해도 넉넉한 석관石棺 같기만 했다. 방으로 쓰이는 공간은 셋이 누우면 꼭 끼이고 둘이 누우면 약간 남을 만큼 좁았는데, 그래도 갖출 만한 것은 두루 갖춰져 있었다. 바닥에 깔린 군용 매트리스와 담요, 선반 위에 가지런히 정리된 잡다한 일용품과 장부들, 한쪽 벽을 다 차지한 자질구레한 옷가지들, 그리고 출입구 옆의 소형 칠판과 전화기, 찌그러진 물주전자까지 감안한다면, 이곳은 엄연한 하나의 집이면서 직장이었다. 그리고 우리 기름 단골 운전수들의 간이 대기실로 치부하기에도 딱 걸맞았다. 어쨌거나 나는 이제 덧없이 거리를 헤매거나 거렁뱅이 같은 노숙의 험한 나그네 신세만은 용케 벗어났다는 안도감으로 가슴이 뻐근했다.

"어이구, 우리 분소장님이 직접 팔을 걷어붙였네?"

키가 껑충 크고 얼굴 하관이 긴 웬 어른이 창고 안으로 불쑥 들어오면서 작은형에게 말했다. 그는 멜빵이 달린 작업복을 걸치고 있었는데, 작업복은 온통 번들거리는 기름때에 검게 절어 있었다. 둘은 그냥저냥 히히덕거리면서 몇 마디 농담을 더 주고받더니, 작은형이 나를 돌아보며 소개시켰다.

"인사 드리라. 주유소 터줏대감님 왔구나아저씨다. 오늘 새로 들어온 아이 아인교. 잘 봐 주이소."

"하모, 여부가 있나. 녀석이 아주 잘생겼네? 분소장님이 데리고 있을 아인데 오죽할라구. 가만, 이리 온나, 한가할 때 아예 우리 식구들한테도 얼굴 익혀 두자."

성격이 활달한 왔구나아저씨는 친절한 손짓으로 나를 가까이 불러 세우더니, 이내 창고 밖으로 데리고 나갔다. 확 터진 남미주유소의 앞마당이 눈앞에 펼쳐졌다. 널찍한 8차선 대로를 마주한 주유소의 정면은, 그러니까 우리와는 정반대 방향에 위치한 셈으로, 산뜻한 현대식 건물에 지하 탱크에서 뿜어 올리는 반자동의 주유기까지 여러 대 설치된 걸로 보아 상당히 규모가 크고 돈 많은 회사라는 걸 쉬 알 수 있었다. 거기에 사통팔방으로 터진 번화가의 한복판에 자리 잡고 있으니 그 사업의 번창일로는 더 말해 무엇 하랴.

유리문을 밀치고 왔구나아저씨를 따라 들어선 사무실

엔, 지배인을 비롯한 네다섯 명의 직원들이 선하품을 끄며 신문을 들여다보거나, 기름 넣으러 올 자동차를 기다리거나, 깨알 같은 금전출납장부를 정리하고 있었다. 나는 왔구나의 소개에 따라 꾸벅꾸벅 고개를 숙였고, 사람들은 건성건성 고개를 끄덕였다. 그리고는 이름이 뭐냐, 나이는? 따위의 판에 박힌 질문 공세를 쓸데없이 던져보고는 그만이었다. 하지만 그 중의 내 또래 한 소년은 유별난 관심을 금방 내보였다. 왔구나아저씨도 애초에 그 애를 염두에 두었던 듯,

"일식이 니 친구 왔다. 요 뒤 분소에서 일하게 됐으니 그리 알고 잘 지내야 된대이. 알았쟈. 그런 의미에서 둘이 어디 악수 한번 해 보거라."

사람 좋게 떠벌였다. 그 애가 먼저 손을 내밀었고 나는 그 손을 냉큼 마주 잡았다. 어느 야간 중학교에 다닌다고 했고, 맡은 일거리도 사소한 잔심부름에 지나지 않은 모양이었다. 게다가 나이도 나와 동갑이어서 우리는 곧 구순하게 벗틀 수가 있을 것 같았다. 그럼 가봐라, 하는 왔구나의 눈짓에 따라 나는 엉거주춤 그곳을 물러 나왔는데, 한 영업용 택시의 출현에 맞춰 신명나게 소리치며 나오는 외침이

곧 뒤따랐다.

"왔구나!"

나는 비로소 그가 왜 왔구나아저씨로 불리는지의 이유를 금방 알 수 있었다. 그런데 작은형은 왜 그이한테서 분소장이라 불렸을까.

분소로 돌아오니 또 다른 형이 나를 기다리고 있었다. 나보다 댓 살쯤 더 먹었을까, 작달막한 키에 어깨가 쩍 벌어진 그는 작은형과 나란히 침상에 걸터앉아 무슨 얘긴가를 재미있게 짓까불고 있다가,

"어, 일마요? 엊그저께 부둣가에서 본 것 같은디?"

고개를 갸웃거리며 아는 체했다. 그래? 하고 작은형의 눈이 가늘게 찢어진다.

"그럼 더 잘 됐구마. 초면도 아니니까 땅코 니가 동생처럼 잘 살필 수 있을 끼다. 승철이 니는 이 땅코형한테 절대 복종하고. 잠도 같이 자고, 밥도 같이 묵고…… 알았나?"

예, 하고 마지못해 대답은 하면서도 나는 도무지 뭐가 뭔지 종잡을 수가 없었다. 갈수록 태산이요, 오리무중이었다. 낯선 세계 속에서는 왜 이렇게 인사할 사람이 많고 나를 복종시키려는 윗사람들뿐인가. 땅코형이 말했다.

"니, 나하고 같이 살라믄 목욕부터 해야겠다. 세수한 지 오래 됐제? 자, 가자. 작은형, 돈 좀 주이소."

"목욕보다도, 잠을 좀 잤으면……"

나는 쏟아지는 졸음을 견딜 수 없어 기어들어가는 목소리로 뇌까렸다. 몇 날 며칠 승냥이처럼 쏘다닌 덕분에 내 심신은 이미 파김치처럼 지칠 대로 지쳐 있었다. 그래서 어떤 형태로든 정처가 정해졌으므로 다디단 잠부터 푹 자고 볼 일이었다. 그러나 차돌 같은 땅코형의 고집도 결코 만만치는 않았다.

"원님 덕분에 나발 좀 불자, 야. 잠은 목욕 후에 더 잘 오는 거야. 잔말 말고 따라오기나 해."

"얘가 잠 타령하는 걸 보니 그동안 고생깨나 했나보다. 잠이 쏟아질 땐 항우장사도 못 당한다 아이가. 목욕은 승철이 잠자고 나거든 그때 가기로 하고?"

작은형이 친절하게 교통정리를 하고 나섰지만 땅코형은 더욱 막무가내였다. 날카로운 도끼눈을 날카롭게 치뜨며 세면도구가 든 손가방을 주섬주섬 챙겨 들었다. 그리고 잘라 말했다.

"초장부터 버릇 잘못 들이면 안 돼요. 승철이라고 했제?

니, 다리 부러지기 전에 빨랑 따라와!"

"저 황소고집은 아무도 못 당한대이. 그럼 그래라. 다 니 좋으라고 그러는 거니까, 가서 푹 담그고 와."

작은형도 눈을 껌벅이며 거들었으므로 나는 더 이상 배겨 낼 재간이 없었다. 그리고 무엇보다도 땅코형이 두려웠다. 초장에 기를 팍 죽여 놓겠다는 그의 저의를 충분히 알아챌 수 있었지만, 나는 어디까지나 호의에 못 이기는 척 얼른 가장하며 코뚜레에 꿴 송아지마냥 땅코형을 따라나서지 않으면 안 되었다.

목욕탕으로 가는 길에 또 다른 사업장이 있었다. 남미주유소에서 1킬로미터쯤 떨어졌을까, 이번에는 국제주유소라는 곳이었다. 남미보다는 규모도 훨씬 작고 허름했지만, 거기가 당찬 땅코형의 활동 무대라는 설명이고 보면 휘발유의 주공급원으로나 수입의 실속에 있어서는 그곳이 남미보다 더 중요하고도 은밀한 뭔가가 깊숙이 숨겨져 있는 것 같았다. 땅코형이 말했다.

"짜샤, 여기가 더 진짜란 말야. 니는 철저하게 내 조수라는 것도 잊지 말라구. 아까 보니까 꽤 건방지대? 이 동네에서 형네들이 아무리 무서운 왕초래도 나만은 함부로 못 건

드린다는 사실을 미리 알아 두는 게 좋을 거야."

"너무 졸려서 그랬어요."

"임마, 졸립다고 총 쏘는 걸 포기하는 군인 봤나? 여긴 전쟁터야. 까딱 잘못하거나 한눈팔다간 쥐도 새도 모르게 죽어 나간다. 정신 바짝 차리라이!"

사람 사는 세상을 살벌한 전쟁터에 비유하는 게 비약이 너무 심하다 싶었으나, 땅코형은 그래도 생각했던 것보다 훨씬 자상하고 솔직담백한 데가 있었다. 툭 불거진 광대뼈와 새끼 매부리코, 네모로 각진 얼굴 윤곽이 얼마쯤 강퍅하고 정나미 뚝 떨어지는 느낌을 절로 내뿜기는 해도, 사귈수록 속으로 정이 드는 묘한 친화력도 함께 지니고 있는 사내였다. 새로 지은 동명극장 앞을 지나치면서 내가 물었다.

"형, 분소장이 뭐에요? 큰형하고 작은형 중에서 누가 왕초죠?"

"둘 다 왕초 아이가. 이 남포동 바닥에서 그 형네들 비위 건드렸다간 아무도 남아나질 못한다."

그리고 분소장의 의미와 내력에 대해서도 간단하게 들려주었는데, 지금은 비록 정식 허가 없는 휘발유 '야매野賣'를 하고 있지만, 당신들의 부친 때는 남미주유소 자체가 그 집

소유였다는 것, 빚과 사기에 휘말려 그 주인장이 홧병으로 이승을 떠버리자, 이를 인수한 지금의 건물 주인이 그 뒷골방이나마 자식들에게 무상으로 제공해 분소分所 형식으로 장사를 영위케 한 게 오늘에 이르렀다는 얘기였다. 나이 지긋한 왔구나아저씨가 당신보다 한참 아래인 작은형에게 깍듯이 대우하던 이유를 나는 비로소 이해할 수가 있었다.

공중목욕탕은 극장 뒷골목에 자리 잡고 있었다.

탈의실로 들어서기 바쁘게 땅코형은 거침없이 옷을 활 벗어젖혔다. 팬티까지 홀라당 벗어 내린 다음, 아직껏 사방을 두리번거리며 머뭇거리고만 있는 나에게,

"야, 뭐 하노? 기도하러 왔나?"

능갈치는 눈길로 채근했다. 나는 용기를 내어 주춤주춤 옷을 벗기 시작했다. 그러면서도 내 시선은 연신 땅코형의 거대한 '물건'을 훔쳐보는 데 정신이 없었다. 몸뚱이나 신체의 다른 부위에 비해 거기 생식기만이 유별나게 크고 자극적으로 발달되어 있어서, 나는 흡사 이상한 물개라도 몰래 구경하는 기분이었다. 아, 그리고 밤송이처럼 부끄러운 나의 열다섯 살의 음모陰毛.

얼마나 깊은 잠의 나락에 떨어져 있었을까.

먼 여행에서 돌아온 기분으로 눈을 뜨니 어느새 아침이었다. 어제 낮 목욕탕에서 따뜻한 물에 지친 몸을 푹 적시고 나온 후, 땅코형과 함께 새알심이 든 팥죽 한 그릇씩을 비우고는 곧 잠에 나가떨어졌는데, 그리고는 어떻게 되었는지 통 기억이 나질 않았다. 어지러운 꿈의 터널만 마구잡이 헤매었던 것 같았다. 철문이 빠끔 열려 있는 걸로 미루어 옆에서 잤던 땅코형은 벌써 일터로 나갔나 보았다. 문밖의 동정 또한 아까부터 부산스레 시끄러웠다. 나는 자리에서 벌떡 몸을 일으켰다.

그래도 모든 것이 생소하기는 어제와 마찬가지였다. 보이는 사물과 분위기가 그저 낯설고 수상쩍기만 했다. 주섬주섬 침상을 정리한 다음 옷을 추슬러 입고 밖으로 나섰다. 그러다가 불현듯 철문을 도로 닫고 말았다. 먼발치께로 아바이식당의 태옥이 누나가 언뜻 눈에 비쳐 들어왔기 때문이었다.

나는 숨을 가다듬고 다시 문을 빠끔히 열었다. 혹시 잘못 본 건 아닐까 싶어서였는데, 길 건너 대각선으로 마주 보이는 여자는 태옥이 누나가 틀림없었다. 부스스하게 얼굴이 떠 있던 어제와는 전혀 딴판으로, 단정하고 산뜻한 옷차림에 갓 피어난 백합처럼 환한 게 눈을 씻고 다시 보아도 그녀가 분명했다. 나를 구원해 준 아바이식당의 어마이한테 뭔가 즐거운 인사를 던지고 돌아선 그녀는, 서둘러 버스 정류장 쪽으로 사박사박 발걸음을 옮긴다. 내 시선도 그녀의 발걸음을 따라 천천히 옮겨 갔다. 맞은편 보도 위를 칸 맞춰 걸어가는 태옥이 누나의 보폭에 따라, 내 손이 문고리를 거머쥐고 있는 육중한 철문의 틈서리도 점점 더 넓게 벌어졌다. 그녀가 한 발자국씩 발걸음을 옮길 때마다, 흡사 학이라도 날아가는 것 같은 착시 현상을 나는 느꼈다. 어떻게 저런 아름다운 변신이 가능할 수 있을까. 그래서 여자는 옷이 날개라고 했는지 모르지만, 거기에 뽀오얀 화장술까지 덧붙이니 태옥이 누나는 영락없이 하늘에서 날아온 천사 같기만 했다.

그녀가 시야에서 완전히 사라지자 나는 비로소 마른침을 꿀컥 삼키면서 문밖으로 나섰다. 눈부신 아침 햇살이 부챗살처럼 해말갛게 펴져 있었다. 자갈치시장을 오가는 사람들로 거리는 이미 번잡하고 시끄러웠다. 그 거리 풍경에 익숙해지려고 열심히 눈을 굴리던 나는, 내가 기대어 서 있는 전신주의 존재에 새삼 생각이 미쳤다. 굶주림에 지친 내가 마지막으로 의지해 서 있었던 어제의 그 전신주였다.

아, 이게 인연이라는 거구나.

나는 순간 알 수 없는 운명의 사슬 같은 일체감으로 전율했다. 어제까지만 해도 나와는 전혀 상관없는 거리였고, 주유소였으며, 태옥이 누나였었다. 그런데 나는 지금 그것들과 도저히 뗄 수 없는 자리에 이렇게 운명처럼 바뀌어 서 있지 않은가. 그래서 사람살이는 진정 알다가도 모를 일인가 보았다.

이제는 졸리고 배고프거나 어리둥절한 혼돈 상태가 아닌, 멀쩡한 맨 정신으로 나는 앞으로 내가 발 딛고 살아갈 골목의 여러 생김새를 요모조모 관찰하고 숙지했다. 자세히 뜯어보니 그곳은 실로 복잡한 저자거리의 한복판이었다. 시청에서 흘러나오는 대로가 자갈치시장과 국제시장 쪽으로 갈라지는 삼각주 지점에 위치해 있었던 것이다. 그 꼭지점에는 또 공중변소와 주차 관리실, 작은 카센터 등이 들어차 있었는데, 그것들을 거느린 삼각형의 꽤 널찍한 광장에는 눈이 휘둥그레질 만큼 날렵하고 멋진 외제 승용차들이 주욱 늘어서 있었다. 도대체 무슨 차들일까. 생전 처음 보는 갖가지 색깔과 형태의 고급 승용차들이 서로 다투어 뽐내고 있어서, 나는 애초부터 그 차들에의 의구심에 안달이 날 지경이었다.

하지만 환상어린 내 의혹은 금방 무거운 현실로 되돌아왔다. 분소에선 바로 이 날렵한 외제 승용차들을 상대로 비밀스런 주유 영업을 펼치고 있었기 때문이다. 언제 어떻게 돌아와 있었는지 군화와 작업복으로 단단히 무장한 작은형이,

"승철이 니, 거그서 뭐 하노?"

휘발유가 가득 담긴 스피아깡을 들고 나오면서 소리쳤는데, 다급하게 그가 다가간 곳이 다름 아닌 그 외제차들 중의 하나였던 것이다. 작은형은 트렁크 부분이 비행기 날개처럼 유선형으로 쭉 빠진 한 승용차 꽁무니에 그 통을 부리나케 갖다 대고 있었다. 스피아깡에는 미리 자바라가 꽂혀 있어서 휘발유를 옮겨 붓는 데에는 별 어려움이 따르지 않았지만, 앞으로 내가 해야 될 일이 바로 저게 아닐까 하는 데 따른 두려움을 이기기는 꽤나 어려웠다. 내 어린 능력으로는 너무 힘에 부칠 것 같아서였다. 그러나 나는 부리나케 그 쪽으로 달려갔고, 가까이 다가간 나에게 작은형이 말했다.

"너무 푹 잔 거 아이가? 이젠 잠 깨고 정신 차려야 된대이."

"야."

"이걸 잘 봐라. 통을 가져 나올 땐 미리 마개를 따고 자바라 끼는 걸 잊지 않도록. 그라고 아주 부드럽게, 정확하게 구멍을 맞춰야 된대이. 안 그러면 저노무 양기사가 가만히 안 있을 끼다. 기름이 새 차 버린다고. 봐라, 지 마누라도 저렇게는 삐까번쩍 닦아대지 않을 거구만."

"마누라도 없는 노총각이 그걸 어찌 아노?"

한창 차 몸뚱이에 왁스를 칠하며 파리가 낙상할 만큼 닦아대던 양기사가 힐끗 뒤돌아보며 눙쳤고,

"어이, 분소장. 우리 차 구멍에도 하나 넣어 다고!"

저만큼 떨어진 한 사내 역시 뭐가 그리 신나는지 연신 킥킥거리며 휘발유 한 통을 주문한다. 드디어 나에게도 일상의 일이 떨어진 거였다. 예상했던 대로,

"빨랑 뛰어가 한 통 가 온나!"

작은형이 꽤나 즐거운 낯으로 소리를 내질렀고, 나는 또 쏜살같이 분소로 달려갔다. 그리고 서둘러 침상 앞 모서리를 들췄다. 거기에 사이좋게 들어앉은 스피아깡들이 쫑긋 고개를 내밀고 있었다. 나는 그 중의 맨 바깥쪽 놈을 번쩍

들어 올렸다. 단단히 벼르고 손잡이를 잡았던 탓인지 생각보다 그다지 무겁지는 않았다. 나는 탕, 철문을 닫고 작은형이 있는 쪽으로 의기양양하게 다시 내달렸다. 하지만 열 발자국도 못 뛰어가서 나는 그만 앞으로 폭 고꾸라지고 말았다. 가득 채워진 휘발유 한 통의 무게란 어린 소년에게는 아무래도 감당하기에 벅찼다. 그러나 나는 그대로 맥없이 주저앉을 수는 없었다. 이를 다시 앙다물었다. 그리고 불끈 힘을 주며 다른 손으로 옮겨 잡았다. 저쪽에서 지켜보고 서 있는 작은형과 운전수들의 시선이 송곳처럼 의식될 뿐만 아니라, 이것쯤이야 하는 내 자신의 오기도 알 수 없으리만큼 무섭게 발돋움했다. 나는 힘차게 다시 내달렸다.

이번에는 스무 걸음쯤 옮겼을까. 젖 먹던 힘까지 다 짜내어 기를 썼더니 그나마 운반의 거리도 길어지고 요령도 적당히 생겨나는 듯싶었다. 잠깐 숨을 몰아쉰 다음 나는 다시 스피아깡에 도전했다. 이를 앙다물고 불끈 힘을 주었다. 한결 무게에 익숙해진 느낌이었다. 45도 각도로 뒤뚱거리며 움직이는 몸은 자연 출렁거리는 통 쪽으로 기우뚱 쏠릴 수밖에 없었는데, 주유를 부탁한 차 쪽에서 짐짓 팔짱을 낀 채 나를 지켜보고 서 있던 작은형이 계속 지켜보고 있기가 민망했던지 이내 이만큼 달려 나와 내 통을 휙 낚아챘다.

"됐다. 해보니 아무 것도 아니제?"

"야, 아무 것도, 아니네요."

나는 거짓말로 둘러댔다. 그러나 숨이 탁 멎어 버릴 만큼 가슴은 답답하고, 다리는 술 먹은 듯 휘청거렸다. 그런데도 작은형은 태연스레 그 주유 시범 보이기에만 열을 올렸다.

"자, 봐라. 이렇게 들어올려 깡 모서리를 무릎으로 탁 받치고 자바라를 주유 구멍에 집어 넣는다카이. 그래야 니가 힘이 덜 들 끼다. 그라고 단번에 칵 들이부어야 중간에 샐 염려가 없는 기라. 알았제?"

"야."

"이 성님이나 다른 아저씨들이 기름 넣어 달라믄 내가 없더라도 언제든 넣어 주고. 단, 장부에 기록하는 건 잊지 말그래이. 여기저기 인사드리고, 잘들 사귀 둬!"

콸콸콸 쏟아져 들어가는 휘발유에는 아랑곳없이, 작은형은 주변의 운전기사들에게 나를 소개시키는 데 더 열심이었다. 그들은 내남없이 친절하게 관심을 나타냈고, 용의주도한 작은형은 다시 나의 주의를 환기시켰다.

"이 양반들 얼굴 익힐 땐 말이다, 차 번호하고 같이 익히야 된다. 그게 제일 중요한 기라. 그거 모르믄 비싼 기름값 말짱 뗀다 아이가."

"내 구멍에도 한 통 넣어주소."

양동이로 물을 떠와 타이어를 씻고 있던 한 운전수 사내가 휘발유를 또 한 통 주문했다. 그러자 여기저기서 약속이라도 했다는 듯 주문 소리가 연달아 꼬리를 물었다. 나도, 여기도, 하는 바람에 작은형은 거의 입이라도 찢어질 것처럼 즐거움에 휩싸여 국제주유소 땅코형까지 다급히 불러들이고, 나를 채근해 스피아깡을 나르고 야단법석을 피웠다. 정말 민첩하고 강인하며 붙임성 좋게 움직이는 작은형이고 땅코형이었다. 너무 정신없이 설쳐대는 통에 나는 거의 숨조차 못 쉴 지경이었지만, 그러나 해가 훌쩍 중천에 뜨고 기름을 듬뿍 채운 차들이 하나둘 장거리 운행에 들어가며 일이 뜸하게 끊어졌을 때, 내 가슴속으로도 서서히 스며드는 뿌듯한 성취감이 있었다. 시커먼 면장갑을 벗으면서 작은형이 말했다.

"가자, 밥 묵으러."

"아침나절 이때가 하루 중 젤 바쁜 기라. 번갯불에 콩 볶아 먹은 것 같제? 승철이 일마 엉겁결에 생똥 좀 쌌을 거로."

땅코형도 한마디 거들며 키득거렸다. 그리고는 멀지도 않은 아바이식당으로 앞장서 걸어간다.

"어마이, 우리들 왔심더. 밥 좀 주이소."

작은형이 낯익은 식당 여주인에게 말랑한 음성으로 말했다. 슬며시 뒤돌아선 그네는 나를 보자마자 왈칵 반가운 몸짓이다.

"하이고, 분소장님하고 우리 막내까지 왔네? 아까 슬쩍 보니까네 이리 뛰고 저리 뛰고, 보통이 아니대? 어쪄, 이제 살맛나제?"

"네, 좋아요."

나는 낫잡아 즐겁게 대답했다. 다른 때 같았으면 네, 하고 그만이겠지만 왠지 '좋아요' 라는 한마디쯤 덧붙여야 그네에의 예의에 합당할 것 같았다. 그래서 나는 별 뜻도 없이 그렇게 뇌까렸던 거였으나, 어마이는 반색하며 내 손을 꼬옥 그러잡아 주기까지 하였다.

"암은, 좋아야지. 좋아야 하고말고. 오늘은 기분이다, 내가 국밥 한 그릇씩을 선물할 테니까네. 분소장님, 안 그런교?"

"아따, 어마이도. 한턱 단단히 낼 사람은 지 쪽입니더. 딴

말씀 마시고 쏘주나 한 병 추가해 주이소."

자리를 잡고 앉은 작은형이 다정다감하면서도 어딘지 조심스런 어투로 말했고, 땅코형은 벌써 주방의 반찬들을 직접 뒤져 날라오고 있었다. 그만큼 허물없이 가깝게 트고 지내는 단골이었다. 그러나 나는 속으로 태옥이 누나를 볼 수 없다는 아쉬움에만 좀이 쑤셨다. 이른 아침, 그이는 그렇듯 멋진 차림새로 어디를 간 것일까.

쇠뼈를 푹 곤 사골 국물에 잘 익은 시래기를 넣은 푸짐한 국밥그릇이 모락모락 김을 피워 올리며 식탁 위에 놓였다. 두 형은 벌써 해장을 위한 가벼운 소주잔을 돌리고 있었지만, 나는 이내 어제와 똑같은 맹렬한 식욕 속으로 다시 빠져 들어갔다. 땀을 흘린 뒤의 밥맛이란 진정 값지다는 걸 전신으로 의식하면서 마파람에 게 눈 감추듯 후딱 그릇을 비워 내자, 어마이는 또 끌끌끌 혀까지 차며 공기밥 한 그릇을 더 가져왔다. 빙긋이 웃는 그네에게 나는 태옥이 누나가 어디 갔는가를 캐묻고 싶어 속으로 안달이 날 지경이었다. 이제 어느 정도 배가 채워진 다음이었으므로 나의 관심은 오직 그쪽으로만 쏠리기 시작했는데, 빈속에 소주를 한입 털어 넣은 작은형이,

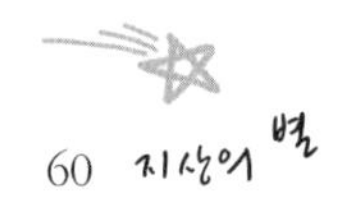

“어마이요, 태옥이는 학교 잘 다니지예? 언제 지한테 줄랍니꺼?”

요상한 농담으로 나보다 한수 앞질러 의표를 찔렀다.

“또 그놈의 못된 주둥아리!”

어마이의 칼날 같은 눈초리가 냅다 작은형한테로 날아간다. 네 것 내 것 가리지 않고 지내는 허물없는 사이라 할지라도, 딸 문제에 관한 한 결코 그 어떤 허튼짓도 용납지 않겠다는 결의가 그네의 눈빛에는 잔뜩 어려 있었다. 약간 누그러진 어조로 그네가 덧붙였다.

“실없는 농담이래도 우리 태옥이 말은 함부로 꺼내지 말라카이!”

“아따, 어마이도. 되게 쎄게 나오시네. 가 장래를 아끼느라 하는 소린데 뭘 그리 오해해쌓는교. 걱정 푹 놓으소. 안되겠다, 빨리 묵고 나가는 기 상수인갑다.”

엉겁결에 무안해진 작은형이 비로소 숟가락을 들고 허겁지겁 국밥을 퍼먹기 시작했다. 꽤나 화기애애할 수 있는 분위기가 괜한 말 한마디 때문에 서먹서먹한 쪽으로 급전해버린 셈이었다. 이같은 위기를 눈치 빠른 땅코형이 잽싸게 수습하고 나섰다.

"이 바닥선 태옥 씨가 최고 스타 아인교. 우리 성님도 어디까지나 팬의 입장에서, 아니, 든든하게 지켜 주는 경호원 오빠 입장에서 그만큼 신경 쓰고 있다는 증거 아입니꺼. 그게 얼마나 든든한 빽인데예."

"땅코 니도 태옥이가? 그놈의 태옥이, 태옥이, 귀찮아서라도 내 졸업 즉시 시집보내 뿌릴란다. 버얼써 임자 맞춰 놨다."

"암은요, 아마 대단한 부잣집 마나님이 될 끼라예."

"시끄럽다, 그만. 기름 체인지 작업해야 되니까 빨리 묵고 나가자."

아무래도 기분 전환이 쉽게 안 되는지 작은형이 시큰둥한 어조로 내뱉었다. 나는 괜히 바늘방석에 앉아있는 느낌이어서 슬그머니 숟가락을 놓고 그 자리를 물러나왔다. 햇볕은 쨍그랑 소리를 낼 것처럼 골목 가득 넘쳐나고 있었고, 신록의 싱그러운 훈풍이 따스한 햇살과 한데 어우러져 는실난실 춤을 추었다.

그런데 참 알 수 없는 것은 분소로 먼저 돌아온 내 가슴이 왠지 많이 괴롭고 허전하다는 사실이었다. 태옥이 누나 때문이었다. 누나 문제로 어른들이 티격태격하는 모습도 보기 싫거니와, 그녀가 정말 시집을 가게 될 지도 모른다는 불안감이 더 나를 못살게 굴었다. 그 사이에 분위기는 어떻게 무마가 잘 됐는지 금방 뛰쳐나올 것 같던 형들은 아직 그 모습을 드러내지 않았다. 나는 철문을 활짝 열어 놓고 침상 모서리에 걸터앉았다.

길 맞은편 가게들이 한눈에 들어온다. 아바이식당을 위시한 평양식당과 부산식당, 순댓집 등이 나란히 줄을 서 있고, 그 옆으로 주욱 이어서 잡화점, 건어물 상회, 신발 가게, 그리고 정면으로 약국, 그 옆으로 모자 가게와 옷집, 또 옷집, 구둣방, 만화 가게, 책방, 정육점…… 있을 만한 가게들은 두루 구색을 갖추어, 오순도순 사이좋게 열을 지어 들어앉아 있었다. 휘발유 기름에 전 이쪽의 을씨년스런 살풍경과는 달리, 그런 대로 화려하고 다양한 사람살이의 전범을 그대로 함축하여 보여주는 게 바로 맞은편 가게들이었다. 그리고 그것들은 앞으로 알게 모르게 나와 깊숙이 연결되어 나의 생활의 일부 또는 전부로 육화되거나 풍화될 것이었다.

시선을 다시 아바이식당 쪽으로 가져갔지만 형들은 아직 그곳에서 나올 낌새가 보이지 않았다. 나는 자리에서 일어나 천천히 주차장 쪽으로 향했다.

줄을 지어 도열해 있는 차들은 저마다 손님 끌어모으기에 여념이 없었다. 손님은 주로 신혼 여행객이거나 사치스런 접대가 필요한 돈 많은 회사의 중역, 또는 양코배기 외국인들이 차지했는데, 부산 근교의 해운대라든가 동래온천장, 김해나 마산, 진해까지도 대절 형식으로 바삐 오갔다. 때로는 서울로도 뛰고 대구, 광주 등지도 장거리로 뛴다고 했다. 아무튼 독특한 형태의 자동차 영업 행위로서, 거기에 모인 외제차들은 아무리 보아도 신기하고 근사하기만 했다. 나중에 안 일이긴 하지만, 주로 미국에서 흘러 들어온 중고차들이 대부분이되, 캐딜락이나 시보레, 올스모빌, 뷰익, 링컨 콘티넨탈 따위의 최고급 세단 차종들뿐이니 저 캄캄한 시골 출신의 어린 내 눈이 어찌 휘둥그레지지 않을 수 있을 것인가. 그렇게 시간은 흐르고, 새로운 하루하루가 바쁘게 지나갔다.

또 다른 날들이 살처럼 지나갔다. 내 일도 그만큼 바쁘게, 착실하게 제자리를 잡아가고 있었다.

삼거리 노상 주차장의 고급 승용차들이거나 길모퉁이 카

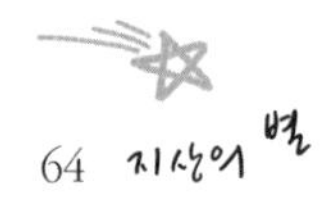

센터를 드나드는 일반 영업용 차량들은 거의가 우리 분소의 단골 고객이었다. 그들은 값싸고 질 좋은 탓으로 우리 야매 휘발유를 애용한다고 둘러댔지만, 어린 내가 판단하기에도 꼭 그렇지만은 않은 것 같았다. 그들은 은근히 털보 형제를 두려워하고 있었다. 특히 얼굴을 잘 나타내지 않는 신비주의자 큰형의 경우에는 자타가 공인하는 밤의 신사였고, 의리의 칼잡이였으며, 이름난 정치 깡패였다. 도대체 어디서 어떻게 빼내 오는지는 몰라도, 새벽이면 어김없이 군용 휘발유를 차떼기째 국제주유소의 어둡고 칙칙한 창고로 실어 와 드럼통 속의 일반 휘발유에 섞어 넣었고, 그리고 아침이 오면 우리들은 또 어김없이 그것들이 담긴 스피아깡을 들고 이리저리 부리나케 뛰어다니는 거였다. 행정당국 몰래 감행하는 은밀한 사업이었지만, 설사 그들이 잘 안 다손치더라도 큰형의 손길은 이미 거기까지 길게 뻗쳐 있어서 별다른 문제가 될 게 없었다. 그들은 짐짓 알면서도 모른 척 눈감아주고 있었고, 오히려 서로가 형님, 동생으로 통하는 끈끈한 의리의 관계였으며, 그래서 어쩌면 손뼉 같은 동업의 성격까지 띠고 있는 지도 몰랐다.

하루하루가 그렇게 되풀이 지나감에 따라, 나는 점점 더 깊은 어둠의 자식으로 물들어 가기 시작했다. 그 골목의 또래나 형들과 어울리는 밤이면 동명극장 앞이나 부둣가 쪽으로 나가 걸핏하면 패싸움을 벌이기 일쑤였으며, 허리띠 안의 칼집 속에 작고 예쁜 칼을 품고 다니는 경우도 있었다. 친구들이 그렇게 하니까 나도 덩달아 멋모르고 흉내를 냈다. 그러면 큰형은 그런 내 행티를 이윽히 지켜 바라보면서 꽤나 대견해 했다.

계집앤 줄 알았더니 너도 이제 클 수 있겠구나. 사내는 역시 배짱이 두둑해야 하는 거야.

그러던 어느 날 큰형은 나의 객기와 사내다움을 모처럼 시험해 볼 기회가 생겼다. 때마침 굳게 잠긴 분소 철문에 대고 오줌을 내갈기는 어떤 술꾼을 발견한 거였다.

어두운 밤, 휘적휘적 길을 걷다가 은근슬쩍 실례하는 그 술꾼의 작태를 건너편 아바이식당 앞 나무 걸상에 앉아 유심히 노려보고 있던 큰형은 대뜸 나에게 명령했다.

"승철아, 니 빨리 좇아가서 저 새끼 엉덩이를 차 버려!"

나는 주춤 망설이지 않을 수 없었다. 어둠 속의 먼발치로 얼핏 건너다 봐도 사내의 덩치가 워낙 크고 힘센 어른이어서였다. 빨리, 하고 털보형이 소리쳤다. 나는 용수철처럼 사내를 향해 튀어 나갔다. 그리고 냅다 작자의 펑퍼짐한 엉덩이를 거친 발길로 걷어찼다.

놀란 사내가 비스듬히 뒤를 돌아보았고, 나는 기세등등하게 두 눈을 부라렸다.

"여기가 어딘데 오줌을 싸는 거야. 짤리고 싶어?"

"이건, 뭐야?"

끄윽, 길게 트림을 끄고 난 사내는 천천히 허리를 돌려 나를 들여다보고 나더니, 느닷없이 핫핫핫 웃어 젖혔다. 작자는 적어도 너무나 어이가 없는 모양이었다. 한 차례 부르르 진저리치며 바지춤을 추스른 사내는, 천천히 몸을 돌려 나를 정면으로 마주보았다.

"짜식, 낯짝은 곱상하게 생겨 갖고 말이 좀 거칠구나. 쪼그만 게 어른 엉덩이를 다 걷어차다니, 핫핫핫."

그리고는 느닷없이 내 뺨을 후려갈겼다. 나는 벌렁 뒤로 나가떨어졌다. 다시 비틀거리며 걸어가는 사내의 뒷모습이 거대한 바위처럼 보였다. 나는 큰형이 얼른 뛰어와서 내 대신 작자를 흠씬 박살내 주었으면 하고 속으로 간절히 원했지만, 그쪽에서는 비정하게도 이런 엉뚱한 소리만 메아리처럼 들려올 따름이었다.

"등신아, 뭐하고 있노? 찔러 버리잖고!"

아, 그렇지.

나는 순식간에 작고 예리한 주머니칼을 뽑아 들었다. 그리고 힘껏 달려가 아무런 망설임 없이 사내의 허벅지를 쿡 찔렀다. 어이쿠, 하고 사내가 외마디 비명을 내질렀다.

그러나 큰형은 몹쓸 죄를 저지른 내가 그 벌을 피해 도망 다니지 않아도 될 수 있도록 곧바로 해결해 주었다. 사내의 상처는 다행히 깊지 않아서 큰형의 강온 양면작전의 공갈, 협박에 쉽게 회유되었고, 적당한 치료비 부담만으로 간단히 끝장을 본 거였다.

그 사건 이후로 나는 작은 영웅 취급을 받기 시작했는데, 그와 동시에 나는 또한 털보 형제의 그늘에서 한 발짝도 마음대로 벗어날 수 없는 노예이기도 했다. 그럴 때마다 나는 한편으로 남미주유소의 일식이가 부러워서 견딜 수 없었다. 그 애는 오후 4시만 되면 어김없이 학교를 가기 때문이었다. 내가 한창 피곤이 누적된 노동에 시달리고 있을 때, 야간 학생인 일식이는 말쑥한 교복 차림으로 순식간에 신분이 바뀌어, 지옥 같은 자갈치 골목을 유유히 벗어나는 거였다. 그 애가 걸친 카키색 바지와 하늘색 반팔 셔츠, 그리고 반짝이는 모표의 검은 모자와 하얀 운동화는 바로 몇 개월 전의 당당한 내 모습이 아니었던가 말이다. 나는 정체 모를 뭔가에 흠씬 홀린 듯, 그애가 사라진 후에도 한참이나 그 자리에 우두커니 붙박여 서 있곤 했다.

그리고 그런 날 해질 무렵이면 나는 또 어김없이 태옥이 누나를 마음속으로 그렸다. 자갈치 골목의 유일한 여대생인 그녀가 학교에서 돌아오기를 남몰래 기다리다가, 그녀가 정작 먼발치께에 모습을 나타내면 나는 얼른 전신주나 견고한 철문 뒤에 숨어서 몰래 훔쳐볼 따름이었다. 다만 그럴 뿐이었다. 그런데 내 손이 도저히 미치지 못하는 어느 먼 곳에 존재하는 신기루에 불과하다는 걸 훤히 알면서도, 태옥이 누나를 향한 나의 동경은 왜 이처럼 밑도 끝도 없이 집요하고도 엉뚱하기만 할까.

캄캄한 밤, 언제 귀가했는지 유리문 너머 식당 안에서 태옥이 누나가 어른거린다. 나는 우뚝 걸음을 멈추고 어둠 속에 몸을 숨긴다. 그리고는 넋을 놓은 채 희미한 전등 불빛 속의 그녀를 마냥 훔쳐 바라본다. 일이 있을 때는 오면서도 보고, 가면서도 흘깃흘깃, 온 신경이 온통 그쪽으로만 쏠리는 것이다. 그러다가 막상 아바이식당으로 들어가 밥을 먹게 될라치면, 나하고는 전혀 모르는 남남인 양 시치미를 뚝 뗀다. 그러던 어느 날이었다.

식당 한켠에서 혼자 늦은 저녁을 먹고 있는데 태옥이 누나가 불쑥 들어섰다. 그녀는 나를 보자마자 깜박 반기는 낯빛으로,

"어머, 승철이구나? 요즘엔 와 우리가 통 만날 수가 없노? 안 그래도 니한테 갈라캤는데 마침 잘 됐네. 여기, 니한테 줄 게 있다."

평소와는 달리 약간 들떠 말하며 헝겊가방 속에서 뭔가를 주섬주섬 꺼내는 거였다. 나는 멍하니 상기된 누나 얼굴만을 건너다보았다. 주방에서 설거지하던 어마이도 저 가시나가 그게 뭐꼬, 하는 표정으로 이슥히 이쪽을 지켜보고 있었다. 궁금해 하는 나에게 그녀가 다시 말한다.

"일기장이다. 뭘 선물해 주꼬 고민하다가 이걸로 안 골랐나. 책보다도 더 소중할 것 같아서. 하루도 거르지 말고 꼬박꼬박 써야 한대이."

"이걸, 정말로, 저한테……"

"무슨 말을 그리 섭섭하게 하노. 정말이다."

"승철이 쟈가 아주 좋은 누날 뒀네? 냉큼 고맙다 캐라."

어마이까지 유쾌히 거들고 나섰으므로, 나는 그제서야 손을 내밀어 예기치 못했던 누나의 엉뚱한 선물을 소중하게 받아들었다. 왈칵 눈물이라도 쏟아 내고 싶을 만큼 가슴이 벅차올랐다. 나에게도 나를 생각해 주는 사람이 있다니, 나를 진심으로 생각해 주는 사람이 다름 아닌 태옥이 누나라니, 속으로 감동하고 또 감동해서, 입 안에 든 밥알도 냉큼 삼킬 수 없을 지경이었다.

"고맙습니다."

나는 겨우 교과서처럼 말하고, 괜히 뒤통수를 긁적이며 가까스로 그 자리를 물러 나왔다.

그날 밤, 비닐 커버가 씌워진 고급 일기장을 내보이며 은근히 자랑하는 나에게 땅코형은 말했다.

"니가 행운아임에는 틀림없지만 사실은 그게 아닌 기라. 작은형이 태옥이한테 상사병 난 거 니 모르제? 그 가시나, 여러 사내 죽인대이. 두고 보면 안다."

"작은형이 태옥이 누나를? 에이, 그럴 리가?"

"일마가 몰라도 한참 모르네. 하긴, 니는 아직 어리니까 모르는 게 당연하지. 큰형도 눈치가 쪼금 이상하고...... 암만해도 언젠가는 큰 싸움판이 벌어질 거로. 태옥이 고년,

내하고 동갑 아이가. 실은 내하고 야, 자 트면서 친구하믄 젤 잘 어울릴 텐데."

이게 도대체 어떻게 돌아가는 거야?

나는 도무지 뭐가 뭔지 종잡을 수가 없었다. 선부른 땅코 형의 주장대로라면 우리 분소의 네 사내가 다같이 태옥이 누나를 좋아한다는 것인데, 그게 어떻게 현실로 가당키나 한 노릇인가. 지난번 아침식사 때 작은형이 스쳐 지나가는 농담 한마디 잘못 던진 걸로 어마이한테 얼마나 호되게 당했으며, 작은형이 정말로 태옥이 누나를 이성의 대상으로 사모한다면 어떻게 그런 식의 어쭙잖은 농담이 함부로 튀어나올 수 있단 말인가.

언제 지한테 줄랍니꺼?

작은형은 그때 그렇게 말했었다.

내가 그 점을 지적하며 제법 어른스런 논조로 공박하자, 땅코형은 옆으로 끙 돌아누우며 계속했다.

"그게 바로 작은형의 독특한 어법인 기라. 기분이 좋을 때는 오히려 욕으로 조지는 거 니 못 봤나. 술도 잘 못하믄서 아바이식당만 가믄 독한 쏘주를 찾는 것도 다 그래선 기라. 괜히 주정하는 척하믄서 언중유골로 어마이 속마음 떠

보고, 태옥이 환심 사려 애쓰고. 어찌 보면 안됐다. 큰형은 그나마 대학물이라도 조금 먹어 봤지만 작은형은 고졸 아이가. 고졸 가지고 여대생 태옥이를 어떻게 넘보겠노. 그것 때문에 날마다 속으로 끙끙 앓는다 아이가. 에이 씨!"

그러면서 땅코형은 미주알고주알 더 많은 정보를 늘어놓고 있었다. 자기는 바로 한동네 이웃으로 살았기 때문에 두 형네 집 속사정을 너무나 속속들이 잘 안다는 것, 지난해 겨울에는 두 형제간에 재산 문제로 싸움이 벌어졌는데 연 사흘 동안을 장소 옮겨 가면서 쉬지 않고 치고받았다는 것, 평소에는 그렇게 도탑고 의리 깊은 형제애를 발휘할 수가 없는데도, 한번 틀어졌다 하면 둘 다 물불을 가릴 줄 모른다는 것까지 가감 없이 까발려 내는 거였다. 그리고는 또,

"에이 씨, 이거 안 되겠네."

신음 같은 넋두리를 혼자 내지르며 부스스 몸을 일으켰다. 땅코형은 아까부터 입으로 계속 쑤월쑤월 열심히 중얼거리면서도, 담요 속의 손이나 머리로는 뭔가를 또 다르게 혼자 애써 도모하고 있었음에 틀림없다. 아니나 다를까, 웬 걸레를 서둘러 찾으면서 발아래 벽 쪽을 마주해 무릎을 꺾고 앉은 그의 손놀림이 급속도로 빨라지기 시작했다. 처음

에 나는 무슨 경건한 회개의 기도라도 드리려는 줄 알고 괜스레 가슴이 뜨끔했지만, 졸고 있는 백열등 아래서 자세히 그의 뒷모습을 관찰하고 있자니까 그게 아니었다. 소리는 비록 고통스런 외마디일지라도 점차 진해지는 희열의 농도는 직접 들여다보지 않아도 쉽게 가늠할 수 있을 것 같았다. 땅코형은 가볍게, 작은 짐승처럼 울부짖었다. 그리고 부르르 치를 떨었다.

뭘까. 도대체 무엇이 저 강인한 청년의 육체를 송두리째 뒤흔들며 온 정신을 한순간에 앗아가 버리는 것일까.

나는 진정 이해할 수가 없었다. 그래서 이튿날 아침, 땅코형이 일찌감치 자리를 비운 틈을 타서 나는 태옥이 누나가 선물해 준 일기장의 첫머리에 이렇게 썼다.

— 밤에 땅코형이 이상했다. 왜 꿈도 꾸지 않으면서 비명을 질렀을까.

"꿈보다 더 먼 천국을 다녀왔으니까 그렇지, 인마."

나한테서 왜 이런 문장이 씌어지게 되었는가의 이유를 대충 듣고 난 작은형은, 마침내 떼굴떼굴 구르면서 배꼽을 잡았다. 날이 새기 무섭게 득달같이 출근한 그의 눈에 맨 먼저 띈 게 다름 아닌 내 일기장이었는데, 그것이 낯선 이질감의 새 물건이란 사실은 잠시 잊어 먹은 채 작은형은 연신 땅코가 또 어떻게 하더냐고 꼬치꼬치 캐묻는 데만 얼이 팔려 있었다.

그래서? 그 다음엔, 또 어떻게? 떼굴떼굴.

작은형이 배꼽을 잡을 만큼 유쾌하게 웃어대는 모습을 본 건 그때가 처음이었다.

한바탕 웃음을 끝내고 뒤늦게 새로운 사실에 눈을 뜬 작은형이 물었다.

"근데 이게 뭐꼬? 니가 어떻게 이런 걸 다 샀지?"

"산 게 아니고, 태옥이 누나가 줬어요."

돈에 대한 혐의를 빨리 벗어나기 위해 나는 솔직히 털어버렸다. 작은형의 눈꼬리가 가늘게 찢어지고 이마에 주름살이 잡혔다.

"그래? 그 가스나가 마음 쓰는 기 보통이 아니네? 그런데 하필이믄 이 귀한 일기장 첫머리에 이런 망측한 이야길 써놨노? 나중에 태옥이가 좀 보자카믄 우짤라고?"

"그래도 할 수 없죠. 사실이 그러니까."

"그럼 앞으로도, 모든 걸 사실대로 여기에 다 기록할 끼가?"

"야."

"아따, 무서운 시어무이 모시게 생겼네? 내 얘기도 시시콜콜 다 옮겨 쓸 끼가?"

"그럼요, 다 쓸 거예요. 그게 일기니까."

"기왕 쓸 거면 잘 써 주래이. 잉?"

"그러니까 저한테 잘해 주서야 돼요."

"햐, 일마가…… 알았다. 알았어. 하지만……"

작은형은 주춤 생각에 잠기는 눈치더니 주저하는 어조로 계속했다.

"사람이 너무 솔직해도 병인 기라. 감출 건 적당히 감추고 살아야 맛이 나지. 그래서 말인데, 여그 분소 일에 대해선 일체 쓰면 안 된대이?"

"야."

대답은 그렇게 뱉어 놓았지만, 나는 그날부터 가능한 한 모든 것을 사실대로 솔직하게 하루하루 일기를 쓰기 시작했다. 자잘한 일상의 일에 대해선 작은형 말마따나 별로 쓰고 싶은 생각조차 없는 대신, 거기에서 파생되는 느낌이나 유별난 감정, 내 눈에 보이고 내 귀에 들리는 그 모든 대상과 사건의 뒷면, 그칠 줄 모르고 솟아오르는 미지에의 동경과 그리움에 대해서는, 하나도 남김없이 내 소중한 일기장에 또박또박 적어 나갔다. 어느덧 여름이 가고 있었다.

작은형은 언젠가부터 아바이식당 출입을 삼가는 눈치였다. 어마이에 대한 태도도 전보다 훨씬 점잖고 신중해졌는데, 거기에는 오히려 적당히 멸시하고 업신여기려는 작위作爲의 냄새가 더 짙게 배어 있었다. 딱히 그럴 일도 아닌데 일부러 넥타이 차림의 신사복까지 말끔히 갈아입고 골목안을 설쳐 대는가 하면, 아바이 바로 옆 평양식당에서 비싼 소고기 수육과 물냉면을 분소로 배달시켜 먹는 묘한 객기를 부릴 때도 있었다.

그것은 어쨌거나 아바이식당과의 관계가 전과 달리 별로 원만치 못하다는 확실한 증거였다. 뭔가 제대로 대접받지 못한 모욕감에의 보복 심리가 그 밑바탕에는 은밀히 깔려 있거나, 아니면 나도 한때는 있는 집 자식이었다는 걸 암암리에 과시하고 싶어 하는 암상궂은 저의에서인지도 몰랐다.

그와 같은 태도는 시간이 흐르면서 좀 더 솔직한 모습으로 발전되어 나갔다. 식당에서의 매식 자체를 뚝 끊어 버리더니, 위장이 좀 안 좋다는 핑계로 집에서 직접 자기 몫의

식사를 군것지게 날라오게 한 거였다.

내가 애봉이를 알게 된 것은 바로 그 무렵이었다.

철문을 비스듬히 열어 놓은 채 침상에 걸터앉아 때를 놓친 전날 치 일기를 쓰는데, 빠끔히 들어서는 웬 단발머리의 내 또래 여자애가 있었다. 단정하고 깔끔한 교복 차림에 손에는 묵직한 도시락 짐이 들려 있었으므로, 나는 한눈에 작은형의 막냇누이라는 걸 알아차렸다. 그 전날 도시락을 가져왔던 큰누나한테서, 꼭 너만 한 나이의 동생이 있다는 걸 친절히 전해 들었기 때문이었다. 그러나 쓰다 만 일기장을 얼른 접어 선반 위로 올려놓은 나는 짐짓 모른 척 시치미를 떼고,

"누구?"

하고 물었다. 빙긋이 웃음을 베어 문 여자애는 까딱 고개를 숙여 아는 체를 할 뿐 아무 대답 없이 도시락 통을 침상 바닥에 내려놓았다. 그 애 역시 식구들을 통해 나의 정체를 어느 정도는 이미 알고 있는 것 같았다. 나는 자리에서 성큼 내려서며 내 앉았던 자리에 그 애가 앉기를 곱다시 권했다. 치마를 살짝 추스르며 자리에 앉은 여자애는 그제야 밝고 명랑한 어조로,

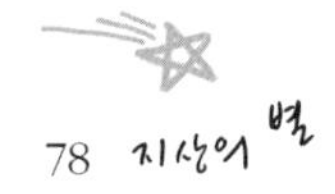

"니가 승철이가? 야기 많이 들었다."

반갑게 말했다. 나는 공연히 부끄럽고 가슴이 애달아 두근거렸다. 그러나 초장부터 반말로 트고 나오는 여자애한테 무작정 낯잡아 기가 꺾이고 있을 수만은 없었다. 내가 받았다.

"넌 이름이 뭐야? 몇 학년?"

"애봉이, 박애봉. 경남여중 이 학년이고, 나이는 니하고 동갑인 열다섯!"

애봉이는 묻지도 않은 내용까지 척척 알아서 벗트듯 대답해 주었다. 그만큼 당돌하고 시원시원한 성격의 소유자였는데, 생김새 또한 그 성격 못지않게 훤하고 수려했다. 오밀조밀하게 생긴 자기 언니와는 전혀 딴판으로, 희고 갸름한 얼굴에 선이 분명한 이목구비가 하나도 흐트러짐이 없었다. 그 중에서도 특히 쌍꺼풀진 두 눈의 강렬하고도 그윽한 눈빛은 나를 충분히 매혹시키고도 남았다. 사람의 마음을 쏘옥 빨아들인다고나 할까, 들여다보면 볼수록 잔잔한 호수에라도 다가가는 것 같은 착각을 불러일으키는 눈이었다. 그리고 도톰한 입술. 그 앵두 같은 입술의 육감어린 분위기가 얼마쯤 우수 깊은 눈의 차가움을 부드럽게 감싸주었다. 애봉이가 뭘 그렇게 빤히 쳐다봐? 하는 표정을 짓자, 나는 얼른 시선을 거두며 얼버무렸다.

"애봉이 이름을 생각하고 있었어. 부르기가 좀 성가시네? 박애봉!"

"안 그래도 친구들이 놀려댄다. 니까지 그러기가?"

미간을 귀엽게 찡그린 다음 애봉이 화제를 돌려 계속한다.

"근데, 니도 학교 다니다 왔다믄서, 다시 다니고 싶지 않나? 나중에 후회되면 우짤 끼고?"

"후회는…… 아직 모르겠어."

"잘 생각해 보래이. 오빠들도 걱정하드라. 암만 봐도 이런 데서 막일해 먹고 살 아이가 아니라고."

"……"

때맞춰 작은형이 들어섰다.

우리는 뚝 대화를 그치고 지는 노을을 등에 진 채 들어서는 작은형에게 서둘러 자리를 비켜 주었다. 응, 너 왔나, 하면서 군홧발 그대로 침상 위에 터억 올라앉은 그는,

"어서 풀어 봐라, 배고파서 안 되겠다."

도시락 보따리를 턱짓으로 가리켰다. 그리고는 문밖으로

돌아서려는 나의 발목을 냉큼 낚아챈다.

"승철이 니도 이리 온나. 같이 묵자."

"그래, 니도 와!"

애봉이까지 눈치껏 거들었으므로 나는 은근슬쩍 신발을 벗지 않을 수 없었다.

희고 고운 애봉이의 손이 보자기를 푼다. 동그란 나무 찬합이 탐스런 알몸을 드러낸다. 3단으로 층층이 쌓인 찬합을 하나씩 분리해 뚜껑을 열자, 내일 아침까지 먹을 충분한 밥과 반찬이 그득 들어 있다. 그 중의 반찬통에는 내가 일찍이 맛보며 즐겼던 어느 가정집의 맛깔스럽고도 푸짐한 정성이 갖가지 형태로 들어차서 나를 빤히 올려다보았다. 그것은 곧 따뜻한 어머니의 손길이었다.

그날 밤 일기장에는 처음으로 애봉이가 등장했다. 일기장 안에서의 그 애 이름은 'A'였다.

가을이 왔다.

일기장에는 어느새 A라는 이름이 수북하게 깔렸다.

처음엔 조심스런 연초록 떡잎이었다가, 햇볕을 받고 비가 내리면서 점점 진하고 두툼한 녹색 잎사귀로 변했다. 나무에 물이 오르고, 잎사귀는 더욱 무서운 생명력으로 짙게

번성하였다. 바람이 불었다. 그리고 지는 꽃과 함께 우리도 결국 헤어지고 말 거야, 생각하면서도, 나는 무시로 애봉이가 보고 싶었다. 사연이 복잡하게 뒤얽힌 어른들 세계 속에서의 태옥이 누나보다는, 훨씬 편하고 자연스러울 수 있는 대상이 바로 애봉이었다. 그래서 애봉이는 벌써 태옥이 누나가 들어찼던 자리를 저만큼 밀어내고, 누나가 준 일기장 안에서마저 내 관심을 온통 독차지하기에 이르렀다. 그리고 애봉이는 어느 누구도 모르게, 김소월의 시집과 안개꽃 무늬가 박힌 손수건을 나에게 선물했다. 나는 거기에도 'A'라고 써 넣었다.

미친 여자가 거리를 휘젓고 다녔다.

가을의 햇살은 여전히 눈부시게 쏟아져 내리고 있었고, 보퉁이를 옆구리에 낀 여자는 혼자 히죽히죽 웃다가 그 햇살 속으로 슬그머니 사라져 갔다. 골목 어귀 공터에서 원무를 추듯 비잉 둘러선 채 배구 토스를 즐기고 있던 우리들은, 그 미친 여자의 꽁무니에 대고 농담 어린 야유와 조롱의 비아냥을 맘껏 날렸다. 그리고 배구공을 향해 환호성을 내질렀다. 통, 통, 통, 튕겨 오르는 배구공의 비상을 보면서 나는

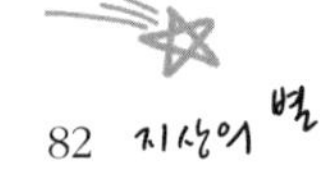

또 학교에서 공부하고 있을 애봉이를 떠올렸다.

미친 여자가 다시 돌아왔다.

이번에는 혼자가 아니었다. 잠바를 걸친 웬 형사들과 함께였는데, 그녀는 뭐라고 뭐라고 알 수 없는 욕설을 퍼부어 대면서 오른손 집게손가락으로 우리들을 가리켰다.

저건 또 뭐야?

우리들은 배구 놀이를 주춤 멈추고 일제히 여자 쪽을 돌아보았다. 그중의 한 형이 이상한 공기를 이내 감지하면서 불안스레 중얼거렸다.

"왜 백차까지 떴지?"

"너희들, 모두 이리 와!"

어느새 곁으로 가까이 다가선 형사가 우리들을 한데 불러 모았다. 왜 백차까지 떴지? 했던 형이 후다닥 도망칠 자세를 취했지만 때는 이미 늦어 있었다. 쫙 깔린 사복 경찰들은 벌써 우리가 튈 만한 길목마다 물샐 틈 없이 진을 치고 있었고, 남미주유소 안마당에는 기분 나쁜 백차 말고도 호송용 닭장차까지 미리 대기되어 있는 상태였다. 도대체 무슨 이유일까. 무슨 일로 미친 여자는 우리를 향해 손가락질하며 알 수 없는 욕을 퍼붓는 것이며, 우리와는 아무 상관없는 경찰들은 왜 떼거리로 모여들어 각일각 포위망을 좁혀 오는가. 금세 주눅이 든 예닐곱 명의 우리들은 도시 영문을 알지 못한 채 우두머리 형사 앞으로 숨죽여 끌려갔다. 형사는 다짜고짜 다그쳤다.

"너희들, 저 여자 보퉁이를 어떡했어?"

"보퉁이라뇨?"

우리의 우두머리 격인 이낙원 형이 강하게 도리칠 치며 나섰다. 그는 왔구나아저씨의 믿음직한 조수로서 성실하고 마음씨 착한 고참 주유원이었다. 땅코형도 대체 그게 무슨 소리냐며 강하게 항변했고, 다른 동료들은 물론 일식이와 나까지 모두 나서면서 아닌 밤중의 이 느닷없는 홍두깨를 막아 내려 기를 썼지만, 이미 아무런 소용이 없었다. 경찰은 미리 짜놓은 각본에 따라 일사천리로 일을 진행시켰다.

"일단 서署로 가야겠어. 신고가 들어온 이상 조사를 해야 되니까."

"아니?"

그리고 우리들은 더 이상 항변하거나 따질 겨를 없이 떼거리로 우루루 호송차에 실려 가지 않으면 안 되었다. 그것도 동네 관할 파출소가 아닌 중부산경찰서로. 미친 여자가 어디서 어떻게 보퉁이 짐을 잃어버리고 와서, 애먼 우리한테 강제로 빼앗겼다고 마구잡이 누명을 씌우는 것일까. 설사 그 보퉁이가 그 어떤 형태로 없어졌다 한들, 어째서 이렇게 집단으로 무작정 끌려가야 할 만큼 큰 죄란 말인가? 그것도 극히 보잘것없는 미친 여자의 쓰레기 같은 보따리를 가지고?

아무리 곰곰 곱씹어 봐도 좀체 이해할 수 없는 노릇이었다.

"우리는 일제 소탕 작전에 걸려든 거야."

땅코형이 속삭이듯 내 귀에 대고 재빨리 알려 주었다. 그때까지도 나는 그게 무슨 말인지 알 수 없었으나, 경찰서 안에 들어서면서 어렴풋이 짐작이 갔다. 군사정부의 살벌한 공포 분위기가 사회 도처에 쫙 깔려 있었던 것이다. 세상은 온통 군인들이 지배하고 있었고, 그들은 새로운 역사와 질서를 창출한다면서 대규모의 '사회악 일소'에 나서고 있었다. 그 성스러운(?) 혁명 과업에 재수 없이 걸려든 게 바로 우리였다.

보퉁이는 정말 미친 여자의 손에 들려 있었을까?

시장 바닥 같은 조사실의 한 귀퉁이 걸상에 앉은 나는 무엇보다도 그것이 궁금했다. 미친 여자를 처음 보았을 때의 모습을 아스라이 떠올려 보니, 보퉁이는 분명 그녀 옆구리에 달라붙어 있었던 것 같기도 했다. 그렇다면 그게 언제 어디로 달아났단 말인가. 우리들 중의 어느 누구도 그것을 탐하거나 빼앗거나 훔친 적이 없는데. 그런데 우리는 왜 아무 죄도 없이 여기에 끌려왔단 말인가.

아니, 미친 여자는 정말로 미쳐 있었을까?

그래, 정말로 미쳐 있었어. 잘난 경찰만 미치지 않은 거야. 보퉁이는 그들이 빼돌린 거야!

"다음, 너, 이리 와봐."

이윽고 조서 작성 담당자가 나를 불렀다. 와이셔츠 단추구멍 같은 뱁새눈으로 나의 위아래를 흘깃 훑어본 사내는, 이건 너무 어리잖아, 하는 표정으로 쩝쩝 입맛을 다시고는 이름과 나이, 주소 등을 건성으로 물어 나갔다. 아까부터 조사실의 형사들은 좁은 통로를 오가면서 나와 일식이한테 유별난 관심을 흘깃흘깃 내보였는데, 아무래도 거칠고 냄새나는 다른 피의자들에 비해서 상당한 무리수가 있거나, 패거리와는 어딘지 어울리지 않는 애들로 우리를 지레 치부해 두고 있는 것 같았다. 나는 애써 태연하고 차분한 어조로 사내의 질문에 응답했고, 사내는 연신 어이없어하는 표정으로 짜식, 짜식, 해 가면서 조서에 타이핑했다.

"그 다음, 너!"

이제 함께 끌려왔던 동료들 중에서는 문일식만 남았다. 일식이는 내내 안절부절 못했는데, 담당이 지목했을 때는 거의 울음이라도 터뜨릴 것 같았다. 나는 용기를 내어 담당에게 말했다.

"그 앤, 학생이에요! 아무 잘못이 없어요."

"짜식, 학생이면 다야?"

담당이 피식 실소를 터뜨렸다. 그리고는 다시 언짢은 투로 덧붙였는데, 여기 들어온 순간부터 학생 신분은 싹 없어졌다는둥 뭔가 잘못이 있기 때문에 너희들은 매우 합법적으로 이곳에 잡혀 왔다는 둥, 우리에게 불리한 충고만을 잔뜩 늘어놓는 거였다. 그들은 적어도 평소 우범지대로서의 자갈치시장 골목에 대한 선입관 속에서, 어떤 확고한 신념을 갖고 넘나게 일을 처리하고 있는 것 같았다. 죄가 있건 없건 그곳에서 생활하고 웃고 짓까불면, 그 자체가 바로 모든 범죄의 혐의 대상으로 간주된다는 식이었다. 그래서 사람들은 줄을 잘 서야 하고, 친구를 잘 만나야 하며, 환경이 좋은 동네에서 살아야 되는 모양이었다. 그렇지 않으면 자칫 도매금으로 넘어가기 쉽다. 개인의 정직성이나 진실은 철저하게 배제된 채, 그 집단이 갖고 있는 고정 색깔이나 생존의 생리에 무작위로 휩쓸려 들어가 버리고 만다. 그러니까 우리는 그같은 마녀사냥의 보기 좋은 희생물에 불과했던 셈이다.

어쨌거나 우리는 유치장으로 넘어갔고, 우리 외에도 아주 많은 숫자의 사람들이 거기에 잡혀 와 있다는 사실을 곧 알아챘다. 아수라장이었다. 군드러진 입냄새, 창자 썩는 냄새가 코를 찔렀다. 역겨운 고린내도 시큼 맡아졌다. 그래도 그들은 그침 없이 뭔가를 수군거리고, 모의하고, 억울함을 호소했다. 하나같이 후줄그레 어깨가 처진 그들은, 가난하고 힘없는 약자로서의 억울함에서 오는 분노와 피해의식을 적당히 공유하긴 하였으되, 어딘지 음습한 범법자로서의 체취가 그 분위기와 차림새에 알 듯 모를 듯 배어 있는 것도 숨길 수 없는 사실이었다. 확실한 전과자들은 따로 분류, 격리되었는데, 놀랍게도 땅코형까지 그 무리 속으로 여지없이 휩쓸려 들어가고 말았다. 그리고 끝이었다. 문일식과 나를 제외한 형들은 따로따로 모두 격리되어 나갔다. 제주도 국토건설단으로 확 쓸어 보낸다는 거였다.

냄새나는 유치장 시멘트 바닥에서 내다 버린 강아지 취급을 받으며 하룻밤을 새고 났을 때, 담당 형사는 일식이와 나를 약간 물기 어린 어조로 불러낸 다음 말했다.

"너희들은 훈방이다. 여기서 나가가든, 김승철 너는 곧장 고향 앞으로 가는 거다. 알았지? 가서 다시 학교 다니도록 해!"

"예."

안 그러면 내보내 주지 않겠다는 듯 형사가 험상궂게 인상을 일그러뜨리고 있었으므로, 나는 아주 공손히 대답했다. 불과 하룻밤을 묵고 나왔을 뿐인데도 사지는 몽둥이에 흠씬 두들겨 맞은 것처럼 욱신거리며 무거웠다.

그러나 경찰서 현관에는 예기치 못했던 큰형이 터억 팔짱을 낀 채 나를 기다리고 서 있었다. 우울한 기분은 이내 날 듯 가벼워졌다. 거기에 애봉이까지 곁들여 있다면 더욱 금상첨화였으리라. 지난밤 내내 나는 애봉이 때문에 속으로 끙끙 앓았었다. 그 애는 이런 비참한 꼬락서니의 나를 어떻게 생각할까. 혹시 내 결백을 믿어 주지 않고 경찰의 혐의 사실을 액면 그대로 에누리 없이 인정해 버린다면? 이런저런 상념과 불안, 걱정으로 나는 온밤을 거의 뜬눈으로 지새울 수밖에 없었다. 그런데 그 애의 큰오빠가, 나의 대부나 다름없는 든든한 보호자가 제복과 거친 구호 일색의 공포 분위기를 싹 지운 채, 경찰서 현관에 우뚝 버티고 서 있었으니 얼마나 가슴 벅찰 일인가.

큰형은 가까운 식당으로 나와 일식이를 데리고 들어가면서 말했다.

"땅코도 한두 달 있으믄 곧 풀려 나올 끼다. 정화 바람이 워낙 센 데다 전과가 있어 놔서, 일단 보내 놓고 너희 둘만 우선 빼낸 거야."

"아, 그러셨어요?"

열여덟 살 미만의 미성년인 데다가 어린 중학생 신분임을 참작해서 나오게 된 줄 알았는데, 큰형의 말은 그것과 달랐다. 어쨌든 당신의 든든한 영향력이 용케 잘 닿아서 우리가 쉽게 훈방될 수 있었는지는 모르지만, 나는 우선 외롭고 배고픈 우리 처지를 정확히 짚어 낸 후 맛있는 불고기까지 곱빼기로 포식시키는 큰형이 더없이 존경스럽고 고마웠다.

그런데 그토록 존경스럽고 능력 있는 큰형한테도 뜻하지

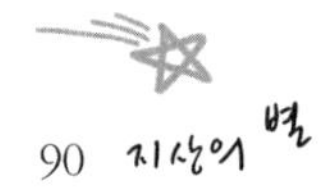

않은 봉변의 순간이 다가왔다. 다름 아닌 여자 문제가 볼썽 사납게 툭 불거진 거였다. 내가 경찰서에서 풀려나온 지 일주일쯤 흘렀을까, 큰형은 아바이식당의 어마이로부터 느닷없이 뺨을 얻어맞고 함부로 멱살잡이까지 당하는 엄청난 수모를 겪었다.

어마이는 게거품을 입에 문 채 고래고래 소리 질렀다.

"이놈, 이 나쁜 인간, 내가 그 애를 으떻게 키웠는데, 잉? 이리 무참하게 신세를 망쳐 놔도 되는 기야, 잉? 어서 내 딸 살려 내라, 내 딸 살려 내!"

"아따, 어마이, 이 손 좀 놓으쇼. 놓고, 차분하게 말하입시더."

얼굴이 벌겋게 상기된 큰형은 무슨 잘못을 그리 크게 저질렀는지, 도무지 꼼짝달싹하지 못하는 고양이 앞의 생쥐 꼴이었다. 어마이는 더욱 드세게 큰형을 몰아붙인다.

"어마이라니? 누구한티 어마이라 카노. 믿는 도끼에 발등 찍힌다고, 자식보다도 더 잘해 줬디마는 그 은혜를 원수로 갚어? 이놈, 이 인간 말종, 어디 한번 너 죽고 나 죽어보자꾸나."

당장에라도 식칼을 집어들지 않을까 싶을 만큼 무서운

기세로, 길길이 날뛰는 어마이의 저 험상한 분노는 또 어디서 비롯된 것일까. 언제나 후덕한 너그러움을 잃지 않으면서 자상하고 인자하기 그지없던 여자, 특히 나에게는 어머니나 할머니보다도 더 가깝게 마음 써주던 분이었는데, 그 정에 겨운 인상이 한순간에 저주와 절망의 화신으로 변해버리다니, 그 표변의 이유는 도대체 무엇일까. 나는 그저 무참히 혼란스럽고 어리벙벙할 따름이었다. 그것은 진정 나에게 큰 충격이었다.

옆집 식당 여자가 중간에 끼어들어 말리는 바람에 큰형은 어렵사리 그 자리를 피해 줄행랑을 쳤다. 제풀에 털썩 주저앉은 어마이는 거의 기절 직전이었다. 이상한 슬픔과 흥분 속에 휩싸여 있던 나는 주저 없이 식당으로 뛰어들어 어마이를 부축하고, 지친 그네를 방 안으로 모셨다. 그리고 흐트러진 식탁을 정리하면서 눈으로는 열심히 태옥이 누나를 찾았으나, 그녀는 여전히 눈에 보이지 않았다. 이 난리의 소용돌이 속에서 누나는 또 어디로 피신했을까. 가까스로 방에 옮겨졌던 어마이의 통곡에 가까운 울음소리가 다시금 어지러운 실내를 세차게 뒤흔들었다.

가을이 가고 겨울이 왔다. 그리고 어느덧 해가 바뀌었다.

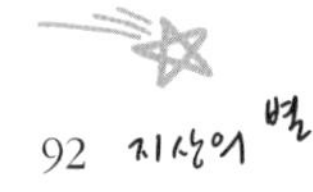

그렇게나 질풍노도와 같이 휘몰아쳤던 아바이식당 사건은, 덧없이 해가 바뀌는 사이에 곧 알 수 없는 훈풍으로 돌아섰다. 모든 증오와 갈등, 절망과 분노는 씻은 듯 지워지고, 따뜻한 어마이의 원래의 성품대로 환원된 것이다. 용서와 화해의 물결이 아바이식당 안에 다시 넘실거렸다.

"우짜겠노, 지 운명인데!"

어마이는 아무도 없을 때 타령처럼 나에게 쑤얼거리셨고,

"그게 인생이라는 기다. 승철이 니, 이제 좀 알겠나?"

술 취한 작은형은 홍얼홍얼 콧노래를 부르다 말고 나에게 동의를 구하듯 말했다. 그리고는 그만이었다. 어느 누구도 큰형과 태옥이 누나의 결혼에 대해서 더 이상 왈가왈부하지 않았다.

비 온 뒤의 진 땅이 더 잘 굳는다던가.

한차례 매서운 홍역을 치르고 난 큰형과 태옥이 누나는 오히려 전보다 더 진한 한 몸으로 결속되었고, 차가운 질시의 눈초리들을 보란 듯 당당히 헤쳐 나갔다. 상당한 나이 차이에도 아랑곳없이, 둘은 아주 잘 어울리는 한 쌍의 잉꼬로서 손색이 없었다. 그리고 둘은 이미 태옥이 누나의 졸업

과 때를 맞춰 결혼식을 올리기로 약속되어 있었다. 진정 알다가도 모를 일이 남녀 사이의 사랑이고, 운명이고, 우리네 인생살이의 속사정인가 보았다.

나는 그와 같은 어른들의 불가해한 세계가 어떻게 회오리쳐 돌아가든 이제 상관할 바가 아니었다. 중요한 것은 오직 주인집 막내딸 애봉이뿐이었다. 나도 큰형처럼 애봉이를 내 것으로 쟁취할 수 있게 되기를, 그리하여 육체와 정신이 하나로 합일되는 참다운 사랑의 기쁨을 오래도록 누릴 수 있게 되기를, 속으로 간절히 갈망할 따름이었다.

아니, 그것은 너무 무리한 소원이겠다. 왜냐하면 그 애가 내 곁에 가까이 다가오는 것만으로도 나는 충분히 행복했으니까. 깊고도 그윽한 그 애의 쌍꺼풀진 두 눈을 훔쳐 바라보는 것만으로도, 함께 한 자리에 있으면서 쓸데없는 대화를 서로 킥킥 나누는 것만으로도 나는 그저 즐겁고 가슴이 충만해졌으니까.

그래서 나는 애봉이가 도시락 가져오는 날만을 마냥 기다렸는데, 대개의 경우 그 애는 오지 않고 못생긴 큰누나만 열심히 들락거리기 십상이었다. 애봉이는 가뭄에 콩 나듯 어쩌다 한 번씩 얼굴을 내비쳤다.

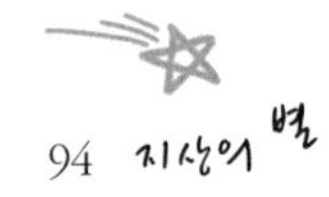

음력 설날이 돌아왔다. 객지에서 처음 맞아 보는 가장 큰 명절이었다.

사람들은 저마다 집으로, 고향으로 떼를 지어 떠나갔다. 색색으로 단장한 설빔을 입고, 혹은 선물이 든 무거운 가방을 들거나 어깨에 메고 정다운 가족과 친지를 찾아다니는데 열심이었다. 거리는 갑자기 썰물처럼 텅 비어 버렸고, 나는 막상 갈 곳이 없었다. 아바이식당조차 굳게 문을 닫고 있었다.

애봉이가 온 것은 아침 식사 때가 훌쩍 지나서였다.

그 애의 손에는 여느 때와는 달리 푸짐한 명절 음식의 찬합이 묵직하게 들려 있었다. 올이 굵은 골덴 바지에 검정색 반코트를 입고, 목에는 두툼한 목도리까지 두른 애봉이는, 오늘따라 한결 어른스럽고 생기 넘쳐 보였다.

“배고프지? 어서 먹어.”

애봉이는 도시락을 내려놓자마자 예쁜 털장갑을 벗고 보자기부터 풀었다. 온기와 정성이 고스란히 남아 있는 성찬이었다. 나는 그것을 맛있게 먹기 시작했다. 그러나 웬일인지 애봉이의 표정은 곧 어두워졌다. 그 애가 발갛게 달아오른 소형 석유난로의 불빛을 깊이 응시하며 입을 열었다.

"승철인, 고향에 가고 싶지 않나? 식구들이 많이 그렵제?"

"글쎄, 가고 싶기도 하고, 안 가고 싶기도 하고……"

"피, 그런 엉터리 대답이 어딨노? 가고 싶으면 언제라도 훌쩍 떠나거라."

"언제라도 훌쩍?"

나는 일순 숟가락질을 멈추고 긴장된 의혹의 눈빛으로 애봉이를 빤히 건너다보았다. 그 애의 입에서 그런 폭탄 같은 말이 새어 나오리라고는 미처 생각지 못했었다. 혹시 내 깊은 마음속을 훤히 들여다보고 있는 건 아닐까. 그 애가 다시 말했다.

"그럼. 언제라도 훌쩍 떠나서 다시 학교 다니거라. 니한테 올 때는 교복 입고 오기가 괜히 미안타. 그래서 오늘도 이렇게 안 왔나. 그건 그렇고, 빨리 묵어라. 우리 극장 가자."

"극장?"

애봉이는 갈수록 태산이었다. 어엿한 주인집 딸인 주제에, 고생스런 객지살이를 하루 빨리 때려치우라는 충동질도 모자라서 이번에는 함께 극장에까지 가자고? 겁도 없이 그게 무슨 소리냐고 눈으로 다그치는 나를 향해 애봉이가 계속한다.

"여기 잠깐 들렀다가 친구들하고 담임 선생님 댁 세배간닥 안 했나. 집에서는 그리 알고 있으이 걱정 말고. 자, 봐라. 오면서 표까지 미리 샀다 아이가. 요 옆 동명극장에서 〈바보온달과 평강공주〉 하더라. 학생들도 보는 영화다."

"참, 나!"

애봉이의 짓거리가 너무 당돌하고 앙똥해서 나는 한동안 벌린 입을 다물지 못했다. 그러나 저 밑바닥에서 솟아오르는 가슴 벅찬 즐거움은 끝내 숨길 수가 없었다. 나는 서둘러 먹기를 마치고 애봉이를 따라 극장으로 갔다.

그리고 어떻게 영화를 관람했던가. 미안하지만, 나는 거의 영화를 보지 않았다. 애봉이와 함께 떠나는 저 환한 미지의 세계를 열심히 꿈꾸고 있었다. 애봉이는 평강공주이고 나는 바보온달이었다. 꿈과 현실, 과거와 미래가 한데 뒤엉킨 영화가 끝났을 때, 애봉이는 다시 부둣가로 나를 데려갔다. 검푸른 겨울 바다가 출렁이고 있었다. 애봉이가 입을 열었다.

"니는 이 다음에 뭐가 될 끼고?"

"……"

나는 아무런 대답도 할 수가 없었다. 그 대답을 애봉이가 대신해 주었다.

"틀림없이 시인이 될 끼다. 오늘에서야 고백하지만, 언젠가 니 일기 몰래 훔쳐보고 나 많이 울었다. 시인, 될 끼제? 이 자리서 약속해 봐라."

"그래, 약속할게. 그런데 너는?"

"나? 나는 아마 선생님이 될 끼다. 어린애들을 보면 난 그렇게 맘이 편해진다."

"맞아, 넌 틀림없이 선생님이 될 거야. 선생님들이 모두 너만 같으면 세상은 지금보다 훨씬 좋아질 거야. 너도 이 자리에서 한번 약속해 봐."

"좋아, 약속하겠어. 시인과 선생님, 정말 근사하다. 그지?"

나는 고개를 끄덕였다.

그리고 우리는 나란히 서서 함께 먼 바다를 바라보았다.

그곳에 길이 있었다. 길은 또 하늘에도 활짝 열려 있었으며, 내 마음속에도 훤히 뚫려 있었다. 그로부터 보름쯤 지난 후 나는 그 꿈같은 항구도시를 떠났다.

느린 빠르기로, 노래하듯이

목포

에서 항해를 시작한 여객선은, 마침내 낯익은 가치포의 뱃머리에 나를 내려주고 다시 조도鳥島를 향해 떠났다. 허연 물보라를 일으키며 멀어지는 여객선의 꽁무니를 한동안 멍한 시선으로 바라보던 나는, 배에서 함께 내렸던 선객들이 저만큼 앞서 산비탈을 올라갔을 무렵

에야 비로소 가방을 챙겨 들었다. 왠지 그네들과 따로 걷고 싶었다.

비탈진 산길을 혼자 걸었다. 하늘로 용머리를 치켜든 것 같은 형상의 주지도를 멀찍이 바라보면서 가파른 된비알에 자리 잡은 세방 마을로 돌아들자, 낯익은 풍경들이 한눈에 좌악 펼쳐졌다. 불타는 저녁놀이 부처섬 너머로 장렬하게 스러지기 바쁘게 반딧불처럼 깜박이기 시작하던 가사도 등대며, 난바다의 태풍을 수호신인 듯 막아 주는 포구 맞은편의 진섬, 솔섬, 납당여, 구분서리, 가커리가 다도해의 절경을 그림처럼 연출하면서 예전 그대로 그 자리에 변함없이 누워 있었다.

좁다란 샛길을 굽이굽이 걸어, 이윽고 목섬 들머리의 고향 마을 어귀로 들어섰다.

오랜만에 밟아 보는 고향은 참 이해할 수 없으리만치 설면하고 황량하고 서먹서먹했다. 그토록 멀고 크게만 느껴졌던 산과 섬, 길과 집들이, 아주 작고 하찮은 무게로 바로 코앞의 가까운 위치에 변형되어 놓이는가 하면, 눈물나게 그리웠던 식구들조차 문득 생소한 타인의 느낌으로 다가오곤 하는 거였다. 그럼에도 나는 어쨌든 잃어버린 옛 둥지로 용케 되돌아온 셈이었다.

가학리加鶴里. 탕아처럼 집 나갔던 내가 다시 찾아든 정든 고향 땅.

어머니는 자지러질 듯 나를 부둥켜안고 울었다. 점점이 박힌 다도해의 섬들을 너울너울 흘깃거리면서 온갖 설렘과 알 수 없는 상실감, 부끄러움, 객기 따위에 휩싸여 마을 어귀로 마악 들어서는데, 앞서 도착한 어느 선객한테서 어찌어찌 귀띔 받았던지 어머니는 거기까지 한달음에 달려 나와, 다짜고짜 목을 놓아 울어대며 내 뺨을 사정없이 어루만졌다.

"오매, 내 새끼야. 이 모진 놈아, 니가 살아왔구나!"

"……."

나무토막처럼 뻣뻣하게 선 채 나는 어머니의 통곡에 가까운 눈물 바람을 가만히 맞받았다. 어머니의 지극한 슬픔과 반가움의 표현에도 불구하고, 나는 어쩐 일인지 당신과 같은 붉은 눈물은 흘러나오지 않았다. 희노애락의 감정 샘이 한여름 강밭은 가뭄 때의 샘물처럼 바짝 메말라 버렸거나, 그동안 겪은 철부지 인생의 신산辛酸이 아직은 어른들처럼 깊지 못한 탓이었으리라. 당신에게 억지다시피 부둥켜

안긴 나는 그저 어리바리한 혼란의 기분에 휩싸인 채 먼 겨울 하늘만 응시하고 있었다.

그 하늘에 연이 둥실 떠 있었다. 자세히 살펴보니 다른 방패연과 꼬리를 단 가오리연들도 다투어 떠오르는 중이었다. 정월 대보름 뒤끝의 시속時俗 풍경이었는데, 나는 한공중에서 건들거리는 그 연들을 통해 비로소 고향에 돌아왔다는 사실을 몸으로 실감할 수가 있었다. 가까스로 울음을 진정시킨 어머니가 내 얼굴을 빤히 들여다보며 묻는다.

"그래, 어디서 오는 길이냐?"

"부산서……"

"부산?"

허허 참 별일이다, 싶은지 어머니는 또 한동안 쯧쯧쯧 혀만 차더니, 이내 서둘러 내 가방을 빼앗아 들고 휘적휘적 앞장을 섰다. 그러면서 연신 저간의 일들을 따지고 캐묻기에 바빴다. 도대체 어린 네가 그 대처 타관에서 무얼 하고 살았더란 말이냐, 이 어미하고 무슨 철천지원수가 졌기에 그토록이나 편지 한 장 없을 수가 있다더냐, 배는 곯지 않았으며 잠은 어디서 어떻게 해결했느냐, 인천 큰댁에서의 무단가출은 왜 저질러졌으며 앞으로 학교 공부는 어떻게 할 것이냐?

마을의 골목 한가운데에 이를 때까지도 어머니는 지치지도 않고 이런저런 질문의 화살을 연달아 퍼부어댔다. 그러나 나는 짧은 단음절로 대답을 대신하거나 겨우 고개만 끄덕이는 걸로 일관하면서, 정든 고샅길과 이끼 낀 돌담장, 낯익은 동네 사람들을 싱숭생숭 대면하기에 바빴다. 고향은 여전히 따뜻한 손길과 너그러운 품성으로 길 잃은 승냥이마냥 떠돌다 돌아온 나를 아주 넉넉하게 감싸 주었다.

아버지는 아무 말씀 없이 먼산바라기로 아들을 맞았다. 마당 안으로 엉거주춤 들어서는 나를 망연히 훑어보시고는 그만이었다. 당신의 시선은 이내 담장 너머 먼 산으로, 그 산 위의 연들로 날아가 꽂혔다. 용케 살아 돌아온 어린 아들을 향해 과연 어떤 감정 표현을 보여 주어야 할지 스스로도 겸연쩍고 난감하신 모양이었다. 속으로는 불같은 반가움과 분노, 까닭 모를 죄책감 따위가 한데 뒤섞여 소용돌이치고 있을 테지만, 평소에도 별로 말씀이 없는 아버지는 그날따라 더욱 무거운, 납덩이같은 침묵 속으로만 우련 잠겨 들어갈 따름이었다.

호랑이 할아버지는 다행히 집에 안 계셨다. 당신은 오늘도 재 너머 세포로 바람 쐬러 가신 게 분명했다. 틈만 나면 그곳 포구의 주막집에 들르거나 갯가 분위기에 흠뻑 젖었다가 귀가하는 게 당신의 일상 습관이었고 보면, 물어보나 마나 뻔한 노릇이었다.

그런데 할머니는 왜 안 보이시는 걸까.

할아버지가 가까이하는 가는개 강진댁 때문에 그토록이나 속을 끓이더니 혹시 화병이 나서 시름시름 누워 계시는 건 아닐까. 나는 한밤처럼 조용한 안방 문을 열어젖히며 반갑게 할머니를 불렀다.

그러나 당신은 거기에서도 안 보였다.

"돌아가셨단다. 지난 가을에."

아궁이에 불을 지피다가 정지문 밖으로 고개를 내민 어머니가 아차 싶었다는 듯 황망한 표정으로 일러 주었다. 나는 잠시 어리둥절한 착각 속에 빠져 있었다.

어머니가 지금 무슨 말씀을 하신 거야? 돌아가시다니, 어디로?

엉거주춤 내 눈치를 살피던 어머니가 다시 입을 열었다.

"연로하신 분들은 감기를 앓다가도 곧잘 돌아가신단다. 니 할머니가 꼭 그러셨지 뭐냐. 몸살 끝에 거짓말처럼. 모

두들 복 받으신 분이라고, 극락에 가셨을 거라고들 혔다. 그만 잊어뿔고 방으로 들어가 밥 묵어라. 그라고 좀 쉬었다가 할머니한테 가 인사드려라. 요 앞, 안산이다."

"……"

나는 그만 눈물이 핑 돌아서 얼른 뒤란 쪽으로 발길을 돌렸다. 댓잎 서걱이는 소리가 들린다. 미풍에 서걱이는 그 오죽 숲에서 할머니는 금방에라도 빙긋이 얼굴을 내미실 것 같았다. 쪽물을 들이던 당신 옆에서 현란한 앵속을 바라보던 지난날의 내 모습도 얼핏 떠올랐다. 무엇이 죽음이고 어디가 극락이란 말인가. 실체로서는 더 이상 서로 바라볼 수 없는 할머니와 나는, 이제 어떻게 해야 다시 만나게 될 수 있는 것인가.

나는 한동안 장독대 옆에 말없이 서 있었다. 할머니는 여전히 산지사방에서 웃고 계셨다. 깊은 가을날의 뒤란 풍경은 언제나 한 폭의 그림이었는데, 지난 가을에 돌아가셨다면 당신은 분명 이 그림 같은 꽃밭을 평소와 똑같이 가꾸고 어루만지고, 그러다가 가슴에 품은 채 임종을 맞았을 거였다. 그러므로 빨갛게 매달린 홍시, 뚜욱뚝 손바닥 같은 잎을 떨구는 벽오동, 한겨울에도 시퍼렇게 살아 있는 댓잎과 돌담장의 담쟁이넝쿨, 그 밑으로 닥지닥지 달라붙은 푸른 이끼가 곧 할머니의 분신이나 영혼은 혹 아니겠는가. 용솟음치는 새봄이 오면 당신은 더욱 새파랗게 기가 살아나 장독대 주변의 도라지라든가 접시꽃, 패랭이, 파초, 수국 따위로 환생하실 거였다. 당신이 애지중지 아꼈던 아편꽃으로 다시 피어나지는 않을까. 눈이 부신 가을날이면 또 쪽이나 치자 열매로 열리게 될 지도 모른다. 비단이나 삼베에 곱게 물든 그 천연물감이 될 지도.

해 질 무렵 세포에서 홍얼홍얼 귀가한 할아버지는 예기치 않았던 나의 출현에 벌린 입을 다물지 못하셨다. 술이 확 깨는 모양이었다. 당신 역시 아버지와 똑같이 어리둥절한 착시 속에 잠겨 한동안 아무런 말씀이 없었는데, 지는 노을을 받아 붉게 물든 채 마당 한켠에 우두커니 서 있는 손주놈이 안쓰러웠던지, 할아버지는 큼큼 밭은기침을 몇 번 토하고 나서,

"고연 놈 같으니라구."

넋두리 같은 혼잣말을 내뱉고는 안방으로 훌쩍 들어가셨다. 정지간에서 빼끔히 얼굴을 내민 어머니의 손짓에 따라 나도 엉거주춤 그 뒤를 따르지 않을 수 없었다. 그리고 곧

장 할아버지 앞에 넙죽 엎드려 절했다.

"네 이놈, 어디 갔다 이제 왔느냐?"

당신은 짐짓 과장된 큰소리로 힐책이시다.

"어서 잘못했다고 빌어! 다시는 안 그러겠다고."

부엌문을 반쯤 열고 쭈뼛거리며 들여다보던 어머니가 재빨리 내 역성을 들고 나섰다. 무릎을 꿇은 채 입속으로만 우물거리는 나를 대신해서 어머니가 계속했다.

"글쎄 쟈가 부산에 있었다잖아요. 그런대로 잘 지내다 왔답니다."

"허, 별일이다. 죽지 않고 살아 돌아온 게 천만다행이다만, 그래도 집안을 발칵 뒤집은 데의 벌은 마땅히 받아야 쓰겄다. 거기 회초리 좀 가져오니라."

"……"

"아, 어서!"

"예, 아버님."

무슨 말인가를 덧붙이려고 주춤 망설이던 어머니는 결국 자식을 체벌할 매를 준비해 들이지 않으면 안 되었는데, 당신이 할아버지한테 건넨 건 엉뚱하게도 회초리가 아니라 부지깽이였다. 낭창낭창 휘어지며 핏발을 세우는 가는 회초리 대신 어린애 팔뚝만한 굵기의 투박스런 부지깽이를 어머니가 슬그머니 디밀자, 내 가슴은 더욱 세차게 방망이 질쳤다. 어쩌면 저리 새퉁이로 무자비할 수가 있는가. 때리는 시어미보다 말리는 시누이가 더 밉다더니, 어머니가 딱 그랬다.

그러나 나는 곧 당신의 한순간의 기지를 눈치 채고는 속으로 안도의 한숨을 후유 내쉬었다. 문을 닫고 물러간 며느리를 하 어이없다는 시선으로 슬쩍 흘기고 난 할아버지가, 그 부지깽이를 부엌문 쪽으로 다시 내동댕이쳤던 것이다. 그리고는 끌끌끌 혀를 차시더니,

"저걸 매라고 주다니, 니 어미도 어지간히 미련허구나. 그래도 자식 아픈 건 싫어서……"

거의 혼잣말처럼 뇌고는 이윽히 나를 건너다보셨다. 그렇게 깊은 시선으로 건너다보는 그윽한 그 눈빛 속에는, 당신이 무단가출한 어린 손주 놈 때문에 앓아 온 그동안의 호된 마음고생과 애잔한 그리움, 그래서 거기에 따르는 반가움을 정작 어떻게 표현해야 할지 몰라 하는 복잡 미묘한 감정이 잔뜩 어려 있었다. 할아버지는 한참을 그렇게 말없이 나를 뚫어질 듯 들여다보았고, 나는 벌써부터 오금이 저려

견딜 수 없을 지경이었다. 시간이 흐르면서 내 무릎은 더욱 좀이 쑤셨는데, 이윽고 당신의 무거운 입이 열렸다.

"이놈, 그까짓 무릎 좀 아프다고 어디서 엄살이냐, 엄살이! 니놈이 얼마나 어른들 속을 발칵 뒤집어 놓고 썩인 줄이나 알어? 한 번만 이런 일이 더 발생했다간 그땐 이 할애비 죽는 꼴 볼 것이다. 아, 새겨들어?"

"예."

"대답이 어째 시원찮다. 단단히 약속하겄어?"

"예, 할아부지."

"옳지. 사내는 같은 입으로 두 말 않는 법이니라. 내 그리 알고 용서할 것이니, 그 약속 끝까지 지켜야 헌다. 알았쟈?"

예, 하고 얌전히 대답한 다음, 나는 비로소 저린 무릎을 조심스레 세워 그 자리를 물러나올 수 있었다. 문밖은 벌써 수렁 같은 어둠 속이었다.

다음날 아침 조반상은 진수성찬이었다.

아버지와 겸상으로 마주한 할아버지는, 따뜻한 아랫목의 당신 옆으로 나를 불러 앉혔는데, 상 위에는 어느 때와 달리 여린 보리싹을 넣어 끓인 홍어앳국에 윤기가 자르르 흐르는 하얀 쌀밥, 전어구이, 손두부 백기, 매생이무침, 어리

굴젓, 갈비찜까지 푸짐하고 맛깔스럽게 구색 맞춰 차려져 있었다. 물론 대보름 명절 뒤끝인 탓이 크게 작용했겠으나, 그보다는 객지에서 살아 돌아온 어린것에의 애틋한 어른들의 정 때문에 그같은 풍성한 식탁이 모처럼 차려질 수 있었으리라.

"승철아, 많이 묵어라."

이것도 묵어 보고, 저것도 묵어 보고…… 할아버지는 연신 젓가락으로 손수 지적해 가면서 이것저것 맛있는 걸 골라 먹도록 권하고, 어떤 건 당신이 직접 집어 들어 내 입에 넣어 주기까지 하였다. 흐뭇한 곁눈질로 함께 부추기는 아버지 옆에서 나는 또 넙죽넙죽 그것을 받아먹기에 바빴다. 그러나 정작 내가 먹고 싶은 건 까탈스러운 어른들의 식성과는 달리 연노란 계란찜이 고작이었다. 수란이건 반숙이건 계란반찬이면 무엇이든 그 한 가지만으로도 밥그릇을 뚝딱 해치울 수 있는 게 단순한 내 어린 날의 식성이었다.

그러나 어른들은 달랐다. 특히 미식가인 할아버지의 까다로운 식성은 동네에서도 꽤나 알아주는 편에 속했는데, 당신의 상 위에 오르는 자그마한 간장 종지는 지금도 그 상징으로 내 뇌리에 선명히 남아 있다. 숟가락과 함께 반드시

오르게 마련인 작고 앙증맞은 놋 보시기의 간장을, 정말 참새 눈물만큼씩만 찍어 당신의 입맛에 맞게 새로이 간을 맞추는 것이다. 숭어나 부세를 넣고 끓인 미역국은 물론, 심심한 생선구이와 파래무침에 이르기까지, 부엌 주방장의 손끝에서 조금 빠지거나 모자라는 부분을 그렇게 다시 보태고 메웠다.

그런 할아버지가 유달리 즐겼던 음식은 매생이국과 각종 젓갈류였다. 생굴을 넣고 끓인 그 국도 퍽 좋아하셨지만, 어린애 머릿결처럼 부드러운 매생이를 맑고 찬 장물로 타서 그릇째 훌훌 들이마시는 게 당신의 입맛에는 훨씬 더 맞아 보였다. 매생이가 없을 때는 구운 김으로 그것을 대신할 만큼 장물을 즐긴 할아버지는, 또 별 희한한 젓갈도 결코 떼어 놓는 법이 없었다. 뒤란 오지그릇에서 곰삭힌 전어창젓과 디포리젓을 비롯해서 거무튀튀한 석화젓, 불그스레한 토하젓, 푸르죽죽한 참게젓 따위를 무척이나 아끼고 탐하셨던 것이다.

할아버지는 그날 아침 모처럼 흡족하게 식사를 마쳤다면서 숭늉으로 두어 번 입가심을 한 다음 또 물으셨다.

“그래, 도회지 물이 그리도 네 입맛에 안 맞던?”

"……?"

나는 그게 무슨 뜻인지 이내 알아차리면서도 꿀 먹은 벙어리처럼 그저 가만히 입을 닫고 있었다. 왜 인천 큰댁에서 그 귀한 학교 공부를 포기하고 중도에서 그만 줄행랑을 쳤냐는 거였다. 무슨 꿍꿍이속인지 평소에 입이 무거운 아버지까지 거들고 나선다.

"어서 말씀드려. 앞으로 학교는 어떻게 할 건지."

"……"

"학생증은 여직 간직하고 있으렷다?"

이번에는 할아버지가 다시 다그치신다. 나는 예, 하고 짧게 대답했다. 한번 끊어진 학업을 새롭게 이어나갈 방도는 나로서도 꽤나 막막할 따름이어서, 그저 가만히 어른들의 눈치만 어리보기로 힐끗거릴 수밖에 없었다. 쩝쩝 입맛을 다시면서 이윽히 나를 돌아본 할아버지는, 그럼 그 학생증 좀 구경해 보자고 또 다그쳤다. 나는 기계처럼 예, 하고 서둘러 사랑채로 건너가, 나의 소중한 일기장과 함께 가방 속에 고이 간직해 두었던 학생증을 꺼내었다. 벌써 누렇게 색이 바래 있었다. 나는 그것을 들고 한걸음에 달려와 할아버지에게 자랑스레 건네었고, 당신은 돋보기를 고쳐 쓰면서

꼼꼼히 들여다보았다. 그것을 자세하게 살펴본 당신의 입에서 이윽고 다음과 같은 말씀이 떨어졌다.

"이거면 됐다. 모레 십일시 장날, 애비가 아 데리고 관마리 왈현 씨한테 가거라. 내가 보냈다문서 사정 얘기하믄 뒤를 잘 봐줄 것이다. 그 양반이 지금 석교중학 기성회장이다."

"예."

하고 아버지는 흔쾌히 받았다. 당신 역시 여태껏 면장 출신의 지역 유지인 그분을 염두에 새겨 두고 있었음에 틀림없었다. 할아버지와 형제처럼 지내는 아주 절친한 사이여서 나도 여러 번 뵌 적이 있는데, 김왈현 씨는 그만큼 지역 안에서 왕성한 영향력을 아직도 유감없이 발휘하는 인물이었다.

아닌 게 아니라, 그 장날 아버지와 함께 일찌감치 길을 나서 관마리의 김왈현 씨에게 찾아갔더니, 그분은 할아버지가 붓글씨로 써 보낸 한지 쪽지를 쓰윽 훑어보시기 바쁘게,

"어, 그래? 그럼 몇 학년으로 편입하는 게 좋겠냐?"

단번에 풀기 어려운 매듭부터 툭 끊어 버리고 나왔다. 오

는 길에 아버지와 이미 입을 비사쳐 맞춘 터였으므로, 나는 망설이지 않고 주머니 속의 학생증을 꺼내며 대뜸 응답했다.

"삼 학년이오, 이 학년 학생증은 여기 있거든요."

"어, 그래? 그거 이리 내놓고, 다음 장날 학교에서 보세. 내 그동안 교장 만나 일을 처리해 둘 것이니 아이랑 같이 나오시게."

"번거롭게 폐 끼쳐 드려서 죄송합니다."

"폐는 무슨…… 이런 게 다 살아가는 일이지. 아들놈이 똘똘하게 생겼구만."

"어린것이라 아직 부족한 게 많습니다. 어서 고맙다고 인사 드리잖고?"

아버지는 윽박지르듯 나를 돌아보았고, 나는 뜻밖의 내 은인을 향해 꾸벅 고개를 숙였다. 아아, 나도 이제 정말 학생 신분으로 다시 돌아가는 것인가!

"고맙습니다."

"허허 참, 고놈!"

왈현 씨는 연신 내 머리통을 어루만지면서 우리가 방에 들 것을 권유했지만, 아버지는 갈 길이 바쁘다면서,

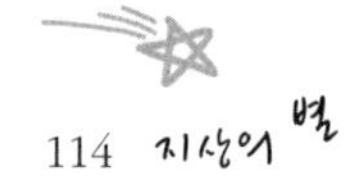

"장에 가서 애 교복도 맞추고, 이것저것 볼일이 좀 있습니다. 이만 실례하겠습니다."

할아버지가 싸 보낸 어란 따위의 작은 선물 꾸러미를 마루 위에 올려놓고 황망히 그 집을 물러 나왔다. 왠지 서두르는 기색이 역력했는데, 자식의 보호자 노릇을 똑똑히 못한 데 대한 민망스런 자괴감이 당신을 그 자리에서 한시바삐 떠나도록 재촉한 것 같았다. 하지만 그런 와중에서도 아버지는 당신이 띠고 온 임무 수행을 위한 순발력을 한껏 발휘하는 걸 결코 잊어버리지는 않았다. 애 교복도 맞추고를 운운함으로써 내 학교 편입 문제의 해결을 은연중 기정사실화시키고, 그 고매한 해결사로 하여금 자신의 책임감을 좀 더 분명하게 각인시키는 효과를 기대했음에 틀림없었다. 그럼에도 집 밖으로 나온 당신은 뭔가 개운치 않은 표정을 쉽게 지우시지 않았다.

"너, 한 학년을 훌쩍 까먹어도 학교 공부 따라갈 수 있겄냐? 그러다가 꼴찌로 낙제하믄?"

"충분히 따라갈 수 있어요. 이를 악물고 공부하믄."

"그려, 이젠 이를 악물고 공부에만 신경 써야 헌다. 절대 한눈팔믄 안 돼야. 알아 듣겄냐?"

"예, 걱정 마셔요."

나는 자신만만히 대답했다.

그러면서도 내심으로는 나 역시 조금 찜찜한 구석이 없지 않았는데, 무엇보다도 그동안의 놓쳐 버린 학습에 대한 불안감과 새롭고 낯선 또 다른 세계에의 이런저런 두려움을 끝내 숨겨 둘 수는 없어서였다. 수학이라든가 물상, 영어 따위의 기초가 까맣게 지워져 버린 상태에서 월반 아닌 월반을 냉큼 감행한 결과가 되고 말았으니, 그 실력 차이에 따른 눈물겨운 정경이 앞으로 어떻게 전개될 지는 직접 겪어보지 않아도 빤한 노릇이었다.

그럼에도 나는 결코 2학년으로 주저앉을 수는 없었다. 그 중학교에는 이미 함께 국민(초등)학교를 다녔던 내 또래 고향 아이들이 정상의 학령에 걸맞게 3학년으로 여럿 올라갈 터이므로, 그 애들보다 한 학년 아래로 뒤처져 간다는 건 일단 내 알량한 자존심이 허락지 않았던 것이다. 나는 어떤 일이 있더라도 그 애들과 함께 공부하고 놀아야 하며, 그 애들을 앞지르고 이겨내야 하는 것이다. 터무니없게도 나는 '그럴 수 있다'는 막연한 자신감을, 실로 황당무계한 만용을 가슴 가득 안고 있었다.

아아, 나는 무엇보다도 부산에 두고 온 애봉이가 나보다 더 높은 학년이어서는 안 되었다. 그리고 나는 곧 그 애한테 내가 다시 그리운 고향, 사랑하는 학교로 무사히 돌아와 안착했다는 사실을 어떤 형태로든 개선장군처럼 알려야 하기 때문이었다.

아버지와 함께 사진관에 들러 사진을 찍고, 그리고 장터목의 학생복집에서 새 교복을 맞춘 다음 해 질 무렵 흐뭇하게 귀가한 그날 밤부터, 나는 호되게 앓아눕고 말았다. 굽이굽이 삼십 리 길을 무리하게 걸어서 오간 탓도 있겠으나, 그보다는 신산한 객지살이의 긴장이 한순간에 풀어져 버린 데 따른 나른한 해방감이 이리저리 부대껴 온 내 육체를 일시에 쓰러뜨린 건지도 몰랐다.

한밤중 붉은 강물이 산사태를 일으키는 꿈에 시달리다가 눈을 떴더니, 웬 코피가 흥건히 터져 있었다. 찝찔한 액체가 연신 목을 타고 넘어왔다. 열에 들뜬 머리는 온통 불덩이처럼 펄펄 들끓었고, 입에서는 훅훅 단내가 났다. 보송보송한 이부자리에까지 선홍의 핏물을 들인 채 정신없이 끙끙 앓는 내 신음 소리에 놀란 어머니는,

"아니, 야가 왜 이래. 야가 왜 이래?"

황망히 뜯어 온 쑥을 비벼 내 콧구멍을 틀어막고 찬 물수건을 이마에 얹어 주고 야단법석을 피웠지만, 거의 헛것이 보일 만큼 핏물 든 내 내상內傷의 아픔은 아침이 훤히 밝아 올 때까지도 좀체 가실 줄 몰랐다.

아지랑이가 어지러이 춤추는 창밖의 세상은 온통 색색의 꽃무더기 봄날이었다. 한약을 달여 마시고 이틀이 꼬박 지나서야 겨우 정상을 되찾았는데,

"그렇게 앓아야 키가 커지니라. 그래야 어른이 되는 법이니라."

보기에 안쓰러우면서도 할아버지는 태연자약 뒷짐을 진 채 그 봄날 속으로 훌쩍 외출하셨고,

"이제 열이 좀 내렸구나. 뭐가 먹고 싶냐, 응? 뭐 해줄까?"

어머니는 연신 내 머리맡을 들락거리면서 음식 수발하기에 여념이 없었다. 나는 계란찜이 먹고 싶다고 말했다.

그 이후 계란반찬은 한동안 내 밥상 위에서 쉬 떠나지 않았다. 할아버지 진지 그릇의 더운 쌀밥 속에 몰래 숨어 들어가 있기가 고작이었던 노오란 토종 계란은, 이제 시도때도 없이 내 독차지로 돌아오고 만 거였다. 사랑채 기둥 모

서리의 짚 둥지를 틀고 앉은 씨암탉이 꼬꼬댁 홰를 치기 무섭게, 어머니는 이내 종종걸음으로 달려가서 그것을 슬쩍 저고리 섶에 감추기 일쑤였고, 나는 눈치도 없이 넙죽넙죽 그것을 받아먹기에 바빴다. 때로는 부침으로, 때로는 찜이나 뜨뜻한 온기가 그대로 남아 있는 날계란으로 후루룩. 나중에는 단내 그친 내 입에서 노리끼리한 닭똥 냄새가 다 비릿하게 새어 나올 지경이었다. 그런 때는 슬쩍 알맹이를 외면하는 대신 그 황금색 껍질로 고소한 계란밥을 해먹었다. 땅거미가 어둑하게 깔린 초저녁 참, 쇠죽을 끓이고 난 가마솥 밑 아궁이에는 아직도 사그라지지 않는 불더미가 남아 있었고, 나는 거기에 물에 부푼 쌀이 꼭지까지 담긴 동그란 계란 껍질을 조심스레 올려 반쯤 파묻는다. 그러고 잠시 뜸들여 기다리면 뽀르르 껍질 외면을 타고 흘러내리는 밥 뜨물. 이윽고 고슬고슬한 계란밥이 되는 것이다.

나는 거멓게 타 버린 껍질을 벗겨 내고 꼭 계란만 한 크기의 둥그스름한 계란밥을 맛있게 뜯어 먹는다. 뜯어 먹으면서 아궁이 속을 들여다본다. 거기 눈동자 같은 불빛이 있다. 사그라질 듯 사그라질 듯, 그러나 끝내 사그라지지 않는 두 눈동자가 나를 빤히 마주 바라본다. 애봉이었다.

그 애의 눈빛이 너무나 강렬하게 나를 쳐다보고 있었으므로, 나는 쫓기듯 사랑채 방으로 들어갔다. 그리고 내 가방 속주머니에 깊이 숨겨져 있던 때 묻은 일기장을 꺼내었다. 거의 절규에 가까운 내 사랑과 그리움의 보고서, 그 방황의 미로일지를 나는 마치 남의 이야기라도 되는 듯 천연스레 들여다보았다. 잠시 잊고 있었던 지난 일들이 달리는 기차 속에서의 창밖 풍경처럼 휙휙 지나갔다. 잊고 싶은, 그러나 끝내 잊을 수 없는 내 추억의 일기장을 나는 듬성듬성 읽어 나갔다.

그리고 나는 마침내 그것을 다 읽기도 전에 덮어 버렸다. 그 일기장에서 향수와도 같은 휘발유 냄새가 은은하게 맡아졌다. 그래, 우리 휘발유처럼 날아가자. 그 어떤 흔적도 이 지상에 남기지 말고. 그것을 움켜쥔 나는 다시 아궁이 앞에 주저앉았다. 아궁이 속의 불씨는 아직도 형형하게 살아 날름대고 있었다. 나는 주저 없이 일기장 갈피를 한 장 부욱 찢어 불 위로 던졌다. 휘발유 냄새를 머금은 탓인지 그 종이쪽지는 이내 황금빛 불꽃을 피워 올렸다. 나는 다시 일기장을 찢어 던졌다.

이윽고 아궁이 속은 벌건 불길로 가득 채워졌다.

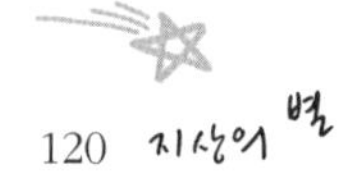

수많은 'A'와 수많은 별과 모래알들이 그 화염 속으로 한데 휩쓸려 들어갔다. 나는 괜스레 콧마루가 시큰해졌다. 목이 뻣뻣해지고 눈자위가 붉어졌다. 잘 가라, 내 푸른 날의 은유와 상징이여. 아아, 다시는 돌아올 수 없는 내 사랑의 휘발유와 자갈치시장이여.

코피 터지는 몸살의 신열을 딛고 병석에서 일어섰을 때, 관마리 왈현 씨한테서 연락이 왔다. 석교중학으로의 내 편입 문제가 잘 해결되었다는 거였다. 꽤 복잡한 우여곡절이 있었지만 그 모든 것이 완전히, 원만하게 풀렸으니, 이제 학교에 가서 합당한 수속 절차만 밟으면 된다는 소식을 친절한 인편에 전해 듣고, 아버지와 나는 그 이튿날 동살이 터지기 바쁘게 십일시十日市로 향했다. 그리고 지난번에 맞춘 학생복을 찾아 입고, 번쩍이는 모표가 달린 검은 모자를 썼다. 신생의 기쁨이 가슴에 가득해지는 것을 나는 느꼈다.

그러나 내가 목표로 삼은 학교 교정에 들어섰을 때, 나는 우선 그 작은 규모와 학생 수에 찔끔 놀랐다. 생긴 지 십 년이 채 안 된 짧은 역사라 할지라도, 명색이 공립인 데다가 3개 면을 합친 넓은 학군을 확보하고 있으면서 어찌 이리 모든 게 작고 아기자기하기만 할까. 마을 인가와는 뚝 떨어진 외진 산비탈에, 좁은 물줄기의 협곡을 마주하고 앉은 단층짜리 작은 교사라든가, 내가 편입해 들어갈 3학년이 겨우 2개 반밖에 안 된다든가의 실정 따위는 논외로 치더라도, 그 학교가 안고 있는 주변 환경이나 조건, 분위기가 그렇게 썰렁하고 촌스럽지 않을 수가 없었다. 그러나 한편으로는 견디기 힘든 실망감보다는 오히려 반가움이라고나 할까, 어떤 알 수 없는 안도 같은 게 시간이 지날수록 천천히 나를 감싸 안았다.

나는 새로운 나의 학교에게 정겹게 인사했다.

그 장터거리에 하숙방을 얻었다. 우시장이 빤히 건너다 보이는 외딴집이었다.

평소에는 쥐 죽은 듯 조용하다가도, 닷새마다 어김없이 찾아드는 장날만 되면 하숙집은 그만 벌 떼가 잉잉대는 왁자지껄한 잔칫집으로 돌변해 버리고 만다. 산지사방에서 몰려든 온갖 장돌뱅이들의 임시 식당으로, 또는 하루살이 주막으로 감사납게 탈바꿈하는 것이다. 단지 점심 무렵에서 날이 어두해질 때까지의 반나절에 불과한 시간의 간격이긴 하지만, 그런 때의 나는 꼼짝없이 학교나 다릿목 차부,

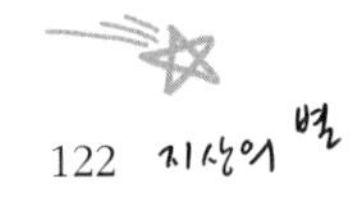

가설극장 주변 같은 데서 하릴없이 빈둥거리게 되기 십상이었다. 축제와도 같은 장터 이곳저곳을 지치지도 않고 기웃거리며 돌아다닐 때도 있었다. 집안 어른들은 그런 막된 면학 분위기를 몹시 걱정하는 눈치였지만, 나는 솔직히 말해서 그 장터거리와 시끌벅적한 장날 풍경이 그렇게나 좋을 수가 없었다. 별의별 장돌뱅이들과 색깔 요란한 상품들, 온갖 고소한 냄새와 풍물과 인심들이 한데 어우러져 춤추는 곳이 바로 내가 새롭게 몸담게 된 십일시 장터거리였다. 그러나 어느 장날 하숙집에 들른 어머니는 다릿목 식당으로 나를 데려가 밥을 먹이면서 말했다.

"암만해도 안 되겠다. 할아버지도 빨리 다른 데로 물색해 보라시더라. 오늘은 석교 쪽을 한번 뒤져보자."

"저번에 아버지하고도 다 알아봤는데."

나는 시큰둥한 어조로 대꾸했다. 이제 막 그 주변의 모든 것들과 무람없이 정붙여 살아가는 판에, 금세 하숙집을 옮기는 일이 왠지 싫고 귀찮게 여겨져서였다. 아버지 역시 애초부터 탐탁지 않아 하였지만, 여기저기 수소문하며 다리품을 톡톡히 치른 나머지 그래도 학교 인근에서는 이 집이 그중 낫겠다 싶어 어렵사리 얻어 든 하숙집이었다. 장터에서 물장사, 밥장사를 주업으로 삼는 집 아니고서는, 행랑채에 자그마한 자취방을 내주긴 할망정 어린 중학생을 상대로 하는 번듯한 하숙은 눈을 씻고 보아도 찾을 수가 없었다. 그래도 어머니는 단단히 벼르고 왔는지 쉽게 포기하지 않았다. 내가 숟가락을 놓기 바쁘게 서둘러 자리에서 몸을 일으켰고, 기어이 석교리 쪽으로 발길을 옮겼다.

유서 깊은 향교와 행정관청, 우체국, 한약방 따위가 바둑하게 들어차 있는 그 동네는, 학교에서 불과 2, 3킬로미터 정도밖에 떨어지지 않은 가까운 거리였지만, 장터인 십일시와는 전혀 딴판으로 한껏 고즈넉하고 고상한 전통마을 분위기를 자아내고 있었다. 그러나 여전히 부푼 어머니의 기대를 쉬 채워 주지는 못했다. 하숙을 전문으로 치는 집들이 있긴 있으되, 그곳들은 대개 공무원 신분의 깔끔한 어른들이 차지해 들었거나 학생 신분에는 걸맞지 않게 턱없이 비싼 하숙비를 요구하기 십상이었다. 어머니는 이내 당신의 무모한 욕심을 알아차리고는 다시 그 발길을 원점으로 되돌렸다.

미술선생을 맞닥뜨린 건 바로 그때였다. 맨 마지막 집에서 힘없이 돌아 나오려는데, 그 집 대문으로 들어서는 아리

따운 웬 젊은 여자가 있었다.

“어? 네가 여긴 웬일이냐? 얼마 전 새로 전학 온 학생, 맞지?”

“……?”

분명히 우리 학교 미술선생이었다. 이름이 뭐였더라? 맞아, 유강지 선생님이라고 하셨지. 아이들은 은밀하게 ‘강아지’라는 별칭으로 에둘러 부른다는 사실도 나중에 알았다. 나는 꾸벅 고개를 숙이며 옆에 서 있는 어머니를 돌아보았다. 그리고 더듬더듬 입을 열었다.

“안녕하세요. 저희 어머니예요.”

“그래, 근데 나한텐 무슨 일로?”

미술선생은 퍽 무안스럽게도 우리가 자기 자신을 찾아온 걸로 얼핏 착각하고 있었다. 어머니에게 살짝 흰 이를 드러내 보이며 다정한 인사를 건넨 그녀는, 주춤 문간 쪽의 당신 방으로 우리를 친절히 안내하려 들었다. 어머니와 나는 무안한 눈길을 서로 맞부딪쳤고, 그리고 비로소 그녀가 이 집의 고급 하숙생이라는 걸 알아차렸다. 어머니는 그제서야 제정신을 차리고서 우리가 찾아든 용건을 사실대로 알렸고, 미술은 또 그녀대로 넘겨짚은 자신의 착오가 살짝 겸연

찍은 듯 어이없는 웃음을 까르르 다시 날렸다.

"그러면 그렇지, 별로 길게 사귀지도 못한 학생이 날 찾아올 리가 없지. 까르르. 그래도 인연이다, 얘. 잠깐 들어왔다 가렴."

"아니라요. 해 떨어지기 전에 집에 닿을라믄 시방도 늦었시오. 담에 따로 인사 차릴랍니더. 아무쪼록 우리 승철이 잘 부탁합니더."

어머니는 황망히 돌아서면서 연신 고개를 조아렸다. 나는 미술선생의 방에 들어가 보고 싶은 충동이 굴뚝같았지만, 벌써 뉘엿뉘엿 해가 서쪽으로 기울고 있었으므로 갈 길이 바쁜 어머니를 따라 곧장 되돌아서지 않으면 안 되었다. 그 집을 벗어 나오고 난 이후에도 느닷없이 맞닥뜨린 유강지 선생의 웃음 띤 모습은 오래도록 망막 안에 남았다.

목이 길고 이목구비가 시원시원한 그이는, 아무리 보아도 이런 벽지 시골구석에서 생활하는 게 영 어울리지 않을 것 같았다. 얼룩덜룩한 체크무늬 바지 차림의 대담한 옷맵시라든가, 뒤로 길게 늘어뜨린 생머리의 고혹스런 외모부터가 세련되고 화려한 도시 냄새를 물씬 풍기고 있었다. 그래서 아이들이 별명으로 부르는 강아지와는 그 이미지가 상당히 거리가 있었는데, 돌아오면서 생각해 보니 또 어쩌면 귀여운 강아지를 쏙 빼닮은 것 같은 느낌을 은연중 불러일으키기도 했다. 아이들은 아마 강지라는 이름에서 연상되는 이미지를 재빨리 그런 별명으로 갖다 붙였는진 몰라도, 나는 어쨌든 유강지 선생이 좋았다. 첫인상이 그토록 신선해 보일 수가 없었다. 어디선가 많이 본 듯한 낯익음도 없지 않았다.

어머니와 헤어지고 터덜터덜 하숙집으로 혼자 걸으면서 나는 다시금 부산의 애봉이를 떠올렸다. 갑자기 견딜 수 없는 그리움으로 그 애가 다가왔다. 그러고 보니 다름 아닌 애봉이가 미술선생의 분위기와 딱 들어맞는 것 같기도 했다. 어디선가 많이 본 듯했던 어리어리한 낯익음은, 바로 애봉이 때문이었다는 사실을 나는 비로소 현실감 있게 감지해낼 수가 있었다.

그런저런 상념으로 돌멩이를 툭툭 차며 지는 노을 등지고 하숙집에 들어섰더니, 거기에서는 또 우당탕탕 부부 싸움판이 한창이었다. 함부로 밥그릇이 날아가고 상다리가 엎어졌다. 항아리가 깨지고 물이 쏟아졌다. 그리고 이어서 들려오는 입에 담지 못할 주인 내외의 악다구니.

"죄여라, 이 인간 백정아. 차라리 날 죄여!"

"그래도 이 화냥년이!"

"아이고, 억울해서 나 못 살겄네. 이런 애먼 누명 덮어쓰고 어이 살꼬, 어이 살꼬."

안주인은 결국 목을 놓고 땅을 치는 통곡의 지경으로 발전하고 있었으므로, 나는 슬그머니 그 집 뒷마당을 돌아 방조제 위로 올라갔다. 그 제방 뒤쪽은 바로 바다였다. 개펄을 막아 새로운 장터를 조성했기 때문에, 만조의 밀물이 밀고 들어올 때는 내 방에서도 놀치는 파도 소리를 듣거나 갯내음을 진하게 맡을 수가 있었다. 술 취한 두 부부의 싸움 소리는 희끄무레한 어둠 너머 제방 위에까지도 부서진 메아리처럼 치신사납게 들려왔다.

저번 장날에도 두 부부는 파장이 되기 무섭게 티격태격 말다툼을 벌였었다. 그러나 사소한 말씨름으로만 아옹다옹 끝났을 뿐 오늘처럼 저리 악을 쓰며 함부로 치고 박지는 않았었다. 오히려 그날 밤은 진땅이 더 잘 굳는다는 말에 걸맞게, 우리가 언제 싸웠냐는 듯 밤새도록 민망스런 사랑놀이하기에 더 바빴다. 어느 쪽 책임인지는 몰라도 슬하에 자식을 두지 못한 그들 부부는, 자식 없는 설움을 곧잘 털어놓던 평소의 말버릇과는 달리, 그날 밤엔 실로 자식이 없는 데 따른 일탈과 방종의 자유를 맘껏 누리고 있었다.

오늘 밤에도 또 그러면 어쩌지?

싸움 소리가 들리지 않은 지점까지 꽤 멀리 둑길을 걸어 나온 나는, 어두운 밤바다를 향해 돌아앉으며 생각했다. 아냐, 그럴 리가 없어. 저토록 깊이 상처나게 싸우고 나서 또 그런다면 그건 짐승이지 사람이 아냐.

미풍 살랑이는 봄밤이었지만, 밀물을 따라 불어오는 초저녁의 갯바람은 이빨이 딱딱 마주치도록 시렸다.

입술이 가짓빛으로 시퍼래져서 하숙으로 돌아오자, 그토록 그악스러웠던 두 부부의 싸움판은 거짓말처럼 말짱 개어 있었다. 우당탕탕 물을 뒤집어썼던 부엌 바닥만 조금 질척거릴 뿐, 깨진 항아리라든가 부러진 상다리는 어느새 깨끗하게 치워져 있었고, 술청 안의 식탁 위에 마구잡이로 흐트러졌던 음식 그릇들도 구유 같은 설거지통에 모조리 휩쓸려 들어가 있는 상태였다.

그러나 안주인 굴포댁은 여전히 찢어진 창살 너머 안방에서 소리 없이 흐느끼는 중이었다. 그 바깥양반은 문간 쪽 마루에 비스듬히 걸터앉아 애꿎은 줄담배만 빽빽 빨아대고 있었다. 내 방에 들어가려면 어쨌거나 그 집 한가운데의 술청을 통과해야 했으므로, 나는 도둑고양이마냥 조심 발소리를 죽여 가며 안으로 들어섰다. 주인 사내가 깜박 반기며 능청을 떤다.

"오, 승철이 왔냐? 왜 이리 늦었어? 어무이는 귀가허시고?"

"야."

"안 그려도 기다렸다. 어서 밥 묵어라. 여보, 승철이 왔네. 상 차려 주게."

마치 바세도우씨병에라도 걸린 것 같은 큰 코와 눈, 우렁우렁한 목소리를 가진 사내는, 또 언제 그랬냐는 듯 퍽이나 부드러운 어조로 나와 자기 아내를 번갈아 이물스레 불러대는 거였다. 굴포댁 역시 거기에 냉큼 맞장구치며 훌쩍이던 흐느낌을 뚝 그치고 흔연스레 문밖으로 나온다. 나는 얼른 맘에 없는 거짓말을 둘러댔다.

"어머니랑 먹고 왔구먼요."

"묵고 왔어?"

눈자위가 벌겋게 부어올랐으면서도, 입가에는 어느새 어설픈 미소까지 짐짓 베어 문 채 아주 상냥하게 응대하는 굴포댁의 연기력도 어지간히 사람을 녹이는 데가 있었다. 위선과 싸움질이 습관처럼 몸에 밴 어른들의 상투성을 속으로 맘껏 조소하고 경멸하면서, 나도 어설픈 웃음으로 얼버무려 인사한 후 서둘러 방문을 닫아걸었다. 그리고 훌렁 자리를 펴고 그대로 쓰러지듯 누웠다. 늪처럼 고여 있는 어둠 속, 나만의 풀어진 해방감과 나른한 공상을 힘껏 끌어안았다.

아, 얼마만인가.

어쨌든 나는 나만의 방을 소유했다는 데 대한 성취감으로 얼마든지 가슴이 뿌듯해질 수가 있었다. 주위 환경이 공부와는 얼마나 동떨어진 분위기이며 조건인가는 그 누구보다도 내 자신이 더 잘 알았다. 처음부터 나는 그 점을 먼저 훤히 눈치채고도 있었지만, 그러나 오직 나만의 공간을 어서 빨리 확보해야겠다는 욕심만이 그 무엇보다 앞설 따름이었다. 때맞춰 마땅한 하숙집도 구할 방도가 없어서 울며 겨자 먹기로 우선 이 집을 얻어 들었던 것이지만, 그러나 나는 집안 어른들의 태산 같은 우려와는 달리, 장날이면 어김없이 잔치판으로 돌변하는 그 이상하고도 번잡한 퇴폐의 분위기를 은근히 즐기는 편에 속했다. 그래서 아까 어머니를 만났을 적에도 지난번의 주인 내외의 싸움질에 대해선 일부러 한마디도 내비치지 않았으며, 그저 모든 것이 괜찮고 흡족하다고만 둘러댔던 것이다. 실제로도 장날 하루만 지나면 나머지 날들은 또 썰물처럼 썰렁해지는 것이 그 장터의 독특한 풍경이기도 했다.

깜박 잠이 들었던 것일까, 술청 쪽에서 들려오는 가벼운 북장단 소리에 눈을 떴다. 무슨 흥얼거림 비슷한 주인 사내의 '흥타령'이었다. 이 사람은 곧잘 기분이 좋을 때나 울적할 때의 뒤끝엔 시도 때도 없이 혼자 북채를 잡고 앉아 육자배기 가락을 읊조리는 버릇이 있었는데, 시방도 그냥 어물쩍 지나치지는 않을 작정인가 보았다. 나는 이부자리 속에 쏘옥 들어가 누운 채 비몽사몽의 아득한 느낌으로 그 흥얼거림을 가만히 엿듣고 있었다.

제목은 흥타령이라면서 왜 저리도 구슬프지?

술에 젖은 탁한 노랑목일지언정 낭창낭창 꺾어지고 휘돌아 가면서 묘한 여운으로 쌓인 한을 내뿜는 것 같은 그 육자배기를, 나는 별 뜻도 새겨듣지 못한 채 벌써 본능처럼 좋아하고 전신으로 받아들였다. 한없이 맘이 편해지거나 가슴이 울렁거려졌다. 그리고 나는 다시 숨죽여 기다린다.

저 소리의 뒤에는 또 무슨 소리가 기다리고 있을까.

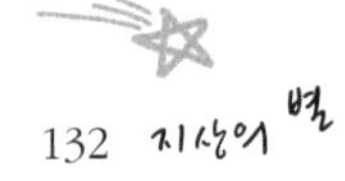

지난 장날 밤의 사랑놀이 직전에도, 저 양반은 청승스러운 자기 마누라를 앞에 앉혀 놓고 저런 감창소리 같은 북장단을 두드렸었다.

가물가물 더 깊은 잠으로 빠져 들어갈 무렵, 그때와 같은 이상한 신음이 또 여과 없이 내 귀에 들려왔다. 나는 숨가쁘게 팔딱이는 가슴을 힘껏 부둥켜안으면서, 정체도 없이 나를 옭아매는 어둠의 그물, 가없는 유혹의 올가미를 뚫어질 듯 응시하였다. 내 안에서 꿈틀거리는 어떤 악惡의 종자와 본능에의 불같은 충동을 억제치 못하던 나는, 마침내 자리에서 벌떡 일어나고 말았다.

으이구, 저 짐승들!

나는 어둠 속을 더듬어 부엌 쪽으로 다가갔다. 목이 마르고 배도 적당히 고팠으므로, 나는 이때다 싶어 삐그덕 방문을 열어젖혔던 것이다.

"누, 구?"

주인 사내의 다급한 목소리가 급히 달려 나왔다. 나는 분명하게 내 존재를 알렸다.

"저예요, 승철이."

"......"

"목이 말라서요, 오줌도 마렵구."

아마 뒤 구절은 그들의 귀에 들리지 않았을 터이다. 응, 그래? 하고는 이내 잠잠해져 버렸다. 나는 항아리 뚜껑을 열고 바가지로 휘휘 휘저어 듬뿍 물을 퍼 담았다. 그리고는 벌컥벌컥 단숨에 들이켰는데, 미안하지만 그것은 물이 아니었다. 막걸리였다. 처음부터 막걸리라는 걸 뻔히 알면서도 나는 일부러 그 항아리를 열었고, 물처럼 마구 퍼마셨다. 그렇게 하지 않으면 안 되는 어떤 절박한 뭔가가, 분노 같기도 하고 슬픔이나 막연한 적개심 같기도 한 그 뭔가가 꽤나 자연스럽게 나를 술항아리 앞으로 인도했던 것이다.

술을 술답게 마셔 보기는 그때가 처음이었다. 그러나 술은 결코 물이 아니었다. 불이었다.

어쨌든 나는 그날 밤, 불타는 밀밭에서 떼 지어 튀어나오는 뱀 떼의 습격 때문에 또 다른 고통 속으로 휘말려 들지 않으면 안 되었다. 꿈이었다. 불붙은 불과 뱀들이 한데 뒤엉켜 나뒹구는가 하면, 온갖 색채와 색채들이 현란하게 춤추며 혼음하는 꿈이었다. 색채들은 또 이상한 모양의 동식물로 변형되어 해바라기라든가 사자, 개, 밤송이, 말미잘, 산낙지, 부엉이 따위로 앞뒤 연결 없이 뒤죽박죽 나타나, 정말 말도 안 되는 줄거리로 달콤한 카오스의 세계를 두서없이 전개하는 거였다. 꿈속에서도 나는 도무지 뭐가 뭔지 종잡을 수가 없었다. 그러다가 나중에는 그 형태와 색깔들이 차츰 엷어지기 시작했다. 연분홍의 매화꽃이 바람에 흔들리거나 노오란 유채밭이 호수 같은 바다를 배경으로 끝없이 펼쳐지기도 하다가, 결국에는 화면 전체가 완전한 흰색으로 뒤덮여 버렸다. 하얗게 쏟아지는 눈가루 같기도 하고, 햇살 아래서 빛나는 천일염전의 소금밭이거나 흐드러진 메밀밭 같기도 하였다. 눈부신 백색의 공포였다. 백색의 공포가 꿈틀꿈틀 살아 움직였다. 놀치는 파도처럼 넘실대며 움직이다가 어느 한순간 무섭게 용솟음치며 한공중으로 불끈 치솟아 올랐다. 화산이 폭발하는 듯한, 천지가 갈라지는 듯한 무서운 굉음이 들려온 것도 같았다.

한공중으로 분출하던 희디흰 물기둥은 천천히 벼랑 아래로 떨어지는 폭포수로 변하였다. 그리고 비, 안개처럼 흩날리는 는개비가 왔다. 그 안개 걷히고 는개마저 멈추었을 때, 촉촉이 젖은 초가지붕 위에는 하얀 박꽃이 소담스레 피어 있었다. 몽정夢精이었다.

그리고 미술 시간의 실기 때 나는 또 무엇을 그리고 있었던가.

교탁 위에 인조 장미가 꽂혀진 화병을 두 알의 사과와 함께 올려놓은 유강지 선생은, 엄숙한 목소리로 그것을 아주 정밀하게 그려 보라고 학생들에게 말했지만, 내 마음속의 그림은 오직 하나의 얼굴로만 집약될 따름이었다. 바로 유강지 선생이었다. 그래서 나는 망설이지 않고 불쑥 입을 열었다.

"선생님, 저, 데생할 땐 저런 생명 없는 정물보다 감정이 살아 숨 쉬는 대상이 더 좋지 않을까요?"

"……?"

교실 안의 시선이 일제히 내게로 쏠렸다. 창밖으로부터 눈을 돌려 잠시 뜸을 들이면서 나를 건너다보던 미술이, 꽤나 야릇한 웃음기를 머금은 채 천천히 내 곁으로 다가왔다. 그리고 되물었다.

"그래? 그럼 뭐가 좋을까?"

"선생님요. 교탁 옆에 가만히 앉아 계시면 저희가……"

아이들이 까르르 웃음보를 날렸다. 그런데도 유강지 선생은 매우 침착하고도 여유로운 목소리로 말을 잇는다.

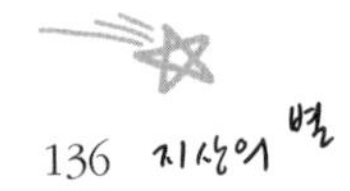

"야, 승철이 그림 솜씨가 그렇게 뛰어난 줄 몰랐네? 정말 자신이 있어서 그러는 거야, 아니면 몰라서 그러는 거야? 응? 어디 한번 말해 봐. 인물 데생의 특성에 관해서."

"……"

"모르면서 아는 척하는 건 배우는 학생으로서 가장 경계해야 될 일이야. 모르는 건 모른다고 하세요. 그것이 곧 아는 거니까."

아이들이 또 히히덕 웃음을 터뜨렸다. 방금 전의 유강지 선생 말투는 아마도 평소의 수업 시간에 곧잘 써먹는 당신의 상투어인 것 같았다. 내 쪽으로 흘깃 눈길을 던지고 나서 그이가 계속했다.

"하지만 모르면서도 뭔가를 새롭게 시도하고 개념을 바꿔 보려는 실험 정신도 미술에 있어선 아주 중요하지. 그것을 더욱 발전시키고 매서운 예술혼으로 승화시킬 때 비로소 훌륭한 작품이 탄생되는 거라구. 그런 의미에서 우리, 다소 무리이긴 하지만 인물을 한번 그려 볼까? 그래, 그게 좋겠어요. 모델은 김승철이가 적격일 것 같은데, 여러분 생각은 어때?"

"그래요, 좋아요."

맨 오른쪽의 여학생 줄에서까지 동조의 박수 소리가 터졌다. 비록 남녀공학이긴 하지만, 여자애들은 초등학교만 졸업하면 거의 밥 짓고 빨래하고 농사일이나 거드는 때의 무지렁이 촌구석이어서, 교실 안의 여학생은 가뭄에 콩 나듯 고작 예닐곱 명에 지나지 않았다. 그래도 나는 그 애들 앞에 머슬머슬 나앉는다는 게 여간 멋쩍고 쑥스럽지가 않았다. 그래서 연신 뒤통수를 긁적이며 미술선생의 눈치만 살피는데, 인정사정 봐주지 않는 그이는,

"아, 시간 없어! 교단 위로 의자 갖고 와서 앉아요."

부드럽지만 냉엄한 목소리로, 교탁 위의 화병을 치우면서 말했다. 나는 결국 울며 겨자 먹기로, 사귄 지 얼마 되지 않은 서먹한 급우들 앞에 못난 송아지처럼 끌려 나가지 않으면 안 되었다. 객쩍은 만용이 불러일으킨 불의의 망신살이 아닐 수 없었다.

아니, 그것은 결코 망신살이 아니었다. 낯선 땅, 낯선 이들과의 안면을 넓히는 아주 소중한 친화의 시간이었다. 그 아름다운 만남의 자리를 주선하기 위한 유강지 선생의 의도된 계산과 숨은 배려를 알기까지는 그리 오랜 시간이 걸리지 않았다. 그이는 그렇듯 꽤나 교묘하고도 자연스럽게,

생소한 타지에서 어느 날 문득 찾아 들어온 어리눅은 한 이방인을, 기존의 집단 공동체로 더욱 가깝게 끌어들여 한데 묶어 주고 쉽게 동화시켜 버렸던 것이다.

어쨌든 급우들은 열심히 나를 그렸고, 나는 또 그 애들을 다정히 응시하였다. 몸이나 얼굴은 조각품처럼 굳은 채, 그러나 두 눈동자는 은밀하고도 조용한 탐색과 호기심과 우정의 빛으로 응집되어, 나를 향해 앉아 있는 새로운 친구들에게로 타는 듯 내뿜었다.

유강지 선생도 물론 나를 그윽한 시선으로 바라보고 있었다. 교실 맨 뒤 창가에 비스듬히 등을 기댄 채 한동안 나를 따뜻한 눈길로 주시하며 서 있던 그이는,

"모델인 승철이 얼굴을 자세히 보니 참 재밌게 생겼네. 아주 복합적이야. 그로테스크하구."

알 수 없는 한마디를 툭 내던진다. 스케치에 몰두해 있는 아이들은 이제 잠깐씩 이를 드러낼 뿐 더 이상 소리 내어 웃지는 않았다. 유강지 선생도 그런 소리 없는 웃음을 베어 물면서 책상과 책상 사이로 천천히 걸어 나왔다. 그리고 계속했다.

"음, 저 살아 있는 모델을 그리면서 여러분은 생생한 인

물 소묘가 얼마나 어려운가를 깨닫게 될 거야. 음영 처리라든가 원근법에 특히 신경을 써야 하는데, 거기에 움직이는 생명감까지 불어넣으려면 그리는 당사자의 개성과 철학이 분명하게 확립돼 있어야 한다구. 왜냐하면 그림은 본질적으로 눈이 아닌 가슴으로 그려야 하는 거니까. 그리는 대상의 사실성도 중요하지만, 그것을 어떻게 바라보고 구체화시키느냐는 순전히 그리는 화가의 몫이라는 얘기지. 그래서 사실은 나 같은 어른들도 인물화를 제대로 소화해 내기가 힘든 거예요."

"그러니까 선생님이 한번 시범을 보여 주셔야죠."

짓궂은 한 학생이 뒤에서 불쑥 끼어들었다. 그러자 다른 몇몇 학생들도 덩달아 맞장구치고 나선다.

"선생님 특기가 인물 그리기잖아요. 그 방법을, 칠판에라도 슬쩍 그려 보여 주시죠!"

"그러니까 기초가 잘 닦여 있어야 한단 말이야. 기초가 잘 닦이고 그리는 이의 작의까지 작품 속에 잘 녹아들게 하려면 정물이나 데스마스크부터 거치고 나오는 게 순선데, 암튼 인물을 그릴 땐 그 대상의 특성을 먼저 끄집어내야 돼요. 이목구비의 위치를 확실하게 잡은 뒤, 거기에서도 무엇

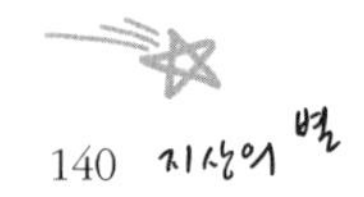

을 특히 강조할 것인가를 결정해야지. 자, 선생님의 경우엔 어디에 포인트를 두고 있나 잘 살펴보도록.”

내 뒤를 돌아 칠판 앞에 선 유강지 선생은, 거기에 거친 분필 가루로 쓰윽쓰윽 뭔가를 그려 나갔다. 아이들의 시선이 일제히 그곳으로 쏠렸지만 나는 돌아볼 수 없었다. 선생님은 도대체 무엇을 어떻게 그리시는 걸까.

완성된 분필화는 극히 간결하고도 명쾌한 모양이었다. 에이, 시시해, 하는 표정으로 고개를 갸웃거리거나 헤픈 웃음을 베어 문 아이들이 다시금 저마다의 인물 창조에 골몰하기 시작했다. 나는 좀이 쑤셔서 견딜 수 없었다. 그래서 흘깃 뒤를 돌아보았는데, 칠판에 그려진 그림은 온전한 내 얼굴이 아니었다. 송충이 같은 두 눈썹과 두 눈, 그리고 입이 전부였거니와, 얼굴 윤곽이나 머리칼, 두 귀와 코, 턱 따위는 아예 과감히 생략되어 있었다.

유강지 선생이 다시 입을 열었다.

“내가 여기서 강조하고자 하는 건 요컨대 상식의 틀을 깨라는 거야. 여러분은 물론 이런 엉터리 그림을 그려선 안 돼요. 어디까지나 사실 그대로 충실하게 그리되, 거기에 자기만의 독특한 관점과 생각을 불어넣는 걸 잊지 말도록. 그리는 대상의 특성을 유념하면 마음속에서 또 다른 이미지가 생겨나니까 말이지. 그림이 왜 그림인지 알아요? 그리움이 깊어지면 그림이 되는 거야. 그 그리움의 대상은 필시 사람이기 십상이겠는데, 사람이란 게 또 얼마나 오묘하고 복잡한 존재인지를 깨닫게 되면, 여러분은 아마 깜짝 놀라고 말 거라구. 정말 괴상망측한 피 냄새의 원초적 동물이기도 하구, 한없이 신비로운 사랑과 존경의 영물이기도 하구 말이지. 때로는 부드럽고 아름다운 식물성의 순수 덩어리다가도, 또 느닷없이 증오와 분노, 죄악의 화신으로 돌변해 버리는 이상한 존재. 동물성과 식물성, 광물성까지를 두루 갖추고 있는 인간은, 그래서 어쩌면 우주 그 자체인 지도 몰라. 우리는 저마다 한 세계를 갖고 있는데, 여러분 각자가 하나하나씩의 조물주이면서 소우주를 소유하고 있는 거라구. 아니, 우주 그 자체야. 그림을 그릴 땐 항상 내가 곧 우주요 조물주라는, 바로 그 위대한 창조적 상상력을 잃지 않도록 하세요. 그래야 그 그림 속에 살아 있는 생명감을 불어넣을 수 있으니까. 알았어요, 김승철 학생?"

"아, 네."

얼떨결에 지목 받은 나는 그저 먼 바다를 표류하는 멍한

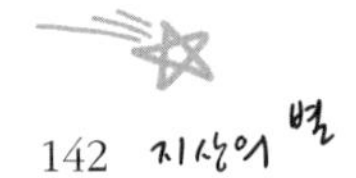

상태에서 단순한 정물처럼 대답하고 있었다.

"하숙은 구했니?"

토요일 오후, 어디로 갈까 망설이면서 교문을 막 벗어나 혼자 터덜터덜 하교길에 나섰는데, 뒤에서 들려오는 문문하고도 다정한 음성이 있었다. 유강지 선생이었다. 아, 안녕하세요? 나는 자신도 모르게 얼굴이 상기되면서 반쯤 모자를 벗고 꾸벅 인사했다.

"아뇨, 아직. 그 집에 그대로 있어요."

"그 집이라니, 어떤 집?"

"장터 우시장 쪽에 있는……"

"그렇담 빨리 바꿔야겠구나. 맹모삼천지교, 너도 알지? 공부하는 환경은 확실히 달라야 해."

"그래서 고민이에요. 근데, 선생님은 토요일인데 집에 안 가세요?"

나는 얼른 말 바꿔 화제를 돌렸다. 그이는 주춤 망설이는 기색으로 나를 흘깃 돌아보더니,

"나도 지금 집으로 가고 있잖니, 너처럼."

희디흰 이를 옥수수처럼 드러내면서 대수롭잖게 받아 넘

긴다. 그러나 나는 내 바장이는 궁금증을 포기하지 않았다.

"에이, 그런 집 말구요. 부모님이 계시는 곳. 애들이 광주라고 그러던데, 맞나요?"

"맞아. 하지만 거긴 방학 때나 한두 번 들르면 돼요. 그림 그리려 일부러 시골로 내려온 사람이, 가고 싶다고 그렇게 자주 가면 되겠니? 시간 아껴야지."

"아, 네."

나는 또 어리보기처럼 별 뜻도 없이 뇌까렸다. 그리고 점점 가까이 다가오는 네거리 갈림길 난달을 바라본다. 정미소 앞을 지나 긴 다리를 건너면, 아, 그러면 우리는 이내 헤어져야 한다! 부신 햇빛에 반사된 누런 흙길이 내 눈앞을 마구잡이로 어지럽힌다. 그이와 함께 나란히 걷는 길이 무한정 정다우면서도 너무 짧게 느껴진다.

이읏고 차부가 있는 다릿목 네거리.

"시간 있으면 놀러 오렴."

그 갈림길에서 왼쪽 석교리로 돌아서기 직전 유강지 선생은 나에게 서그럽게 말했고, 나는 주저 없이 후렴처럼 되물었다.

"내일은, 어때요?"

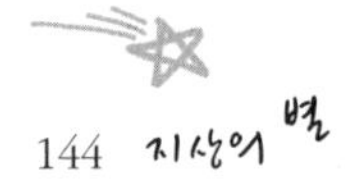

"내일? 글쎄, 일요일이니까 상관없지. 아무 때나 와. 뭣하면 나랑 같이 니 하숙집도 새로 알아볼 수 있을 테니. 알았지?"

"네, 선생님. 안녕히 가세요."

나는 그이와 정반대 방향으로 메지대어 몸을 틀었다. 그리고는 또 금세 뒤를 돌아보았다. 그이도 돌아볼 줄 알았는데, 결코 그렇지는 않았다. 나는 오히려 다행이다 싶어, 아예 그 자리에 우뚝 서서 마음 놓고 그이의 멀어지는 뒷모습을 시린 눈으로 바라보았다. 한 걸음 한 걸음 걸음을 옮길 적마다 어깻죽지까지 흘러내린 생머리가 물결처럼 출렁인다. 책가지를 쥔 왼손은 봉두렷한 가슴께로 올린 채 오른쪽 팔로만 노를 젓듯 나긋나긋 흔들고 걸어갔지만, 내 눈에는 얼핏 엉덩이가 잘 생긴 말 한 필이 저 벌판 밖으로 암암히 사라져 가고 있다는 느낌이었다. 가느다란 세로 줄이 그어진 감청색 투피스 차림 때문이었을까, 가뭇없이 사라지는 그이는 영락없는 내 영혼 속의 푸른 말이었다.

하룻밤의 긴 장막이 어떻게 드리워졌던가.

그것은 차라리 고통이었다. 소풍 전날 밤 같은 불안과 기대와 흥분 속에서 나는 새벽녘에야 겨우 잠이 들었다. 처음엔 물론 밀린 숙제와 부족한 학과 공부를 때우는 데 몰두하느라 잠을 잘 수 없었지만, 차츰차츰 시간이 흘러감에 따라 책 속의 활자들은 가물거리는 개미 새끼들로 숨어 들어가는 대신, 초원을 달려가는 아득한 푸른 말 한 필이 서서히 지평선 위로 떠오르기 시작했던 것이다. 여느 날의 그때쯤이면 어김없이 쏟아지는 수마의 유혹에 못 이겨 깜북 잠이 들고 말았을 텐데도, 그 푸른 말이 내동 내 닫힌 시야 안에 한 번 등장하고부터는, 달콤한 숙면의 잠은커녕 선하품조차 머츰하게 꺼낼 수 없었다. 의식은 더욱 명료하게 맑아지고 눈앞의 사물은 더욱 선명하게 다가왔다. 나는 꼼짝할 수 없는 검은 숲 속의 마부였다.

그 푸른 말의 안장 위에 올라 검은 숲 속을 무한정 달리는데, 불현듯 말고삐를 낚아채는 한 소녀가 있었다. 부산의 애봉이었다. 애봉이는 도섭부려 성난 얼굴로 나를 힐끗 쏘아보다가 또 어디론지 그림자처럼 사라져 버렸다.

아냐, 너를 잊은 건 아냐!

나는 도리질 쳐 고개를 가로저었다.

내가 더 이상 앞으로 나갈 수 없는 지상의 끝에 이른다 할지라도, 나는 결코 너를 잊을 수는 없어.

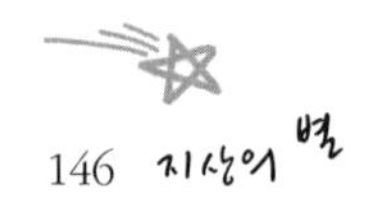

상처 받은 사람은 그 상처를 잊기 위해 또 다른 사람을 만난다던가. 그 상처의 애인이나 친구도 멀리 교감 없이 살다보면, 바쁜 일상의 뒤쪽, 망각의 저편으로 자연스레 묻혀가게 마련이라 했다. 그래서 사랑하는 이들은 어떻게든 서로 떨어지지 않으려 애쓰지만, 우리네 만남과 이별이 어디 그리 마음먹은 대로 움직여 주던가. 그러나 나는 애봉이를 잊기 위해 엉뚱한 유강지 선생을 그리며 사모하는 건 아니었다. 오히려 그 애를 잊지 않기 위해서, 유강지 선생을 혼자 남 몰래 그리는 건지도 몰랐다. 그이의 머릿결의 출렁임과 거친 푸른 말의 이미지 속에, 다름 아닌 나의 애봉이가 남 몰래 숨어 있다고 보아야 하리라.

"무슨 공부를 그렇게 새벽까정 하냐? 늦게 배운 도둑질이 무섭다더니 니가 꼭 그 짝이구나. 아침이 훤히 터와도 너무 곤하게 자길래 부러 안 깨웠다. 어서 아침 묵어라."

개다리소반에 차린 간단한 밥상을 방으로 들이밀어 주면서 굴포댁이 말했다. 살포시 웃고 돌아선 그녀의 눈자위가 푸르스름하게 멍이 든 것 같다. 실제로는 멍이 들지 않았더라도 항상 자줏빛 가벼운 멍이 들어 있는 듯싶은 착시 현상을 불러일으키는 게 그녀의 독특한 눈두덩이다.

나는 바다 쪽의 뒷문을 열고 밖을 내다보았다. 구름 한 점 없는 화창한 봄날, 해는 벌써 중천에 떠올라 있었다. 갯바람에 실린 향긋한 내음이 일시에 확 밀려든다. 간밤, 그 고통스런 번뇌 망상은 어느새 씻은 듯 없어지고, 뭔가 상쾌한 일이 생길 것 같은 예감에 젖는다. 그래, 선생님이 나를 기다린다고 하셨어.

나는 소반을 창 쪽으로 끌어당겨 아침인지 점심인지 모를 밥을 허겁지겁 퍼먹기 시작한다. 그러면서 어제 유강지 선생과 헤어질 때 그이가 속삭이듯 들려준 마지막 말을 감미롭게 떠올렸다.

아무 때나 와. 뭣하면 나랑 같이 니 하숙집도 알아볼 수 있고.

나에 대한 관심과 잔정이 참으로 사랑옵지 않다면 어떻게 그런 다소곳한 마음이 베어 나올 수 있겠는가.

선생님은 나를 맞닥뜨린 처음 순간부터 남다른 호감을 가지셨던 게 틀림없어. 어쨌든 나는 그이한테 선택 받은 거야!

뒷문을 활짝 열어 놓고 화창한 봄날을 내다보며 즐기는 식사는 꿀맛이었다.

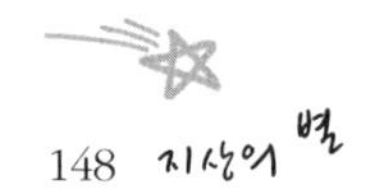

"선생님, 계세요?"

목련이 흐드러지게 핀 뜰 앞에서 큼큼큼 잔기침을 뱉으며 두 번씩이나 불러대도 안에서는 냉큼 대답이 없다. 조용하고 장중한 음악 소리만이 심금을 잡아 흔드는 바이올린 선율로 크게 흘러나올 뿐.

어딜 가셨나?

나는 흰 창호지가 발린 미닫이 격자 방문 앞으로 한 발짝 다가갔다. 그리고 조심스레 노크를 하면서 다시 '선생님 계세요'를 외쳤다. 그제서야 삐그덕 문이 열렸다.

"어, 이게 누구야? 어서 들어와."

유강지 선생은 밑이 푹신한 흔들의자에 비스듬히 등을 기댄 채 상체만 반쯤 일으키면서 짧고 빠른 어조로 말했다. 그리고는 그만이었다. 내가 방으로 들어서기 바쁘게 그이는 다시 문을 닫고, 방금 전의 자세로 바잡아 되돌아가며 이윽히 두 눈을 감는 거였다. 책상 한켠에 놓인 축음기의 레코드판이 쓰으쓰으 소리를 내며 돌아가고 있었는데, 그이는 그러니까 지금껏 거기에서 흘러나오는 선율에 흠뻑 매혹되어 있었던가 보다.

"음, 음악을 듣고 계셨군요?"

문지방 옆에 엉거주춤 주저앉으면서 내가 인사치레로 입을 열자, 어떤 황홀감에 혼자 잔뜩 도취된 유강지 선생은 반쯤 눈을 치켜뜨고서,

"음, 음, 어서 앉아."

가볍게 고개를 끄덕이면서도 입으로는 또 오른손 집게손가락을 가져가 메지대어 막는 시늉을 지었다. 그리고 이내 야릇한 본래의 자세로 되돌아간다. 그것은 곧 이 음악이 끝날 때까지 자신의 무아지경을 잠시 방해하지 말라는 뜻이며, 너도 조용히 자리에 앉아 나처럼 도도하게 도취해 보라는 거였다.

나는 흡사 곡두에라도 홀린 듯 내내 어리둥절한 기분이었다. 그런데도 여전히 두 눈을 지그시 감은 그이는, 나의 사소한 감정의 흔들림 따위와는 아무 상관없이 거기에서 한술 더 뜬다. 비스듬히 기대었던 상체가 가볍게 흔들리면서 손도 따라 천천히 움직이는 거였다. 그이는 멜로디의 흐름에 맞춘 엉터리 지휘자 흉내를 내고 있었는데, 그럼에도 그 모습이 어찌나 진지하고 열정에 겨운지 흘깃 구경하는 나조차 숨을 제대로 쉴 수 없을 지경이었다. 그러는 한편으로 나는 또 킥킥 터지려는 웃음을 참느라 무진 애를 쓰지 않

으면 안 되었다. 그이의 앙똥한 행동거지와 분위기가 한순간 뚜렷한 이유도 없이, 아주 생소하고 우스꽝스럽게 보여서였다.

그이의 의식을 그토록 송두리째 앗아가 버린 음악의 정체가 무엇인지 나는 아직 알지 못하였다. 누구의 어떤 곡인지, 무엇이 그렇게 깊은 감동을 불러일으키는 마력을 지녔는지 나는 조금도 알 수가 없었다. 그저 막연하게, 아름답고 슬프고 고즈넉하게만 느껴질 따름이었다. 끊어질 듯 이어지면서 전율하는 바이올린 선율, 달뜬 마음을 착 가라앉히는 깊고도 그윽하며 장중한 그 곡조는, 분명 서양의 고전음악에 문외한인 나의 어린 귀까지 영혼의 저 깊은 바다로 은근히 끌어당기는 울림이 있되, 그보다는 차라리 벽에 걸린 액자 속 벌거숭이 여인의 노골적인 그림, 고뇌에 찬 표정의 우울하고도 굴곡진 베토벤의 데스마스크, 평소 학교에서와는 전혀 다른 유강지 선생의 도섭부려 변형된 차림새와 얼굴 모습이 훨씬 더 유혹적이며 새로운 내 호기심의 대상이었다. 나는 이리저리 눈동자를 굴리면서 무엇인가를 열심히 탐색하기에 바빴다. 그러다가 내 눈길이 감미롭게 머문 곳은 그이의 흰 발가락이었다.

여자의 맨발을 훔쳐보는 건 꽤나 흥미로운 일이었다. 거기에 꼼지락거리는 발가락까지 덤터기로 관찰할 수 있으니, 나는 그것을 매만지고 싶은 충동을 이겨 내느라 또 얼마나 애를 먹었던가.

내 시선은 다시 그이의 두 다리를 타고 올라간다. 종아리쯤에서 끝단이 멈춘 약간 헐렁한 실내복을 걸쳤으므로 그 속은 비록 투명하게 들여다볼 순 없지만, 숨을 들이쉬고 내쉴 때마다 일정한 간격으로 들썩이는 아랫배의 움직임은 충분히 육감으로 감지할 수가 있다. 푹 파진 가슴께의 맨살의 움직임 또한 그렇다. 연한 핑크색 반팔 티셔츠를 걸친 상체에서도, 나는 평소와는 아주 색다른 그이의 냄새와 정서를 친숙한 동지애로 함께 호흡하며 체득할 수 있거니와, 나는 왠지 꽤 오래 전부터 이런 구도와 관계가 꽤나 익숙한 관습으로 이어져 온 것처럼 착각한다.

"어때, 이 음악 괜찮지?"

유강지 선생의 물기에 젖은 감탄에 얼핏 눈을 들었을 때, 음악은 이미 조용히 끝나 있었다. 네, 괜찮아요, 하고 나는 잘 알지도 못하면서 고개를 끄덕였다. 그이는 기분 좋게 몸을 일으키며 여닫이 방문을 활짝 열어젖혔다. 눈부신 목련

꽃더미가 한눈에 확 들어왔다.

"야, 정말 자지러질 것 같구나!"

뜨락의 목련에서 눈을 떼지 못한 그이는 뒤늦게 후회라도 하듯 한동안 벌린 입을 다물지 못했다. 그리고는 다시 축음기 쪽으로 돌아가 수동식 태엽을 돌리고, 방금 전의 레코드를 다시 트는 거였다. 나는 질리는 표정으로, 용기 있게 입을 열었다.

"또 들으시게요?"

"목련꽃을 깜박 잊었지 뭐야. 저것과 딱 들어맞는 게 이 음악인데."

정말 집요한 데가 있으시구나.

이같은 내 속마음을 쉽게 간파해 내기라도 했는지, 이번에는 소리를 아주 작게 조절해서 배경음악으로만 감상했다. 그러면서도 그 표정은 여전히 어떤 알 수 없는 흥분 속에 휩싸인 채 적당히 들떠 있었고, 그이의 눈은 정면으로 내다보이는 뜰 앞의 목련꽃, 그 자지러질 듯 피어 있는 꽃 무더기에 계속 머물러 있었다. 그이가 말했다.

"느린 빠르기로 노래하듯이, 안단테 칸타빌레는 원래 그런 뜻이지. 느린 빠르기, 표현이 아주 재밌잖니? 느리면서도 빠른 우리네 인생을, 그 슬픔과 고난의 무게를 그대로 전달해 주는 것 같아서 난 이 음악을 아편처럼 좋아하는 거야. 물론 러시아 민중의 숨결이 스며 있는 차이콥스키의 현악 사중주곡이지만, 바이올린 독주용으로 편곡한 이 판이 참 괜찮아. 승철이도 음악 좋아하니?"

"좋아하긴 하지만, 아직 뭔지는 잘 몰라요. 근데, 미술을 전공하신 분이 어떻게 음악을 그렇게?"

"모든 예술은 그 근본이 하나의 뿌리로 통하는 거야. 표현하는 방법이 조금씩 특색 있게 다를 뿐이지. 그래서 내 그림 속엔 거의 음악성으로 살아서 꿈틀거린다구."

"아까 보니까 제가 온 것도 모르실 만큼 흠뻑 빠져 계시던데요? 전 솔직히 깜짝 놀랐다구요."

"뭐든지 그렇게 미치지 않으면 안 돼요. 공부할 때는 공부에 미치고, 그림을 그릴 땐 그림에 미치고, 사랑할 땐 사랑에 미치는 거야. 어떤 일이나 과제를 일단 붙잡게 되면, 도중에 죽는 한이 있더라도 그것을 완성시켜 내는 게 내 성미라구. 참, 내 정신 좀 봐. 손님을 불러 놓고. 이건 또 뭐니?"

유별나게 편집광인 데가 있는 그이는, 그제야 내 존재를

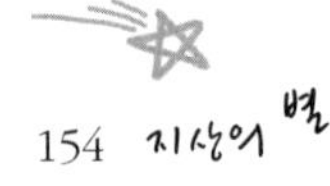

보다 확실하게 인식하고 주인으로서의 제 위치로 서둘러 돌아갔다. 그이는 내 궁둥이 옆에 놓인 불룩한 종이봉투를 낚아채 열어 보면서,

"학생이 무슨 돈이 있다고 이런 걸 사 와? 다음부턴 절대 안 돼. 알았어? 기왕 가져온 거니까 니가 다 먹구 가라. 그럼 이걸 먹으면서 잠깐 기다려."

"……"

선생님 잡수세요, 라는 소리는 입 밖으로 새어 나오지 못했다. 그러고 보니, 빈손으로 들어서기가 괜스레 민망해서 길가 구멍가게에서 사온 그 하찮은 선물 꾸러미는 거의 내가 먹고 소화해 내기에 안성맞춤인 것들이었다. 새알 초콜릿과 비스킷, 땅콩 과자, 그리고 사이다 한 병. 어른에게의 선물치고는 어딘지 어쭙잖고 가년스럽고 어색하지만, 그래도 없는 주머니를 탈탈 털어, 거기에 그이에게로 달려드는 내 무한정한 동경과 사랑까지도 함께 보태어 실어 왔음에랴. 나는 소중하게 그 종이봉투를 추스려 그이의 책상 위로 조심 올려놓았다. 그리고 그 옆 책장에서 큼지막한 화집 한 권을 꺼내어 무심히 펼쳐 들었다.

그런데, 이게 뭐야?

내 눈은 초장부터 화들짝 놀라 깨어났다. 두 뺨이 공연스레 화끈거렸고 가슴은 방망이질 치듯 쿵쾅거렸다. 도대체 어떻게 이런 망측한 그림들이 그려질 수 있는가. 이것들도 진정 고상한 예술 작품으로 승화되어 평가 받는 훌륭한 그림이랄 수가 있겠는가?

그것은 한마디로 놀라운 충격이었으며, 온몸을 짜릿하게 전율시키는 육체의 향연이었다.

나는 그이가 오기 전 재빠른 손놀림으로 화려한 컬러 페이지를 훌쩍훌쩍 넘겼다. 풍만한 유방이 출렁인다. 치모의 숲이 보인다. 털끝 한 올 한 올까지 아주 섬세하게 그려 낸 그 풍성한 검은 숲의 미로, 그리고 모래언덕이 있었다. 뱀처럼 꿈틀거리는 계곡과 사막과 바다가 있었다. 함지박 같은 엉덩이와 엉덩이, 해바라기 씨앗 같은 젖꼭지와 젖꼭지. 그 현란한 선과 점과 색깔의 축제에 나는 정신없이, 순식간에 빨려 들어갔다.

그때 마당을 가로 질러오는 그이의 슬리퍼 끄는 소리가 들렸다. 나는 황급히 책장을 덮고 원래의 제자리로 돌려 놓았다. 그리고 태연자약 딴전을 피우며 창밖 목련꽃 더미로 시선을 던졌다.

"바닥에 그냥 앉기가 불편할 텐데, 저 의자에 앉지 그러니?"

둥그스름한 나무 쟁반에 두 잔의 커피를 받쳐 들고 방으로 들어선 유강지 선생이 말했다. 그이가 턱짓으로 가리킨 건 내가 방금 전 황급히 꿎았던 화집 곁의 원목 의자였다. 당신은 그 맞은편 흔들의자로 다시 가 앉았고, 나는 사로잡힌 듯 그이의 지시에 얌전히 따랐다.

커피를 마셨다.

속 깊이 사모하는 여자와 함께 앉아 감미로운 음악을 듣고, 그리고 뚜욱뚝 눈물이 배어날 것 같은 목련을 함께 바라보며 커피를 마셔 보기는 그때가 처음이자 마지막이었다.

나는 커피를 마셨다. 아주 조심스레 잔을 받쳐 들고, 그이가 마시는 대로 조금씩 따라 홀짝이며 그윽한 커피향에 흠뻑 취했다.

아니다, 진실로 내가 취했던 건 커피 향이 아니었다. 그이의 냄새였다.

방 안 가득 은밀하게 배어 있는 그이만의 독특한 체취였다. 아카시아 향기 같기도 하고 잘 익은 복숭아나 수박 냄새 같기도 한, 뭔지 딱 꼬집어 비유할 수는 없지만 더없이 상큼하면서도 은은한 냄새가 벌, 나비 같은 본능 어린 지향성으로 줄기차게 내 코를 자극시켰다. 사랑하는 사람은 내남없이 그 상대방의 고유한 냄새를 큼큼 맡고 싶어 한다는 사실을 나는 그때 알았다. 그이의 머리칼과 수밀도 같은 입술, 하얀 살이 드러난 발가락까지, 거기에서 새어 나오는 냄새에 코를 갖다 대 맡고 싶은 게, 어쩔 수 없는 우리네 인간의 동물 취향이었다.

화장도 전혀 않은 얼굴인데 어디서 이런 냄새가 배어나올까.

나는 힐끗 그이의 옆모습을 쳐다본다. 학교에서와는 전혀 다르고 평소 선생님하고도 아주 거리가 먼, 그러면서도 꽤나 친숙하고 낯익은 한 여자가 거기에 목련꽃을 내다보며 앉아 있다. 흐르는 생머리의 중간쯤을 고무줄로 잘라 묶어 말총처럼 가지런히 내려뜨리고, 색으로 덧칠하거나 그리지 않은 눈썹과 입술은 본색 그대로의 청순한 자연미를 한껏 내뿜는다. 그리고 살결. 봉긋한 가슴께까지 주욱 이어진 긴 목선의 복숭아빛 살결. 반지라든가 목걸이 따위의 금붙이를 하나도 몸에 걸치지 않은 탓인지, 옷 밖으로 환히 드러난 살결은 유난히 돋보이면서 모성애 같은 친밀감을 절

로 자아낸다. 이윽고 자지러진 목련 더미에서 시선을 거둬들인 그이가 입을 열었다.

"승철인 시를 꽤 잘 짓는다면서? 국어 선생님이 그러시더라. 언제 한번 나한테 보여 줄 수 있겠니?"

"아뇨, 잘 못 지어요."

나는 고개를 젓는 시늉으로 그이의 말문을 막으려 했지만 이미 소용없었다. 그이가 계속했다.

"잘 짓고 못 짓는 건 아직 중요한 게 아냐. 무엇을 어떻게 바라보고 생각하는가, 그것을 어떻게 표현할 것인가가 중요한 거지. 그러려면 맨 먼저 일상의 상투성부터 과감히 집어던져야 해. 상식적이고 교훈적인, 그런 고리타분한 고정관념에서 훌쩍 벗어나, 보다 진취적이고 용기 있는 모험심을 발휘하지 않으면 결코 좋은 작품이 빚어지기 힘들다는 얘기지. 무엇보다도 개성이 강한 자존심을 길러야 된다구. 그런 의미에서 지어 놓은 시 있으면 언제라도 부끄러워하지 말고 내게 보여줘. 혹시 아니, 내가 승철이를 큰 시인으로 만들어 줄지?"

"그럼 선생님은 문학도 하신 거예요?"

"문학? 글쎄, 본격 수업을 받은 건 아니지만 그 세계를 어느 정도 이해할 순 있지. 그것도 음악처럼 미술과 이웃사촌이거든. 어쨌든 그림이나 시는 말이지, 아무나 할 수 있는 게 아냐. 너나 나처럼 숙명으로 태어나야 해.”

“저두 그렇게 보여요, 선생님?”

“응, 첫눈에 알아봤지. 승철인 말야, 저번에도 말했지만 꽤 복합적인 인상을 갖고 있어. 사투리보다 표준말이 더 잘 어울리는 도시 냄새가 잔뜩 묻어 있으면서도 어딘지 시골스런 순박한 분위기라든지, 객지살이에 고생깨나 했을 것 같으면서도 얼굴엔 전혀 때가 묻어 있지 않은 거라든지. 암튼 선명한 그늘과 양지를 동시에 품고 있단 말야. 어때, 내 말이 맞지?”

“……?”

혹시 이 유강지 선생이 내 어두운 부산 생활의 비밀을 속속들이 다 알고 계신 건 아닐까 하고 나는 속으로 생각했다. 그렇지 않다면 당신은 어떻게 저런 날카롭고 요상한 논법으로, 말끝마다 나의 속마음을 훤히 떠보는 내용으로 토를 달까.

하지만 그렇지 않아, 선생님이 알 리가 없어!

나는 속으로 고개를 가로저었다. 지금껏 저 부산 땅과는

아무 상관도 없는, 정반대 방향의 타지에서 살아온 여자가 어떻게 그것을 꿰뚫어 알 수 있단 말인가. 그리고 결단코, 절대 알고 있어서는 안 되었다. 나는 어디까지나 인천에서 아주 정상으로 학업에 정진해 오다가, 피치 못할 집안 사정에 따라 이곳으로 전학해 온 당당한 편입생이어야 했다.

"맞아! 승철이가 좋겠어."

그이가 갑자기 커피잔을 탁자 위에 내려놓으며 짧게 소리쳤다. 또 무슨 영감이나 묘안이 번개처럼 떠오른 것일까. 나도 덩달아 어리둥절한 표정을 지으면서 소중하게 손 안에 감싸 쥐고 있던 커피잔을 그이의 잔 옆에 나란히 내려놓았다. 그이가 계속한다.

"난 여태 꽃을 입에 문 청순한 소녀만을 떠올렸다구. 목련의 이미지 속에 들어앉힐 주인공 인물로 말이지. 아냐, 이젠 승철이 니가 들어가, 응? 모델료는 톡톡히 지불할 테니까."

"……?"

나는 여전히 꿀 먹은 벙어리처럼 아무 말도 할 수가 없었다. 갑자기 부산스러워진 그이의 바쁜 손길만 유심히 지켜볼 뿐. 방 뒤쪽에 딸린 다락에서 그리다 만 캔버스와 이젤

따위를 부리나케 꺼낸 그이는,

"어서 그 의자를 갖고 저 목련나무 밑에 가 앉아 볼래? 괜찮지? 자, 어서."

책상 서랍에서 소형 카메라까지 다시 꺼내들고 호들갑스레 설쳐대는 거였다. 나는 그이가 시키는 대로 자리에서 일어나, 등받이가 달린 나무 의자를 들고 문밖으로 엉거주춤 나갔다. 나가면서 슬쩍 캔버스를 훔쳐보니, 거기 한가득 채워진 건 희디흰 목련꽃 더미뿐이다. 그에 대비되는 선과 색깔의 인물을 그림 속 하단부에 집어넣고 싶은 게 그이의 새로운 욕심인가 보았는데, 내가 별 군말 없이 목련나무 밑에 가 앉자 그이는 곧 스케치보다는 사진 찍기에 더 열심이었다.

모표가 달린 검은 교모를 똑바로 눌러 쓰고, 단정한 교복 차림으로 그 구도 속에 얌전히 들어가 앉았을 때, 그이는 처음엔 그래그래, 됐어, 하면서 두어 번 앵글을 조절하고 바쁘게 셔터를 눌러대더니,

"아무래도 그 스타일론 안 되겠다. 모자를 벗고, 음, 교복 상의도 한번 벗어 볼래? 까까중머리에 밝은 스웨터…… 그래, 그게 좋겠어."

이내 태도를 바꿔 까다로운 주문을 새로 꺼내 놓기 시작했다.

나는 곧 모자를 벗고 상의도 벗었다. 그러자 유강지 선생은 미리 준비해 들고 있던 자신의 아이보리색 스웨터를 나에게 던진다. 나는 품이 넉넉한 그 털 스웨터를 희멀건 러닝셔츠 위에 덧입으며 물었다.

"저, 조금 전에 교복 입고 찍은 사진, 인화돼서 나오면 저한테도 주시는 거죠?"

"그럼, 원하는 대로 빼 줄게."

그이는 아주 흡족한 표정으로 말했고, 나는 또 나대로 날 듯 기뻤다. 그 사진이 내 손에 전달되어 오는 날, 나는 비로소 부산의 애봉이한테 그것을 편지와 함께 바삐 부쳐 주리라. 나는 이렇게 어엿한 학생 신분으로 돌아왔다고.

"야, 멋있다. 그렇게 알몸으로 오 분만 앉아 있어 줘. 스케치를 최대한 빨리 끝낼게. 응?"

결국 거기까지 나가고 말았다.

스웨터도 성에 안 찬 유강지 선생은 어렵사리 나를 어르고 구워삶아서 결국 웃통을 활짝 벗기기에 이른 거였다. 이

번엔 사진촬영을 아주 간단히 마친 대신, 곧장 캔버스 앞으로 돌아가 눈에 불을 켜고서 스케치를 해나가고 있었다.

어쩌면 그이는 이같은 알몸의 야외 모델을 얻어 내기 위해 지금껏 쓸데없이 호들갑을 떨고, 공연한 사탕발림으로 진실을 가장했던 것인지도 몰랐다. 목적은 딴 데 있으면서 그게 아닌 것처럼, 그이는 비싸게 나를 홀랑 속여먹은 거였다.

그러면 또 어때, 하는 심정으로 나는 상의를 즐겨 벗어 던졌다. 그리고 그이는,

"승철인 역시 달라. 도시물을 먹어서, 시인 지망생이라서……"

입에 발린 찬사를 자발없이 늘어놓았다.

바야흐로 신록의 계절로 접어든다고는 하지만 맨살에 부딪쳐 오는 바깥 공기의 감촉은 아직 차고 시렸다. 그러나 나는 아무렇지도 않은 듯 아주 태연스럽게, 그이가 원하는 대로 갖은 자세를 다 잡아 주었다. 내가 혹시 도중에 지루하거나 추워할까 봐 괜스레 졸갑증이 난 그이는,

"그래, 다 돼 가니까 조금만 참어. 니 덕분에 정말 괜찮은 그림이 나올 것 같다. 예감이 좋다구."

열심히 손을 놀리면서 입도 내내 쉬지 않았다. 그이가 또

잇는다.

"이번 그림이 성공하더라도 한여름 장마철에 한 번만 더 시도해 보자. 그땐 한창 무더울 때니까 옷을 벗기도 한결 쉽고, 지금처럼 어색하지도 않을 거야. 그래 주겠니?"

"그럼요. 언제든지, 선생님 좋으실 대로 하세요. 근데 왜 여름에, 똑같은 그림을 또 그리죠?"

"목련은 사실 꽃보다는 잎이 더 좋을 때가 있지. 손바닥보다 더 큰 초록 잎사귀에 후두둑 듣는 빗방울 소리, 그 청량한 생동감이라니! 작년 장마철에 그걸 보고 나서 꼭 한여름 목련을 한번 그려 보고 싶었다. 근데 그 소원이 승철이 너 때문에 쉽게 이루어질 것 같애."

에취, 하고 나는 불현듯 재채기를 터뜨렸다. 그리고 다시 또 한 번. 일단 터지기 시작한 재채기는 몇 번을 더 연거푸 치신사납게 반복되었다. 대충 마무리된 스케치에서 서둘러 손을 뗀 유강지 선생이 나에게 아까의 털 스웨터를 재빨리 던져 주었다.

"아이구 미안해. 밑그림은 이제 다 됐으니까 오늘은 이만 끝내자. 중앙식당에 가서 내 맛있는 거 사줄게. 그나저나 승철이 감기 걸리믄 어떡하나?"

"전, 감기 같은 건 안 걸려요."

나는 힘주어 말했다. 그리고 다시 재채기가 터질 것 같은 코를 어깨에 슬쩍 걸치기만 한 스웨터 쪽으로 얼른 가져갔다. 따뜻하고 부드러운 감촉 속에 그이만의 독특한 냄새, 그 감미로운 향기가 고스란히 코에 스며들어 왔다. 나는 폴폴 거리며 내 코를 간지럽히는 그 털 스웨터의 향내와 온기 안에서 오래도록 갇혀 있고 싶은 충동에 한동안 사로잡혔다.

그날 밤 하숙집으로 돌아온 이후에도 그이의 향기와 목련 같은 영상은 좀체 시야에서 지워질 줄 몰랐다. 아아, 그리고 나는 또 무슨 아름다운 배반을 꿈꾸었던가. 발 고린내가 퀴퀴하게 밴 초라한 내 이부자리 속으로 기어들어가 눈을 감았을 때, 그이는 아무런 망설임도 없이 내 의식의 활짝 열린 포충망 안으로 힘차게 뛰어 들어와 주었다. 눈물 나는 욕정의 밤이었다.

장날은 언제나 축제였다.

장場이 서는 날의 십일시는 산지사방에서 몰려드는 가지각색의 장돌뱅이들로 북새통을 이루기 마련으로, 하루 벌어 닷새를 먹고 살아야 하는 그 장터 장사꾼들은 훤히 동살이 터 오기 무섭게 손님맞이하기 위한 준비로 정신이 없는 것이다. 포목상이나 옷 가게에선 처마 밑으로 긴 차일을 치기 바쁘고, 구수한 국밥집이나 대장간에선 이른 시각부터 장작불을 훨훨 지펴댄다. 고목 팽나무 밑 사진관 앞마당은 싸리비 자국이 선명하도록 말끔히 쓸려지고, 다릿목 신기료 할아버지는 에나멜 풀통과 중고 가죽신들을 정갈하게 풀어 놓는다. 사이좋게 들어앉은 국화빵집과 수제비, 국수집에서도 서로서로 뒤질세라 다투어 밀가루 반죽하기에 여념이 없다. 그 옆의 옷 수선집 재봉틀 돌아가는 소리도 차르르차르르 바삐 내달린다. 만국기인 듯 내걸린 옷가지들, 즐비하게 늘어선 좌판마다 빼곡하게 들어찬 온갖 방물과 먹을거리들, 신발과 농기구와 참기름과 숭어와 닭과 모자와 농약병과 술과 쌀 따위가 온통 뒤죽박죽으로, 그러나 또한 아주 질서정연한 삶의 방식으로 거기 흔전만전 혼재하게 되는 것이다.

시간이 흐를수록 사람들은 쉴 새 없이 꾸역꾸역 몰려들었다. 지산면 쪽 인지리로 꺾어지는 산모퉁이 길과 임회면의 석교 쪽, 그리고 읍내 쪽으로 뚫린 신작로가 들고 나는 인파로 하얗게, 또는 검푸르게 한가득 뒤덮인다. 송아지를 몰고 나선 중년 남자 뒤로 참깨와 붉은 고추 보따리를 인 어떤 여자가 따르고, 여러 마리의 새끼 돼지를 지게에 짊어진 젊은 사내 옆으로는, 장날마다 장에 나서는 바람난 처녀애가 무슨 실팍한 보퉁이를 옆구리에 끼고 건들건들 걷는다. 짐을 가득 실은 달구지와 자전거와 용달 트럭과 장의차 같은 버스가 가끔씩 뿌우연 흙먼지를 일으키며 사람들 사이를 일시에 갈라놓기도 하지만, 인파는 이내 오순도순 다시 모여들어 소리와 웃음의 홍수를 이룬 채 장터로 잔치판으로 무한정 내닫는다. 그 엄청난 소리와 소리, 웃음과 웃음의 행렬, 온갖 먹을거리와 색깔들의 펄럭거림 앞에서 호기심 많은 철부지 학생들인 우리가 어찌 방방 뛰는 축제의 기분을 만끽하지 않을 수 있으랴.

그러나 이와 같은 잔치판의 이면에는 항상 음산한 주검도 함께 도사리고 있게 마련이었다. 축제를 위해선 어떤 살아 있는 생명체의 희생이 반드시 요구된다는 그 엄연한 필연성 앞에서 나는 뒤늦게 전율하지 않을 수 없었는데, 가령 푸줏간에 시뻘겋게 내걸린 고깃덩이들이 보여 주는 죽음의 의미가 바로 나의 즐거움의 유지나 생명의 지탱과 굳게 연결되어 있다는 사실의 깨달음이 그것이었다. 장에 나온 가축은 반드시 어딘가로 팔려 가서 죽거나 인간을 위해 희생당하기 마련이었다. 그것이 그들의 숙명이었다. 아니, 그 전에 이미 인간의 축제를 위해 수많은 짐승이나 가축들이 죽었고, 지금도 죽어 가고 있으며, 앞으로도 그침 없이 죽어 갈 거였다. 그것이 그들의 피할 수 없는 존재 이유이며 어처구니없는 업보이거니와, 어느 장날 하굣길에서 우연찮게 맞닥뜨린 두 가지의 죽음의 삽화를 나는 지금도 영 잊을 수가 없다. 잊기는커녕 오히려 선명한 화상 자국처럼 걸핏하면 아주 생생하게 되살아나는 것이다. 바로 내 코앞에서 연거푸 벌어진 일들이었다.

정미소 옆 골목길로 마악 돌아섰을 때, 사람 좋은 그 집 늙수레한 일꾼이 열심히 개를 어르고 있었다. 워리, 워리! 개를 부르고 어르는 그 소리가 그렇게 다정할 수가 없어서, 나는 그의 허리 뒤에 감춰진 다른 한 손에는 분명 맛있는 고깃덩이라도 들려져 있는 줄 알았다. 그런데 그게 아니었다. 올가미였다. 무슨 저주를 불어 예는 본능의 육감 때문인지, 통통하게 살이 오른 누렁이는 적당히 경계의 빛을 늦추지 않더니만 결국엔 살래살래 꼬리 치며 일꾼에게 다가갔고, 그이는 한순간에 올가미를 개 목에 걸어 낚아채 올렸다. 정말 눈 깜빡할 사이에 해치우는 솜씨였다.

엉겁결에 목이 졸린 개는 그만 가녀린 비명조차 내지르지 못한 채 사지로 끌려갔고, 그리고는 개울가의 몰구슬 고목가지에 댕강 목이 매달려졌다. 개는 아등바등 몇 번 힘겨운 발버둥질을 되풀이하다가 이내 축 늘어져 버렸다. 혀를 빼어 문 처참한 최후였다. 그 정경이 너무나 끔찍하고 참담해서 나는 거의 숨조차 내쉴 수 없을 지경이었다. 헉, 소리가 절로 나왔다.

그 충격이 어찌나 심했던지, 나중에 정신을 차리고 보니 나는 내가 가야 할 목적지와는 전혀 다른 방향으로 허둥지둥 걷고 있었다. 그런데 이건 또 무슨 살풍경인가.

한 소녀가 겁에 질려 울고 있었다.

소녀는 연신 저만큼 떨어진 길섶을 혼자 손가락질하였다. 그 손가락질 끝에선 까작까작까작, 두 마리의 까치가 번갈아 교대해 가며 맹렬하게 우짖고 있었다. 두 마리의 까치는 일정한 간격으로 가로수 사이를 풀풀 오가면서 누군가를 무섭게 증오하고, 여차하면 세찬 공격까지도 목숨 걸고 감행할 태세였다.

그 누군가는 바로 들고양이었다.

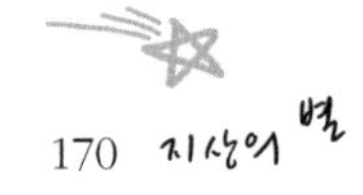

놈의 입에는 다른 까치 한 마리가 피 흘리며 물려 있었다. 탐욕스럽게 까치를 물고 걸어가는 놈의 걸음걸이는 매우 교만하고도 뻔뻔스러웠다. 식구를 잃은 까치들의 불타는 복수심 따위는 전혀 안중에도 없다는 듯이, 놈은 뱃구레를 축 늘어뜨린 채 아주 느릿느릿 걷고 있었다.

놈의 보폭을 따라 까치들은 쉬지 않고 우짖는다.

소녀는 나의 출현에 안도하고 가까스로 울음을 멈췄지만, 들고양이가 까치를 낚아채 무는 모습을 목격했을 때의 충격에서 완전히 벗어나 있는 건 아니었다. 지금도 여전히, 어떻게 그런 일이 벌어질 수 있는가 골똘히 생각하는 눈치였다.

정말 어떻게 잽싼 날짐승이 들짐승한테 잡아 먹혔지?

적당한 거리를 두고 뒤따르던 나 역시 그같은 의문에 사로잡힌 채 얼른 돌멩이 하나를 주워들었다. 그리고 들고양이를 향해 냅다 내던졌는데, 그제서야 놈은 숲 속으로 훌쩍 숨어 사라졌다. 그 날랜 몸의 움직임으로 미룬다면 사실 긴장을 푼 채 한가하게 한눈이나 팔고 있는 까치 따위를 놈이 낚아채기란 누워서 떡 먹기일 것도 같았다. 잔뜩 웅크린 뒤의 살의에 찬 비상, 그것만큼 무서운 생존의 방식도 따로 없을 터인즉, 세상은 간혹 그런 사람들을 위해 열려 있는 게 아닐까 착각될 경우 또한 없지 않다. 착한 사람은 아무리 열심히 노력해도 가난뱅이 그대로 짓밟히며 팔자가 펴지지 않는 대신, 영악하고 악독한 인간일수록 오래오래 잘 먹고 잘 사는 참 묘한 역설의 이치 말이다. 그것이 곧 조숙한 내가 이해할 수 없는 우리네 부조리한 인생살이의 한 모습이었다.

어쨌든 나는 그날 오후 하숙집으로 터덜터덜 돌아오면서, 하찮은 까치에게도 영혼이나 어떤 정서, 혹은 마음 같은 게 존재한다는 사실을 뒤늦게 깨달았다. 들고양이의 입에 물린 한 식구(혹은 동료)의 억울한 죽음 앞에서, 그토록 목숨 걸고 저항하며 울부짖는 모습이 어찌 우리네 인간과 다를 수 있으랴. 어쩌면 어지간히 못난 사람과는 감히 비교도 할 수 없으리만큼 풍부하고도 섬세한 감정 표현의 능력을 까치는 갖고 있는지도 몰랐다.

하물며 그보다 크고 지혜로운 개나 소에게 있어서랴. 그것들은 이미 가축이 아니라 가족이었다. 한 집, 한 울타리 안에서 늘 함께 밥을 먹고 잠을 자는 건 물론, 저마다 할당된 맡은 바 노동까지 성실히 수행하는 한 가족으로서의 분명한 구성원이었다. 그런데 그 가족을 그리 무참히 죽여?

아까참에 개의 주검을 떠올리자 다시금 욕지기가 욱 치밀어 올랐다. 정미소 늙은 일꾼은 개의 목을 올가미에 씌워 고목 가지에 매다는 것도 모자라서, 이미 사지가 추욱 늘어진 상대에게 무자비한 몽둥이질까지 서슴지 않았었다. 그런 다음에는 또 불에 그슬려 털을 태울 것이고, 개울물에 헹군 후 칼질을 시작할 것이다.

아아, 인간의 탐욕에 저주 있으라. 그칠 줄 모르고 타오르는 그 본능 어린 적의와 살생의 기쁨에 나는 한없는 경멸을 보낸다!

그럼에도 장터는 여전히 탐욕과 살생의 먹을거리를 찾아 나선 장돌뱅이들로 홍청망청 붐비고 있었으며, 구수한 냄새가 진동하는 들뜬 잔치판의 분위기로 넘쳐났다. 다릿목의 공터에 뚝딱딱 말뚝 박고 흰 포장을 휘둘러 세운 가설극장의 스피커 소리가 들려온 것도 바로 그때였다.

나그네 제비 슬프지 않느냐,
우리도 너나없이 나그네 인생.

이런 야릇한 유행가 가락을 구성진 신파조로 읊어 말문

을 열어젖힌 가두 선전원은 '오늘 밤 여러분에게 선보일 영화는 눈물 없이는 차마 볼 수 없는 엄청난 비극'이라면서 〈장마루촌의 이발사〉를 들먹였다. 나는 그것이 엄청난 비극이건 형편없는 희극이건 아무래도 상관없었다. 어떤 형태로든 내가 영화를 볼 수 있느냐 없느냐만 중요할 따름이었다. 장날이면 어김없이 찾아드는 잔치 기분을 한껏 즐기면서도, 그같은 상투성이 어딘지 불가해하고 역겹고 따분하다는 느낌에 사로잡혀 있던 나는, 그날따라 유난히 허구의 영화 속에라도 깊숙이 빠져들고 싶었다. 알 수 없는 질곡의 일상에서 또 멀리 도망치고 싶었다.

그리고 그날 저녁, 파장 뒤의 장터 풍경은 더할 나위 없이 을씨년스럽고 스산하였다. 장돌뱅이들이 다 흩어져 돌아간 뒤, 저녁 식사를 마친 나는 하숙집 안주인인 굴포댁과 함께 영화를 보러 가기 위해 그 스산한 장터거리를 바삐 걸었다. 그녀의 한량기 많은 남편은 이미 군드러진 모주망태가 된 채 저만큼 멀찍이 나가떨어져 있었으므로, 굴포댁은 일찌감치 날렵한 외출복으로 갈아입고 이것저것 챙기느라 정신이 없었더랬다. 그런데 이상한 점은 구슬이 박힌 핸드백에 제법 묵직한 여행용 가방까지 짐으로 들려 있다는 사실이었다.

"어디, 가시는데요?"

궁금한 내가 의아한 어조로 물었을 때, 굴포댁은 지레 손을 내저어 말소리 죽이라면서 아주 태연한 낯빛으로 조용조용 대답했다.

"어디 가긴, 너랑 같이 영화 보러 가잖냐. 이 가방이 궁금한 모양인디, 극장 앞에서 고향 사람한티 건네줄 물건이다. 그쪽으로 팔아넘길 상품이니께 그런 요상한 눈으로 훔쳐보지 말더라고. 늦겠다, 싸게싸게 가자."

"......?"

필요 이상 친절한 부연 설명까지 덧붙이고 있어서 나는 더욱 야릇한 호기심이 은근슬쩍 작동하는 것이었으나, 모른 척 꾹 눌러 주기로 했다. 그 대신 꽤나 무거워 뵈는 그녀의 가방을 내 손으로 옮겨 받았다.

다릿목 공터에는 가설극장을 찾아든 사람들로 어수선하였다. 북적이는 그들 사이에 혹시 단속 나온 학교 선생님이라도 몰래 끼어 있지 않을까 싶어 나는 열심히 경계의 시선을 굴렸고, 나에게서 다시 가방을 넘겨받은 굴포댁 역시 누군가를 은밀히 찾아대는 눈빛이었다.

"안 들어가세요?"

나는 엉거주춤 서 있는 굴포댁에게 극장 쪽으로 턱짓하며 물었고,

"응, 그래, 너 먼저 들어갈래?"

그녀는 영화 따윈 아무래도 뒷전인 듯 시큰둥하게 대꾸했다.

아까 서둘러 집을 나설 때와는 영 딴판이었다. 그녀는 내가 저녁 숟가락을 놓기 바쁘게 어서 영화를 보러 가자면서, 자기 남편의 운동모는 물론 멋스런 잠바까지 내게 바꿔 입으라며 내밀지 않았던가. 혹시 학생 입장 불가면 어쩌느냐는 걱정이었는데, 나는 사실이 그렇더라도 그까짓 가설극장 출입쯤은 아무런 문제가 되지 않는 편에 속했다. 한번 마음을 다잡아먹으면 꼭 그렇게 해내고야 마는 게 우악스런 내 고집이며 객기였다. 줄기차게 돌아가는 발전기 소리, 천막 네 귀퉁이에 내걸린 서치라이트의 찌를 듯한 불빛, 어둠 속에서 두런거리는 어른들의 잡담에 한동안 정신이 팔려 있는데, 어느 결에 입장권을 구해 온 굴포댁이 그 표를 내게 내밀며 말했다.

"이 사람이, 아직 안 보이네? 안 되겠다, 너 먼저 들어가,

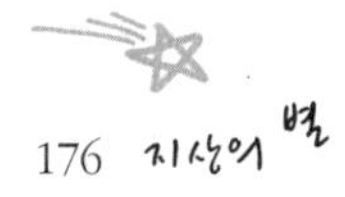

응?"

"그러죠, 그럼. 근데, 이 표는 아줌마 거 아네요?"

"아녀. 니 꺼여. 암튼, 영화 잘 구경하고 있어. 내 금방 따라 들어갈 테니까니."

"예, 고맙습니다."

나는 굴포댁을 향해 고개를 꾸벅 숙이고 돌아섰다.

일단 엉성한 가설극장 출입구를 무사히 통과하고 나자, 나는 쉽게 굴포댁의 존재를 잊어버렸다. 금방 따라 들어가겠다면서 왜 입장권은 하나밖에 구하지 않았는지의 궁금증도 바람처럼 사라지고, 그녀가 느닷없이 내게 표를 건네준 데 대한 고마움도 곧 지워졌다.

내 관심은 이내 극장 안의 아기자기한 풍경으로 모아졌는데, 그 안으로 들어서는 순간 나는 문득 거대한 돛배를 타고 있는 엉뚱한 착각 속에 빠져들고 말았던 것이다. 그래서 어디론지 쉴 새 없이 흔들리며 무리들과 함께 흘러가고 있는 것만 같았다. 맨 앞줄에서부터 빼곡하게 들어찬 머리통과 머리통들, 들뜬 기대에 부푼 얼뜨기 관람객들의 그 머리통 위로 부신 빗금을 그으며 쏟아지기 시작한 영사기의 불빛 때문이었을까, 나는 이상하게도 여전히 거대한 돛배를 타고 있는 기분이었다.

차르르차르르 물살을 가르며 배가 출항하였다. 차르르차르르 영사기가 돌아가고, 하얀 옥양목 포장을 이용한 스크린엔 흑백필름의 영화가 전설처럼 펼쳐지기 시작하였다. 그 활동사진 위의 검은 밤하늘이 영롱한 별들을 매단 채 그대로 노출되어 있었고, 사람들은 느리게 전개되는 영화 속의 이야기에 따라 일희일비하며 허구의 진실 속으로 한껏 함몰돼 들어갔다. 알게 모르게, 촉촉한 밤이슬도 살금살금 내려앉고 있었다. 나는 그런 꿈같은 공상의 세계, 영화가 근본으로 안고 있는 빤한 거짓말과 관념의 위력에 그만 압도당하지 않을 수 없었다. 사람들은 너나없이 영화 속 이야기에 꼼짝달싹하지 못한 채 속아 넘어갔으며, 나 또한 그와 같은 어처구니없는 착각 속에서 덧없이 헤매었다. 내가 곧 장마루촌의 이발사였으며, 이발사 역의 주연배우였으며, 그 영화를 연출한 감독이었다.

사람들은 모두 그것이 꿈이라고 했다.

그러나 나에게는 꿈이 아니었다. 현실이었다.

하지만 또 다른 현실은 곧장 가혹하게 내 곁으로 다가왔다.

이튿날 새벽같이 선잠에서 깨어난 나는, 안방에서 들려

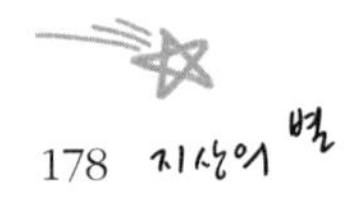

오는 짐승 같은 울부짖음을 듣고 소스라치게 놀라 일어나지 않을 수 없었던 것이다. 그 소리의 임자는 바로 주인집 사내였다.

아니, 왜?

화들짝 눈을 굴리면서도 나는 한순간 불길한 예감에 휩싸여들지 않을 수 없었다. 지난 밤 사이 굴포댁이 어디론지 도망친 게 틀림없었다. 어젯밤 영화가 끝났을 때 나는 가설극장 주변을 휘둘러 살피며 그녀를 찾았고, 결국 나 혼자서 집으로 돌아왔었다. 그리고 별이 총총한 밤하늘을 올려다보면서 왠지 서늘하고 께름칙한 기분에 잠기다가 에잇, 될 대로 되라지 하는 자포자기의 방관자로 이내 돌아갔고, 슬그머니 달콤한 내 잠자리로 기어들었다. 그런데 그것이 마침내 동티나는 어둠의 현실로 둔갑하다니! 나는 괜스레 가슴이 두근거리고 얼굴이 화끈거렸다. 굴포댁이 사라져 없어진 게 마치 내 탓이라도 되는 듯이.

사내는 닥치는 대로 물건을 집어던지거나 악을 써대면서 도망친 아내를 맘껏 저주했다. 벌써부터 술을 물처럼 뱃속에 들이켠 모양이었다. 그의 거친 패악질과 상스런 욕설, 끝내 분을 삭이지 못하는 무서운 증오를 나는 도저히 혼자 지켜볼 수가 없었다. 그래서 부리나케 교복으로 갈아입고 책가방을 꾸려 부엌 뒷문으로 빠져 나왔는데, 옆집 담장 너머에는 이미 놀란 구경꾼들이 한 무더기 몰려 선 채 한창 고개를 내밀어 수군대는 중이었다.

"내 진즉에 저럴 줄 알았다. 내 저럴 줄 알았어!"

"어이구, 지옥이 따로 없지. 저게 바로 지옥이야, 쯧쯧쯧."

"너도 참 용쿠나, 그동안 으떻게 견디었으까."

절로 민망해진 나는 마냥 뒷통수를 긁적이며 그 자리를 황급히 비켜나올 수밖에 없었다. 하늘은 잔뜩 흐림, 금방에라도 비가 쏟아질 것 같았다.

그 비가 올 때까지 나는 빈 장터거리를 하릴없이 서성였다. 낯익은 식당에서 대충 아침을 때운 나는 그대로 휑하니 등교할까 싶기도 했지만, 왠지 내 발걸음은 그곳에서 쉬 벗어나지지 않았다. 비오는 식당의 처마 밑에서 나는 뚫어질 듯 나의 '지옥'을 노려보고 있었다. 그리고 나는 내 안에서 꿈틀거리는 어떤 알 수 없는 마성魔性의 검은 이빨을 의식했다.

그래, 나는 지금껏 저들의 그침 없는 욕설과 붉은 욕정의 세계를 은밀히 즐기고 있었는지도 몰라.

그 지옥의 삶을, 그들의 불타는 오욕의 싸움질을 밤마다 남몰래 훔쳐보며 나 혼자 키득거리고 있었던 것 같은 느낌에 나는 한동안 사로잡혔다. 그것을 은밀히 즐겼을 뿐만 아니라, 어젯밤 굴포댁의 야반도주를 일부러 방조하고 즐겨 도와주기까지 한 공범자의 자리에 나도 주춤 서 있지 않은가 말이다.

나는 지그시 아랫입술을 깨물며, 앞으로 다시는 들어가 살게 될 것 같지 않은 나의 사랑하는 지옥을 계속 주시하였다. 그곳에선 이제 술 취한 사내의 문뱃내나는 장구 소리가 어지러이 들려오고 있었고, 빗줄기는 제법 굵은 가닥으로 내 시선을 그물처럼 가로막았다. 그리고 우시장 쪽은 이내 심한 비린내로 뒤덮였다.

아, 비린내. 물비린내, 피비린내.

축제의 뒤끝에는 항상 불그스레한 그 비린내가 있었다. 그것은 곧 죽음의 냄새였다.

꽤나 자연스럽게 그 역겨운 비린내의 지옥에서 거처를 다른 곳으로 옮기지 않으면 안 되었을 무렵, 곧바로 여름방학이 시작되었다. 갈 곳이 마땅찮은 나로서는 불행 중 다행이었다. 어쨌거나 찌는 듯 무더운 한여름이 끝나면, 마지막 한 학기가 가을과 함께 새로 펼쳐질 거였다. 그 또한 엄연한 나의 일이었지만, 나는 남의 일처럼 막연히 그때를 기다리며, 고향 마을의 뙤약볕 속에서 모처럼 한가한 나날을 보내고 있었다.

그러던 어느 날이었다.

뿌우연 흙먼지를 햇살처럼 일으키며 동구 밖 신작로를 뒤뚱거려 달려오는 영업용 택시 한 대가 있었다. 이런 깊은 촌구석에 웬 택시 손님이지? 멀뚱한 시선으로 한동안 우두망찰하게 그쪽을 건너다보고 있던 나는, 차가 마을회관 앞 공터에 이르러 한 손님을 내려놓았을 때, 하마터면 외마디 비명을 내지를 뻔하였다. 어딘지 낯이 익는다 싶은 멋쟁이 여자여서였다.

혹시 내가 잘못 본 건 아냐?

나는 황망히 집 밖으로 나섰다.

하지만 여자는 틀림없는 유강지 선생, 얼룩말(학교 친구들은 하나같이 강아지라는 별명으로 그이를 불렀지만, 나만은 언젠가부터 사랑스런 '얼룩말'로 규정짓고 있었다. 체크무늬가 박힌 바지나 스웨터를 즐겨 입는다든가 뒤로 흘러내린 긴 머릿결이 푸른 야생마의 말총을 닮았다는 등의 외모에서 풍기는 분위기 때문이기도 했지만, 나에게서의 그이의 존재는 온통 얼룩말 같은 혼란 투성이었으므로)이었다.

나는 한달음에 택시가 서 있는 곳으로 달려갔다. 그리고 두 뺨이 발그레 상기된 채 조금 들뜬 목소리로 선생님을 불렀고, 가벼운 하늘색 원피스 차림의 그이는,

"어? 승철이가 집에 있었네? 답답해서 바닷바람 좀 쐬러 왔어."

챙이 긴 둥근 테 모자의 그늘 밑에서 환히 이를 드러냈다.

차에서 내려진 짐 꾸러미로 미루어 스케치 헌팅이 주목적인 모양이었는데, 큼지막한 이젤과 캔버스, 길쭉한 비닐가방이 그것이었다. 나는 얼룩말의 짐들을 주섬주섬 챙겨 들었다. 빈 택시는 해질 무렵 다시 오겠다면서 왔던 길로 휭하니 되돌아 나갔고, 잠시 그 차의 뒤꽁무니에 눈길을 던지고 있다가 몸을 돌린 얼룩말은 자신의 비닐가방을 낚아채 나눠 들면서,

"여기서 바다가 멀지 않지? 거기까지만 좀 데려다 줄래?"

지나친 부담감을 갖지 말라는 듯 던지는 투로 말했다. 나는 주춤 발걸음을 멈추면서 맞은편에 빤히 마주 보이는 돌담 집을 턱짓으로 가리켰다. 그리고는 약간 심술이 섞인 어

조로 말했다.

"저게 바로 저희 집인데요?"

"아무런 예고도 없이 어른들을 불쑥 찾아뵙는 건 결례야. 이따가 돌아갈 때 잠깐 인사나 드리지 뭐."

"그래도 그렇지, 그런 법이 어딨어요? 지금, 어머니밖에 안 계신다구요."

"그래? 그럼 얼굴이나 좀 뵐까."

얼룩말은 마지못한 듯 뇌까리더니 이내 망설임을 지우고 선뜻 내 뒤를 따랐다. 이젤과 캔버스를 양손에 든 나는 자랑스레 집 마당으로 들어섰고, 마침 부엌문 앞에서 햇감자를 다듬고 있던 어머니는 어슴푸레 낯이 익은 한 여자 손님을 잠시 얼떨떨한 손차양으로 눈가림하다가 곧 반갑게 알은체했다.

"아니, 이게 누구시당가. 선상님이 예까지 무슨 일이시당가요?"

"안녕하셨어요?"

얼룩말은 상냥한 미소를 입에 문 채 고개를 정중히 숙여 보이면서도 인사는 짧게 끊었다. 하지만 정이 많은 어머니는 그쯤에서 쉽게 끊을 여자가 아니었다. 벌써부터 손님 대

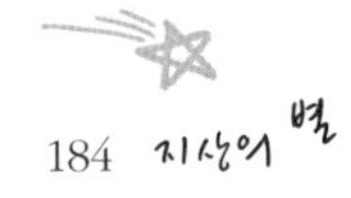

접할 궁리로 손과 머리가 바빠지면서,

"안 그려도 한번 모실락 혔는데 참말 잘 오셨구만이우. 어서 안으로 드시지요. 우리 승철이가 하도 선상님 자랑을 늘어놔싸서 그 보답을 언제 으떻게 할까 고민고민하던 참이었는데. 승철이 늬 뭐하고 있냐, 어서 방으로 모시잖구."

"아니에요, 아니에요."

얼룩말이 황급히 손을 내저으며 계속했다.

"저, 폐 끼쳐 드리려고 온 게 아니에요. 긴히 볼일이 좀 있어서…… 일 마치고 돌아갈 때 잠깐 다시 들르겠습니다. 점심은 여기, 도시락으로 준비해 왔습니다."

"원, 시상에…… 그런 서운한 인사법이 어디 있다요? 안 되어요. 여그까지 와설랑 저희 집 따순 밥 한 끼도 안 잡수고 가시면 말도 안 되지우. 싸온 도시락은 나중에 참으로 드시고, 내 후딱 준비할 테니……"

"요 밑 갯작벌에서 그림을 그리실 거예요."

어설픈 웃음을 입에 문 얼룩말이 이미 몸을 틀어 대문 쪽으로 나가고 있었으므로, 뒤늦게나마 내가 끼어들어 뜯어말리지 않을 수 없었다. 얼룩말도 옆에 든 묵직한 비닐 가방 속의 내용물까지 직접 보여주면서 어머니의 호의를 끝내 사양했는데, 거기엔 내 몫의 도시락과 다른 먹을거리도 넉넉히 들어 있는 것 같았다.

"그럼 저녁이나……"

어머니는 결국 두 손을 든 채 뒤로 물러섰고, 얼룩말은 가벼운 목례를 남기면서 대문 밖으로 겨우 벗어났다. 그리고는 몇 발자국 떼어 놓지 않은 상태에서 곧 걸음을 멈추더니,

"야, 이 돌담이 참 운치 있네? 언제 시간 나면 이걸 그려도 괜찮겠다."

흙 한 점 묻지 않은 채 제각기 반듯반듯하게 쌓아 올려진 돌담장을 한동안 탐스럽게 어루만졌다. 그 돌담장 한 귀퉁이를 휘감으며 뻗어 오른 담쟁이넝쿨이라든가 돌담 너머로 삐죽이 얼굴을 내밀고 있는 접시꽃, 해바라기 따위도 그림의 한 소재로서 더없이 욕심이 나는 모양이었다. 얼룩말은 바다로 가는 길목의 그 돌담장이 끝나는 지점까지 천천히 걸으면서, 그것들을 호기심과 애정이 듬뿍 담긴 시선으로 연신 어루만지며 쓰다듬고 있었다. 그리고 그곳에서 이만큼 벗어나 몰구슬 고목이 서 있는 둠벙가에 이르렀을 때 얼룩말은 말했다.

"방구석에 틀어박혀 있자니 숨이 막혀서 못 견디겠더라. 그래서 이렇게 불쑥 찾아왔지 뭐니. 괜찮지?"

"그럼요, 얼마나 반가웠는데요."

"혹시 나를 기다리고 있었던 건 아니구? 어떻게 난 줄 알고 그리 빨리 뛰어 나왔어?"

"……"

속으로 얼마나 기다렸는데요, 하고 나는 또 혼자 속으로 말했다.

날마다 밤마다 선생님을 꿈처럼 만나고 있었다구요.

얼룩말이 계속했다.

"국전 마감일은 점점 다가오는데, 암만해도 목련 가지고는 안 될 것 같더라구. 리얼리티가 약해서. 그래서 소금기 짙은 바다를 생각했고, 니가 침이 마르도록 자랑한 이곳을 자연스레 떠올린 거야. 혹시 갯가에 난파선 같은 건 없니? 그런 배를 수리하는 현장이라든가."

"없, 어요."

나는 약간 퉁명스런 어조로 대꾸했다.

암만해도 목련 가지고는 안 되겠다구?

나는 갑자기 떫은 생감을 씹는 기분이었다. 그 목련이 희디흰 속살을 활짝 드러낸 지난봄부터 지금까지 나는 얼마나 깊은 내상의 통증에 시달려 왔던가. 눈물이 뚝뚝 배어날 것 같은 목련 아래로 나는 그 시린 봄날 서슴없이 뛰어들었고, 당신이 원하는 대로 맨 벌거숭이가 되었었다. 그러자 당신은 또 이렇게 말했지.

목련은 말야, 꽃이 다 지고 난 뒤 진초록으로 잎이 무성해졌을 때가 더 좋아. 장마철 비가 올 때 그 잎새들 위로 후두둑 듣는 빗방울 소리, 그런 빗소리가 들리는 목련을 한번 그려 보고 싶다구.

그래서 여름방학이 시작되기 전의 어느 비 오는 날, 나는 다시 당신의 하숙집 뜨락의 목련 아래로 반 벌거숭이인 채 기꺼이 뛰어들었고, 그리고 심한 몸살을 앓았었다. 그런데 뭐, 리얼리티가 부족하다구?

야릇한 배신감마저 의식하면서 힘없이 걷는 사이 우리는 어느새 놀치는 바닷가에 이르렀다. 확 트인 수평선과 넘실대는 푸른 물결이 한눈에 들어왔을 때 얼룩말의 환성은 절정에 이르렀다.

"야, 증말 끝내준다. 십년 묵은 체증이 싹 가시는 것 같애!"

"여긴 모래가 아닌 자갈밭으로 더 유명해요."

나는 계란만 한 크기로 납작납작 엎드려 쌓인 몽돌을 하나 집어 올리며 말했다. 계란처럼 따스하고 매끄러운 감촉이 그 몽돌에서 전해져 온다. 걸음을 옮길 적마다 자갈자갈 소리를 내는 자갈들의 정겨운 감촉도.

얼룩말은 가방과 신발을 손발에서 벗어 던진 채 경사진 아래쪽으로 깨금발쳐 내려가며 연신 비명 내지르기에 바쁘다. 뙤약볕에 달궈진 자갈들이 몹시 뜨겁기도 하거니와 모처럼 갖게 되는 해맑은 동심이 더없이 즐겁기 때문이리라.

물가로 내려갈수록 자갈들은 무슨 구슬이나 바둑알처럼 작아지고, 그리고는 연이어 물에 젖은 모래가 나온다. 일찍이 나는 이 젖은 모래밭 위에 내 키보다 더 큰 우주의 밑그림을 그리거나 꿈과 사랑을 낙서하면서 살았었다. 모래와 자갈밭의 경계쯤에서 얼룩말이 나를 향해 말한다.

"일단 여기다가 펴야겠어. 이젤 좀 가져 올래?"

"참, 저쪽으로 가면 고장 난 통통배가 한 척 있긴 있는데 ……"

하고 나는 샛개 쪽 한갓진 둔덕을 손가락으로 가리켰다. 떼를 지어 멱을 감던 아이들이 우우 몰려들 것 같은 데다가 얼룩말의 말마따나 또 너무 흔한 평면의, 리얼리티가 부족한 그림이 그려지면 어쩌나 싶어서였다.

어, 그래? 하는 표정으로 내 손가락을 따라간 얼룩말의 시선이 이내 반가움으로 달뜬다. 그이는 곧장 그쪽으로 몸을 틀면서 벗어 놓은 신발 좀 던져 달라고 소리쳤다. 발바닥이 뜨거워 더 이상 자갈밭을 맨발로 걷지 못하겠다는 비명이었다. 어린애처럼 호들갑스러운 얼룩말이 새삼 귀엽다고 생각하면서, 나는 모처럼 상쾌한 웃음을 베어 물고 그이의 신발을 던져 주었다.

비스듬하게 뭍으로 끌어 올려진 고장난 꽃게잡이 어선을 둘러본 얼룩말은 꽤나 흡족한 만족감을 표시했다. 그러면서 아카시아 나무 그늘 아래에 짐을 푼 다음, 이젤은 어선 뒤쪽에서 그 반대 방향으로 고정해 세웠다. 그러니까 보리밭과 솔숲이 멀리 펼쳐진 목섬 끝자락을 원경으로 걸치고, 정면에는 비스듬히 누워 있는 꽃게잡이 배, 오른쪽으로는 몽돌 밭에서 물놀이하는 하동들을 자그맣게 집어넣을 모양이었다.

요모조모로 밑그림 구도를 대충 가늠하고 난 얼룩말은,

"아휴, 덥다, 더워. 넌 수영 안하니?"

둥근 차양이 달린 모자를 벗어 활활 부채질하면서 나를 향해 말했다. 나는 씨익 얼버무렸고, 그이가 이었다.

"아무래도 안 되겠다. 난 잠깐이래도 물에 좀 들어갔다가 나와야겠어. 넌?"

"수영복이 없는데……"

"그래서 난 미리 준비해 왔지만, 수영복 없으면 어때. 사내 녀석이 그냥 아무 팬티나 걸치고 하는 거지. 거기 가방에서…… 아냐, 내가 꺼내 입을게."

얼룩말은 아무렇지도 않게 서둘러 비닐 가방을 뒤져 원색의 여자 수영복을 손에 챙겨 들었다.

나는 그저 어색한 낯빛으로 그이의 거침없는 짓거리를 가만히 지켜볼 뿐이었다.

저 용의주도한 준비성이라니! 하지만 부끄럽지도 않나? 어떻게 여기까지 와서 수영할 생각을 다 했지?

나이든 성인 여자가 반나체로 수영복을 입고 설치는 게 아직은 쉽사리 용인되지 않던 시절의 매우 폐쇄적인 시골 바닷가였으므로, 내가 오히려 공연스레 얼굴이 화끈거려서 살그머니 주위를 둘러보았다. 그러나 당돌한 얼룩말은 그런 것엔 아랑곳없이 벌써 배 뒤쪽으로 돌아가 옷을 갈아입기 시작했다.

나도 함께 바닷물 속으로 뛰어들까?

불쑥 그런 객쩍은 만용이 솟아올랐다. 가만히 앉아서 수영하는 여자 구경만 일삼고 있으면, 다름 아닌 얼룩말한테서라도 더없이 용기 없는 숙맥으로 치부될 건 너무나 빤한 노릇이었다. 하지만 마음만 지레 앞설 뿐 행동으로는 좀체 옮겨지진 않았다.

"내 몸매 어떠냐? 이만하면 날씬한 편이지?"

그래도 얼마쯤은 쑥스러운 듯, 위아래가 이어진 물방울무늬의 원피스 수영복으로 갈아입고 나온 얼룩말이 약간 과장된 어조로 묻는다. 그리고는 내 대답을 기다리지 않은 채 바다를 향해 푸른 말처럼 성큼성큼 걸어 나갔다. 그 유혹어린 뒷모습을 물끄러미 바라보면서, 나는 킥킥킥 혼자 소리 내어 웃고 말았다. 반대편 넙자락 쪽의 조무래기들이 비아냥 섞인 환호성을 합창처럼 내지른 것도 바로 그때였다.

그러나 얼룩말은 너무도 태연하고 당당하게, 아주 천천히 반쯤 깨벗은 몸뚱이를 적시며 바닷물 속으로 들어갔다. 주위의 버름하게 거북살스런 시선에는 전혀 신경을 쓰지 않는 것 같았다. 잔잔히 파도치는 물결 위에 둥실 몸을 실은 그이는, 이제 둥근 테 모자를 얹은 머리통밖에 보이지 않았다. 개헤엄과 자유형을 자유자재로 구사하는 수영 솜씨가 보통이 아니었는데, 저만큼 수심이 깊은 데까지 유영해 나갔다가 다시 얕은 곳으로 되돌아온 얼룩말이 나를 향해 소리쳤다.

"빨리 안 들어오고 거기서 뭐하니? 기가 막힌다, 야!"

"……?"

나는 마치 꿀을 훔쳐 먹다 들킨 벙어리처럼 어찌할 줄 몰랐다. 가만히 앉아 있어도 겨드랑이에서 주루룩 비지땀이 쏟아지고, 여전히 화끈거리며 올라오는 지열 때문에 시원한 물속으로 첨벙 뛰어들고 싶은 충동은 절로 일었지만, 그러나 어찌 내가 죽도록 사모하는 얼룩말과 함께 수영복 없이 해수욕을 즐길 수 있단 말인가. 그것도 헐렁한 매나니 팬티 바람으로!

그보다도 나는 우선 삽시간에 동네에 퍼질 요상한 소문을 지레 겁내고 있었는지도 모른다. 워낙 유교의 보수성이 감사납게 지배하는 마을 분위기 탓이었다. 그때 또다시 얼룩말의 넘나는 외침이 일렁이는 파도를 타고 들려온다.

"승철이 너, 수영할 줄 모르는구나? 이리 와봐, 내가 헤엄치는 법 가르쳐 줄게!"

"뭐라구? 나한테 수영을?"

나는 누가 옆에서 듣고 있기라도 하듯 혼자 중얼거리면서 피식 실소를 머금었다. 그리고는 잽싼 손놀림으로 옷들을 휘휘 벗어젖혔다. 사타구니에 착 달라붙는 삼각이 아닌 헐렁한 사각팬티인 게 더욱 꼴불견이었지만, 나는 이미 그런저런 체면이나 소문 따위를 한가하게 따지고 염두에 새겨 둘 기분이 아니었다. 화통처럼 내리퍼붓는 불볕더위와 헤엄조차 칠 줄 모르냐는 얼룩말의 야유, 지금도 여전히 유혹하듯 불러대는 그이의 손짓을 나는 더 이상 견디어 낼 재간이 없었다.

"그것 봐, 수영하고 나니 시원하지? 맘에 없는 부끄러움 같은 건 냅다 팽개쳐 버리는 거야."

잉크 물이 든 것처럼 입술이 시퍼래질 때까지 나와 함께 물놀이를 즐기다가 뭍으로 올라온 얼룩말이 말했다. 나는 씨익 입꼬리를 치켜 올리면서, 물에 젖은 수영복이 찰싹 달라붙은 그이의 함초롬한 몸매를 흘깃흘깃 훔쳐본다. 그 수영복 외면을 타고 뚝, 뚝, 뚝 떨어지는 물방울, 그 물방울들

이 굴러 떨어지는 굴곡진 유방과 엉덩이가 걸음을 옮길 적마다 잔뜩 팽창한 풍선처럼 금방에라도 확 터져 버릴 것만 같다. 물에 젖은 머리칼도 더없이 고혹스럽다. 그이가 젖은 모자의 물기를 흩뿌리면서 다시 입을 연다.

"그렇게 물개처럼 헤엄을 잘 치면서, 아깐 왜 그리 점잔을 뺐어?"

"괜히 쑥스러워서요."

"쑥스럽긴, 사내가…… 뭐든 용기가 부족하면 안 된단 말야. 공부도, 사랑도, 세상살이도…… 운동하고 나니까 배고프지? 가서 도시락 먹자. 아이, 뜨거!"

우리가 밟고 올라가는 몽돌들은 이제 달구어질 대로 화끈 달궈져 있었다. 그것을 맨발로 밟을 때마다 얼룩말은 또 노래 같은 비명 내지르기에 바쁘다. 그에 따른 자갈들의 자갈자갈 소리도 더욱 숨가쁘다. 우리는 숨가쁘게 아카시아 그늘이 있는 둔덕으로 올랐다. 동네와 바다를 좌우로 번갈아 한눈에 바라볼 수 있는 곳, 산과 수평선과 뭉게구름 핀 하늘을 동시에 조망하면서 맘껏 그림을 그릴 수 있는 곳이었다.

그러나 얼룩말은 그럴 듯하게 판만 벌려 놓았을 뿐, 아직 그림 작업을 제대로 시작할 낌새는 내보이지 않았다. 푸짐하게 싸온 도시락을 다 비우고 나선 민물에 몸을 헹구겠다며 바로 맞은편의 안산 앞 개울로 옷가지를 싸들고 들어갔고, 그곳에서 몸놀림이 편한 평상복으로 갈아입고 나와선 또 밀려드는 식곤증 때문에 도저히 견딜 수 없다고 선하품이었다. 그러면서 그늘이 좀 더 짙은 육중한 뱃전 아래로 자리를 옮겨 달콤한 낮잠으로까지 댓바람에 빠져들던 것이다.

나는 그이의 그런 한가한 휴식의 자유를 맘껏 누리게 하기 위해, 그리고 바닷물에 흠뻑 젖은 팬티도 갈아입을 겸해서 잠시 서둘러 그대로 귀가할 수밖에 없었다. 도중에 몰구슬 둠벙에서 민물로 몸을 헹구고 집에 오니, 어머니는 또 어머니대로 옥수수와 햇감자를 찌랴, 다디단 청개구리 참외를 구해 오랴 한창 부산을 떨어대는 중이었다. 그렇게 얼룩말의 접대에 특별히 신경 쓰면서도, 당신은 나를 보자마자 대뜸 도끼눈부터 흘기고 나섰다.

"너, 선상님이랑 께벗고 물놀이 했담시로야? 아이구, 망칙해라."

"께 안 벗었는데요? 그래도 이 팬티는 입고……"

"그것이 그것이제 무슨 잔말이여. 암튼 니 한압씨(할아버지)가 아시믄 불벼락이 떨어질 텡께 각별히 조심혀!"

"어머니도 참."

나는 똘똘 말아 손에 쥐고 있던 팬티를 빨래통에 휙 집어던지고는 두말없이 방 안으로 들어가 큰 대자로 누워 버렸다. 도대체 어느 잔망스런 놈이 그따위 시답잖은 소문을 벌써 온 동네에 퍼뜨렸지? 정말 빠르다, 빨라, 하고 나는 그 발없는 말의 눈부신 위력을, 생기는 것 없이 남의 말하기 좋아하는 인간들의 그 망측하게 조라떠는 본능의 속성을 새삼 분개하며 곱씹지 않을 수 없었다. 아무 것도 아닌 걸 가지고 왜 그렇듯 가리틀어 야단법석들을 피워대는 것일까.

하지만 할아버지에게는 진정 아무 것도 아닌 게 아니었다. 꿈인 듯 생시인 듯 깝북 달콤한 낮잠 속으로 빠져들 무렵, 큼큼 마른기침 소리를 뱉으며 집 안으로 성큼 들어서는 당신의 기척이 들렸는데, 아무래도 조금 심상치 않은 낌새여서 나는 후다닥 잠을 털고 일어났던 것이다. 아니나 다를까, 툇돌 위에 팽개쳐진 내 신발을 발견한 할아버지는,

"승철이 니 좀 잠깐 나와 보니라. 고연 놈 같으니라구!"

불문곡직, 혀부터 차고 나오셨다. 끌끌끌, 당신의 혀 차

는 소리는 내가 문을 열고 뒤통수를 긁적이며 툇돌 아래로 내려설 때까지 계속되었다. 마당 한가운데서 뒷짐을 진 채 멀건히 건너다보는 당신의 연이은 힐문은 이렇게 이어지고 있었다.

"갯작벌에서 할랑할랑 께벗고 여배우처럼 설친 저 화상이 누구냐? 니놈을 찾아 왔담시로?"

"우리 학교 선생님이신데요."

"선생니임? 허, 말세로구나. 그래서 너도 저 화상하고 깨벗고 헤엄쳤겄다?"

"아녀요, 할아부지."

"아니긴 뭐가 아녀, 니 면상에 그렇게 씌어 있는데! 버얼겋게 익은 꼴이 참 보기에 좋구나. 끌끌끌."

"선생님은 단지 우리 동네가, 우리 집이 좋아서, 그림 그리시려고……"

"기림도 좋지만 먼저 사람이 돼야지, 어떻게 애들을 가르치는 교사가 돼갖고 품행이 저리 방정치 못할까. 양반 마을에 와서 그렇게 함부로 풍기문란하면 내 당장 좇아낸닥 하더라고 가서 일러!"

"……"

"아, 알아들었어?"

"예."

나는 잔뜩 볼이 부어서 마지못해 대답했다. 할아버지는 다시 한 번 끌끌끌 혀를 찬 다음, 쥘부채를 확 펴 들면서 집 밖으로 나가셨다. 나는 이마를 잔뜩 찌푸린 채 한동안 움직이지 않고 그 자리에 우두커니 서 있었다. 도대체 무슨 큰 잘못이 벌어졌단 말인가. 정녕 아무 것도 아닌 일을 가지고 동네 사람들은 왜 하나같이 이 어처구니없는 난리를 피워대는 것일까. 아무리 곱씹어 생각해도 나는 마냥 분하고 억울하기만 했다.

"다신 안 그러면 돼제. 그래도 우리 손님인데, 이거 좀 갖다 드리고 오니라."

지금껏 이 눈치 저 눈치 살피던 어머니가 정갈하게 챙긴 먹을거리 바구니를 나에게 내밀고 나서야 잡쳤던 내 기분은 어느 정도 정상으로 되돌아올 수 있었다. 나는 부리나케 얼룩말이 기다리는 바닷가로 향했다.

"야, 이게 뭐야?"

함박꽃처럼 입이 찢어진 얼룩말은, 연신 어머니의 후덕한 인심과 우리 집안의 화목한 분위기에 과분한 찬사를 아끼지 않았다. 내가 자리를 비운 사이 번개 같은 영감이라도 떠올랐던 것인지, 그이의 캔버스는 벌써 원색의 유화 물감으로 채워져 나가는 중이었다. 아직은 미완성의 초벌 단계였으나, 서툰 내가 얼핏 훔쳐보기에도 상당히 만족스런 그림이 그려지고 있는 것 같았다. 내가 내려놓은 바구니에서 삶은 옥수수를 하나 집어든 얼룩말이 다시 말했다.

"너의 어머닌 정 하나로 똘똘 뭉쳐진 분 같애. 어쩌면 그리 자상하고 싹싹하실까. 암튼 넌 좋겠다, 그런 어머니를 모시고 살 수 있다니!"

"선생님은, 그럼 어머니가 안 계세요?"

나는 그 기회를 이용해서 평소 궁금했던 대목을 놓치지 않고 물었다. 어딘지 부모님이라든가 고향 같은 것하고는 담을 쌓고 살아가는 듯한 그이의 태도나 분위기가 은근히 맘에 걸려 왔던 것이다.

"어머니?"

짧게 반문한 얼룩말은 잠시 먼 수평선으로 시선을 던지며 뜸을 들인 다음,

"내가 아주 어릴 적에 돌아가셨지."

하고는 그만이었다. 더 이상 그에 대한 말은 잇지 않은 채

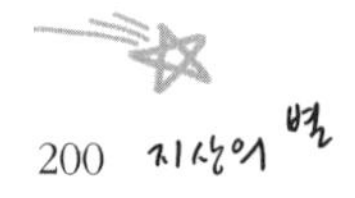

'자, 옥수수나 먹자' 하고 얼른 화제를 바꿔 버린다. 그리고는 또 이것저것 캐묻기 시작한다.

"할아버지하고 아버지, 그리고 너, 삼대가 함께 한 지붕 밑에서 산다는 건 대단한 축복이지. 난 언제나 혼자였거든. 근데, 남자 어른들은 어디 가셨니? 아까 두 분 다 집에 안 계신 것 같던데?"

"할아버진 계세요."

방금 전 한바탕 묘한 야단을 맞고 오는 길이라고는 덧붙이지 않았지만, 당신이 노발대발 호통친 내용을 전해 들으면 얼룩말은 또 얼마나 배꼽을 잡고 웃어젖힐까. 그이가 되묻는다.

"나 온 줄도 아셔?"

"네, 대접 잘해 드리라고 그러셨어요. 오늘 밤 집에서 주무시고 가라시면서……"

"그래? 이거 낭패구나. 하지만 안 돼. 이따 해 질 무렵 대절 택시 오라고 일러 놨으니까. 그건 그렇구, 니 하숙은 어떻게 된 거니? 옮길 덴 알아봤어?"

"아뇨, 마땅치가 않아요. 이 학기부턴 자취를 좀 해 볼까 생각 중이에요."

"자취?"

얼룩말의 눈이 반짝 빛났다. 그이가 이었다.

"그래, 잘 생각했다. 자취하면서 자전거 타고 통학하는 맛도 일품이지."

그 길고도 짧은 여름방학이 끝났을 때, 나는 얼룩말의 권유대로 자전거 통학을 지체 없이 감행하였다. 집안 어른들도 심신을 단련시키는 덴 더없이 좋은 경험이라면서 별다른 이의를 달지 않았으므로 나는 좀 더 쉽게 자취방을 얻을 수 있었고, 오래도록 잊지 못할 새로운 한 친구를 깊게 사귈 수가 있었다.

그 두 가지 일은 물론 철저하게 얼룩말의 친절한 주선과 배려로 가능했던 것인데, 그이는 우리 고향 마을을 다녀가면서 이렇게 말했었다.

니네 옆 반에 김사길이라고 있지? 참 괜찮은 애야. 그 애한테 부탁해 함께 방을 쓰는 건 어떻겠니? 석교 외딴집에서 혼자 자취하는데, 자전거 타고 학교 다니더라. 직접 부탁하기 거북하면 내가 말해 볼 수도 있고. 사람은 역시 친구를 잘 둬야 해.

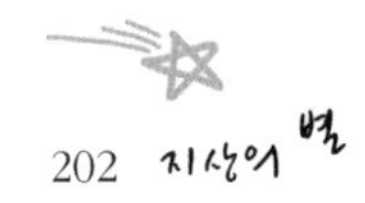

그래요? 하고, 나는 평소 유심히 지켜보았던 김사길에게의 호기심과는 달리 그냥 대수롭잖게 받아넘기고 말았지만, 얼룩말은 계속 염두에 새겨 두고 있다가 어느 날 장터 다릿목에서 우연찮게 만난 김사길한테 단도직입으로 털어놓았던가 보았다. 그래서 그 애는 두말없이 나를 방 친구로 받아들였고, 나는 그 며칠 후부터 둘도 없는 그 애의 동거인이 되어 버렸다.

김사길은 여러 모로 재미있는 구석이 참 많은 녀석이었다. 이마가 툭 불거져 나온 역삼각형의 얼굴에 쌍꺼풀진 깊은 눈을 가진 데다가, 밤낮없이 거의 책하고만 사는 공붓벌레였다. 또 급할 때는 심하게 말까지 더듬었으므로 첫눈에도 꽤나 재미있는 괴짜 같다고 표현할 수밖에 없었는데, 간단한 짐 보따리를 싸들고 들어간 첫날 그 애는 다짜고짜 나에게 이런 엉뚱한 질문을 던져왔다.

"너, 유강지, 선, 선생님을, 사, 사랑하냐?"

"!?"

"아니믄, 선, 선생님이, 널, 사, 사랑하는, 거냐?"

"짜식."

나는 너무 어이가 없어 그저 애매모호한 웃음으로 얼버

무릴 수밖에 없었다. 그러면서도 평소에는 거의 괜찮다가 어찌어찌 성질이 나거나 마음이 불편해질 때면 꺽꺽꺽 대번에 말이 더듬어지면서 꺾여 나오는 언어 습관으로 보아, 놈이 뭔가 얼룩말에의 다급하고도 심각한 저의를 숨기고 있는지도 모르겠다는 느낌이 얼핏 스치고 지나갔다. 자신의 느닷없는 질문이 약간 멋쩍어졌는지 사길이는 또 더듬더듬 어눌한 음조로 덧붙인다.

"어딘가, 좀, 수상해서, 그냥 물어본, 소리야. 신경 쓰지, 마."

"신경 쓰긴, 내가 어린애냐? 또 경우에 따라선 서로 사랑할 수도 있는 거지 뭐."

"그, 그래?"

"왜? 실망했냐? 아님, 질투?"

"난, 그런 걸로, 실망하거나, 질투하는 놈이 아냐. 어차피 그 여자를, 내가 사랑하고 있는 건 아니니까."

"……?"

호칭이 갑자기 '그 여자'로 바뀐 유강지 선생은 과연 이 김사길한테 어떤 존재일까? 어떤 무게와 질감으로 캣속 모를 놈의 고매한 의식 세계를 차지해 들어앉아 있는 것일까?

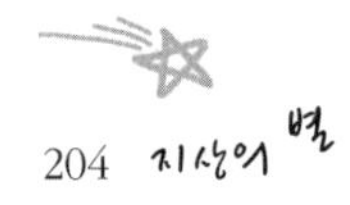

나는 점점 더 알 수 없는 미궁 속으로 깊숙이 빠져 들어가고 있는 기분이었다.

어쨌든 나는 새로운 거처의 조건이나 환경이 전보다 훨씬 좋아졌다는 사실에 안도했다. 우선 자유롭다는 데 대해서 남다른 해방감을 느꼈으며, 조금은 고상하고 지혜로우면서 재미있는 친구와 함께 한 식구로서 호흡할 수 있다는 사실이 더없이 맘에 들었다.

어디 그뿐인가.

주인집 본채와 뚝 떨어진 행랑방의 그 절간 같은 적요함이라든지, 거기에 딸린 부엌이나 외양간의 아주 시골스런 풍경도 메마른 나의 정서를 촉촉한 물기로 충분히 적셔 주었다. 아침저녁, 사길이와 교대로 당번을 정해 밥을 지으면서 탁탁 소리내며 타오르는 장작불을 응시한다거나, 꺼멓게 그을음이 낀 천장의 거미줄을 무연히 쳐다보는 것도 내 푸른 성장통의 새로운 의미로 다가오거니와, 통나무 구유 너머에서 주먹만 한 눈망울을 멀뚱멀뚱 굴리며 이쪽을 구경하는 암소와 그 옆 문간에 짚자리를 틀고앉은 두 마리의 잘생긴 황구에게 쓰잘데없는 수작을 건네는 재미도 솔솔찮았다. 새끼를 가득 밴 까닭에 성질이 꽤나 사나워진 암

놈 개는 그렇다 치더라도, 나는 특히 진돗개 특유의 쭈욱 빠진 잘생긴 외형에 이목구비가 수려한 수컷한테 관심이 많았다. 그것은 첫날부터 왠지 나를 구순하게 잘 따른다는 데도 원인이 있었지만, 어떤 경우에도 도무지 짖질 않는다는 사실이 더욱 궁금하지 않을 수가 없었던 것이다. 어느 모로 보나 아주 영리하고 잘 뛰고 잘 짖을 것 같은데도 영 그렇지를 않아서, 함께 지낸 시간이 보름쯤 지난 어느 날 사길이한테 그 이유를 캐물었더니, 놈은 또 한쪽 입꼬리가 살짝 치켜 올라가는 특유한 웃음으로,

"나처럼, 급할 때, 말을 더듬어서 그래."

엉뚱한 너스레를 떨고 있었다.

그러나 곧이어 덧붙인 사길이의 보충 설명을 듣고, 나는 또 소스라치게 놀라지 않을 수 없었다. 개가 너무 영리하고 누구에게나 물어 죽일 듯 사납게 짖어대기 때문에, 형사 반장인 바깥주인이 동물병원으로 데려가 놈의 성대를 무참히 절개수술해 버렸다는 거였다. 사길이가 다시 말했다.

"개는 반드시, 주인을 닮는다는 말이 있잖냐. 아저씬 그 말이, 그렇게도 싫었다는 거야. 성깔 사납고 무서운 개는, 기르고 싶지 않았다는 거지."

"야, 그래두 그렇지, 어떻게 그런 잔인한 짓을."

나는 채 말끝을 맺지 못했다. 하지만 가만히 생각해 보니 충분히 그럴 수도 있는 위인이겠구나 싶기도 했다. 불독처럼 부리부리하게 생긴 바깥주인은 일주일에 고작 한두 번 정도 집에 들를까 말까 한다는데, 그렇게 왔다가 바람같이 사라지는 그의 뒷모습에선 역시 이상한 유령의 그림자나 비린 죽음의 냄새 같은 게 배어 있다고 나는 혼자 생각하곤 했다. 도무지 따뜻한 인간애의 체취가 맡아지지 않았다.

그에 비해서 안주인은 완전히 딴판이었다. 우리가 옹색한 김치나 참기름 간장 종지 정도로 후딱 맨밥을 때우고 있을 때, 곧잘 당신 남편 밥상 위에나 올림직한 반찬거리를 푸짐하게 들고 오기 십상인 안주인은, 거짓말 조금 더 보태서 현대판 신사임당에 비유해도 충분할 만큼 심성 맑고 태깔 고운 여자였다. 맘씨 착하고 행실 바르다는 건 온 동네가 다 알아주는 평판으로, 사길이는 아예 '저 여자가 내 어머니였으면 좋겠다'고 중얼거릴 정도였다.

내 의식 속에서의 김사길도 어느 결에 짖지 않는 개를 닮아가고 있었다. 겉으로는 항상 장난기 어린 벗트기의 우애와 폭넓은 이해력으로 포장되어 있지만, 상처 많은 놈의 내

면에는 어딘지 어둡고 깊은 사색의 그늘이 짙게 드리워져 있다는 걸 나는 곧 알아차렸던 것이다. 어머니를 갖고 있지 않은 사길이는,

"하지만 난 어머니 없는 게 불편하진 않아."

하고 십일시 장터에서 지 아버지를 만나고 온 어느 날 나에게 말했다. 그애는 내가 묻지도 않은 것을 자문자답 식으로 그렇게 까발기면서, 그동안 애써 숨겨 온 가족사를 스스럼없이 털어놓는 거였다. 어머니는 죽었는지 살았는지 얼굴도 모른다는 것, 명색이 사업가인 아버지는 실상 전국의 우시장을 떠돌며 제법 큼직한 상거래로 소 장사를 하는 장돌뱅이 장사치라는 것, 새로 만난 의붓어머니는 지금 대전 어딘가에서 작은 다방을 경영하고 있다는 사실 등을 대충대충 들려준 다음,

"불편하진 않지만, 저번 장날 니네 어무니 쌀자루 이고 오신 다음부턴, 니가 되게 부럽더라."

열적은 웃음을 씨익 베어 물었다. 나는 아무 말 없이 아랫입술을 지그시 깨물 따름, 이내 침묵 속에 잠겼다. 그랬었구나, 난 그런 것도 모르고 맨날 불필요한 어머니 자랑만 늘어놓았었구나.

나는 단지 도시물이 좀 배어든 괜찮은 아이가 순전히 시골이 좋아서, 아니면 피치 못할 어떤 집안 사정에 따라 잠시 객지 공부하는 거라고만 지레짐작해 왔었다. 유강지 선생도 놈의 가족사에 대해선 자세히 알고 있지는 않았다. 평범한 다른 애들과는 많이 다르다면서, 너하곤 뭔가 통할 것 같아 친구로 만들어 주는 거라고 그이는 말했었다. 단지 그뿐이었다. 일렁이는 촛불을 가만히 응시하고 있던 사길이가 다시 입을 열었다.

"앞으로도 난 결국, 혼자 살아가게 될 거야. 태어날 때부터, 그렇게 운명 지어져 있거든."

"운, 명?"

벌써 그런 어려운 낱말을 예사로 구사할 줄 아는 사길이가 문득 어른처럼 여겨져서 나는 뜨악한 표정으로 반문했다. 놈은 한술 더 떠서 대답한다.

"난 졸업하면, 곧장 서울로 뜰 거다. 거기 가서, 악착같이, 내 운명을, 깨부수며 살아갈 거라구."

"그럼 너도 무단가출을 하겠다는 거냐?"

"가출? 흠, 그것도 가출은, 가출이지. 하지만 난, 어차피 가출할 집도 없는 놈이야. 그러니까 오히려 그 반대지. 집을 떠나는 게 아니라, 살 집을 찾아가는……"

"야, 해골 복잡해진다. 까짓것, 우리 술이나 마셔 버릴까?"

"좋았어. 지금껏 니 환영회도 못 열어 줬는데, 그거 잘됐네."

문득 술을 마시자는 나의 제의에 사길이가 흔쾌히 따라준 것도 이변이라면 이변이었다. 가끔씩 재미있는 흰소리는 지껄여대도 결정적인 속마음의 향방에 있어선 거의 침묵 귀신이나 다름없었던 그 무거운 입이 스스럼없이 그렇게 열리게 된 것도 놀라운 일인데, 거기에 또 술까지 퍼마시겠다고 선뜻 나서다니! 평소의 지독한 책벌레 습성에 견준다면 어림 반 푼어치도 없는 수작이었다.

그래서 그랬던가, 그날 밤 우리는 더욱 거침없이 술을 마시며 가슴에 쌓인 흉금을 털어놓았다. 나는 그동안 견고한 비밀로 감춰 두었던 나의 때 이른 가출 경험을 좀 더 솔직하고 적나라하게 까발렸고, 그때 소중한 인연을 맺었던 나의 애봉이 이야기도 생생히 들려주었다. 그리고 사길이는 또 무슨 당돌한 고백을 꺼냈던가. 아아, 가슴속에 늘 작은 비수를 품고 사는 그 애는 놀랍게도 자기 아버지가 하루빨리 이 지상에서 없어졌으면 좋겠다고 말했고, 한때는 자신도 미술선생인 얼룩말을 남몰래 사모했노라 혼잣말처럼 키득거렸다. 그리고 내년에는 서울로 가, 야간 고교에 진학할 계획이라면서, 그 학비는 스스로 벌어 충당할 거라는 당찬 포부도 야무지게 밝히고 나섰다. 나도 놈의 드센 기세에 질세라 폭넓은 세상살이와 심오한 문학 공부를 통해 남들로부터 존경받는 시인이 되겠다는 넘나는 장래 희망까지 능갈치듯 털어놓지 않으면 안 되었는데, 그 말을 듣고 난 놈은 또 이렇게 되받고 나오는 거였다.

"그건, 되고 싶다고 해서 되는 게 아냐. 진짜 예술가는 천부적으로 태어나는 거라고 했어. 강아지, 아니, 얼룩말 선생님이 그 말씀은 안해 주시던?"

"자주 들었던 이야기야. 왜, 나한테선 그런 타고난 재능이 발견되지 않냐? 하지만 거기에 피나는 노력이 보태지면 별문제 없을 거야."

핏대를 세워 되술래잡듯 그렇게 주장하면서도 나는 왠지 사길이 놈한테서 은근한 두려움이 느껴지는 걸 어쩔 수 없었다. 놈은 어딘지 세상을 보는 눈이나 사리 판단의 모든 면에서 나를 한 수 앞질러 가는 것만 같았고, 내가 알지 못하는 어떤 뚜렷한 정신세계를 옹골차게 껴안고 있는 것 같아서였다. 그리고 나는 또 놈이 술을 마시면 말을 전혀 더듬지 않은 채 술술술 잘도 터져 나온다는 사실을 뒤늦게 발견하고서, 앞으로는 가능한 한 자주 이런 기회를 가져야겠다고 혼자 생각하였다.

그렇듯 혼란스런 술기운의 뒤척임으로 밤늦게 잠에 빠져들었던 그날 새벽, 외양간의 짖지 않는 개의 짚 더미에서는 또 다른 신생新生의 시련이 호되게 벌어지고 있었던 모양이다. 창호지 발린 방문이 희부옇게 밝아 오는 미명, 혼곤한 꿈결에서도 후비듯 속이 쓰리다고 고통스러워하는데 연신 문을 흔드는 다급한 소리가 들렸다.

"학생, 사길이 학생, 승철이 학생!"

"......?"

나는 부스스 눈을 비비며 무거운 몸을 일으켰다. 그러나 사길이는 여전히 정신없이 군드러져 있었다. 원래 술 체질이 아닌 데다가 정도 이상 퍼마신 게 탈이 나서 거의 혼수상태에라도 빠져들어 있는 것 같았다. 내가 잘못 들었나, 하고 바깥쪽으로 귀를 곧추세웠을 때, 주인 아주머니의 신음에 가까운 하소연이 다시 들려왔다. 이번에는 부엌문 앞이었다.

"아이, 이걸 어쩐댜? 이걸 어째, 응?"

도대체 무슨 일이지?

"야, 좀 일어나 봐."

나는 허겁지겁 바지를 찾아 꿰어 입으면서 사길이의 엉덩이를 슬쩍 걷어찼지만, 단잠에 흠씬 빠져든 놈은 옆으로 끙 다시 돌아누울 뿐 별다른 응답이 없었다. 나는 서둘러 문밖으로 나섰다.

"아이구, 이걸 어쩐댜? 응?"

아주머니는 방금 전과 똑같은 어조로 안절부절, 발을 동동 구르고 있었다. 손전등을 환히 켜든 채 그이가 애타는 눈빛으로 들여다보고 있는 곳은 지금 한창 새끼를 낳고 있는 어미 개였다. 그런데 뭔가 크게 뒤틀린 듯, 새끼를 낳고 있는 암캐나 주인여자, 그리고 주위를 뱅뱅 도는 남편 개(짖지 않는) 모두 끙끙 앓는 것은 마찬가지였다. 나는 조심스럽게 그쪽으로 다가갔다. 아주머니는 나를 보자마자 정말 숨이 넘어가는 목소리로 도움을 청해 왔다.

"학생, 암만해도 안 되갔어. 미안하지만 우체국에 가서 읍내 가축병원으로 전화 좀 넣어 줘요, 응? 새끼 낳던 개가 곧 숨이 넘어 간다구. 응, 빨리 좀 와 달랜다구?"

도대체 무슨 각다분한 불상사가 벌어졌기에 평소 그렇게나 침착하고 음전한 신사임당 같은 분을 이토록 호들갑스럽게 만들어 놨나 싶었다. 나는 바짝 긴장하며 한 발짝 더 앞으로 다가섰다. 아닌 게 아니라 벌어진 사태는 결코 심상치가 않았다. 그토록 암팡지던 야성은 다 어디로 갔는지 암캐는 거의 혼절 지경에 빠져 있었다. 거꾸로 나오던 새끼개의 다리가 그만 산도를 막아 일을 그르쳤다는 거였다. 아주머니는 그렇게 대충 설명해 주고는 재빨리 지폐 한 장을 건네며 또 부리나케 다그치신다.

"아마 우체국에 숙직이 있을 거구만. 그이한테 내가 부탁하더라믄서 전화 좀 걸고 오라구, 응? 어여."

"예, 너무 걱정 마셔요."

나는 운동화 뒤축을 바로 펴 신은 다음, 그이가 시키는 대로 곧장 우체국을 향해 내달렸다. 동녘은 어느새 훤히 밝아 오고 있었다.

그러나 내가 읍내 가축병원으로 전화를 걸고 돌아왔을 때, 어미개는 이미 숨이 넘어간 뒤였다. 아주머니는 망연자실, 먼산바라기로 눈물을 뿌리는 중이었는데, 그런데 이

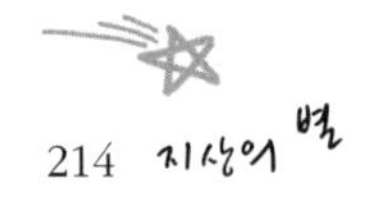

건 또 무슨 기막힌 정경이란 말인가. 한눈에 '짖지 않는 개'의 이상한 행동거지가 들어왔다. 죽은 암캐의 주둥이를 안타깝게 물고 있었던 것이다. 어디 그뿐이랴. 놈은 물고 있는 암캐의 주둥이에 숨까지 훅훅 불어넣는 시늉을 몇 번이나 되풀이하였다. 나는 그만 얼어붙듯 한 자리에 멈추어 서서 놀라 눈을 휘둥그레 굴렸고, 뒤늦게 그 애틋한 모양을 지켜본 아주머니는,

"세상에, 어이구 세상에나…… 사람보다 낫다, 사람보다 낫다!"

더욱 거센 눈물 바람으로 연신 혀를 차대기에 바빴다.

새끼를 낳다가 숨을 거둔 어미 개의 죽음이 그렇게나 크고도 해괴망측한 재앙을 암시하고 있었던 것일까. 아니면 짖지 않는 개의 그날의 그 이상야릇한 심호흡 짓거리가?

어쨌든 그 일이 있고 나서 주인집에서는 연거푸 불행한 흉사가 그치질 않았다. 그날 이른 아침의 개 사건과는 결코 비교도 할 수 없이 엄청난 재앙이어서, 나는 짓궂은 그 운명의 장난을 도무지 어떻게 해석해야 좋을지 가늠할 수가 없었다.

만산홍엽의 가을이 거의 끝나갈 무렵이었다.

부산의 애봉이한테 밀린 편지를 부치고 우체국을 돌아 나오려는데, 경찰 백차 한 대가 요란한 경적을 울리며 읍내 쪽으로 살같이 내달리고 있었다. 다릿목에 몰려 있던 사람들은 쉬 흩어질 줄 모른 채 웅성웅성 귓속말 나누기에 여념이 없었고, 가까이 다가가서 귀담아 엿들어 보니 바로 우리가 세들어 사는 주인집에 관한 이야기였다. 다름 아닌 바깥주인인 형사 아저씨가 꽤나 해괴망측하고도 끔찍한 돌발사고를 당했다는 거였다. 사람들은 계속 수군수군 짓까불어 떠들어대고 있었고, 그 요상한 소문은 꼬리에 꼬리를 물고 산지사방으로 퍼져 나갔다.

"아니, 뭐여? 흉악범을 쫓다가 당한 게 아니고?"

"여관에서 잠을 자다가? 허, 별일도 다 있구나. 그것도 경찰 간부가?"

"아니, 복상사라니, 천국이 따로 있는 게 아니구먼. 그게 바로 천국이랑께."

도대체 이게 무슨 뚱딴지 선문답들일까. 나는 도무지 이해할 수가 없었다. 그저 막연히 지레짐작만 할 뿐으로, 아무튼 상당히 치신사나운 불명예를 홀렁 뒤집어 쓴 채 바깥

주인이 그만 비명횡사했다는 사실만은 확실한 것 같았다.

"그것도 모르냐? 배 위에서 죽는 걸 말하는 거야!"

뒤늦게 학교에서 돌아온 사길이는 눈 하나 깜박이지 않고 내게 말했다. 그애 역시 밖에서 이미 소문을 듣고 왔을 테지만, 어쨌든 우리와 낯이 익은 가까운 사람이 갑자기 세상 떴다는데 어떻게 저리 농담처럼 태연자약할 수가 있을까.

나 역시 복상사가 무엇인지 완전 몰라서 놈에게 물었던 건 아니었다. 사길이처럼 거리낌 없고 자세하게까지는 아니더라도, 그래도 어느 정도는 그것이 어떤 형상이고 무엇을 의미하는 지는 충분히 미루어 짐작할 수는 있었던 것이다. 그리하여 이 볼썽사납게 끔찍한 불상사에 대해서, 우리가 흠모해마지 않는 안주인의 느닷없는 날벼락과 슬픔에 대해서 우리 함께 그 극복 방법을 꾀하고 논의해 보자는 속 깊은 의도가 그 밑바탕에는 깔려 있었다고 보아야 한다.

그런데 김사길의 그 차가운 냉혹성과 죽은 당사자에의 조소 어린 경멸은 나중에 더욱 기승을 부렸다. 망자의 장례식이 읍내 병원에서 치러지던 날, 놈은 또 어디서 구해 왔는지 그 사건 기사가 짤막하게 실린 지방신문을 내게 보여 주면서 던지듯 씹어 뱉었다.

"이것 봐, 이게 바로 어른 사내들의 더러운 짐승 본능이라구."

"그렇다고 모든 남자들이 다 그런 건 아니잖아!"

혹시 너의 아버지가 그래서 그러는 거냐고 되묻고 싶은 것을 나는 억지로 참았다. 놈이 다시 뇌까린다.

"암튼, 주인 아주머니만, 불쌍하게 됐어. 안 그래도 자존심 강한 분이, 얼마나 수치스러울까. 얼마나 분하고, 억울하실까."

"우선 서러움이 앞서서 아무것도 안 보이실 거야."

"정작 죽고 싶은 건, 아주머니 자신이라구."

김사길은 확실히 불길한 예감을 현실로 불러들이는 새끼무당 같은 데가 있었다. 놈이 미리 비사쳐 진단하고 우려했던 대로, 아무런 자식도 없이 혼자 달랑 이승에 남게 된 주인 아주머니는 그 이후 완전히 다른 여자로 시름시름 변해가기 시작했다. 행랑채까지 딸린 덩그렇게 큰 집은 금방 유령이라도 나올 것 같은 분위기로 뒤바뀌어졌으며, 조롱이 곁들여진 기분 나쁜 험담은 한시도 그 집 주변을 벗어나지 않았다. 왁자지껄한 장터는 물론, 학교에서도, 들녘에서도 사람들은 모이기만 하면 그 집에 대한 화제를 입방아에 올려 뭔가를 열심히 쑥덕거렸다.

가을은 그렇게 끝났고, 겨울이 왔다.

그리고 그 겨울이 끝나갈 무렵, 주인여자는 풀 잡는 제초제 농약을 마시고 자살해 버렸다.

"서울 가거든 일단 우리 집으로 연락해. 졸업하면 나도 결국 여길 뜨게 될 거지만, 우리가 어디서 살더라도 서로 소식이 안 끊어졌으면 좋겠어."

소포 선착장으로 향하는 버스가 부우옇게 먼지를 일으키며 저만큼 달려오는 게 보이자, 나는 사길이한테 가방을 건네주며 말했다. 사길이는 짐짓 명랑한 어조로 응대한다.

"그럼, 그래야지. 될 수 있는 한 졸업식에 참석하겠지만, 의외로 일자리가 쉽게 잡히면, 혹 못 오게 될 지도 모르겠어."

"그럼 늬 졸업장이나 우등상장은 어떻게 되는 거냐?"

"그깐 하찮은 종잇장, 나중에 필요할 때 타 가는 거지, 뭐. 안 주면 할 수 없고. 얼룩말 선생님한테 니가 내 대신 안부 좀 전해 주라. 못 뵙고 가서 죄송하다고. 그럼 잘 있어."

"그래, 잘 가."

나는 건성이듯 손을 내저었다. 코끝이 찡하게 아려 왔다. 버스가 출발하자, 그 뒤엔 흙먼지만 안개처럼 날았다. 나는 버스가 우체국 앞을 지나 산모퉁이를 훌쩍 돌아갈 때까지 그 자리에 우두커니 서 있었다. 스산한 겨울바람이 가슴을 훑고 지나갔다.

하지만 나에게는 또 다른 슬픈 이별이 기다리고 있었다. 겨울은 늘 이렇게 춥고 스산한 헤어짐의 계절인가. 그날 오후 훌쩍 서울로 떠나간 사길이 소식을 전하기 위해 모처럼 유강지 선생 하숙집을 찾았을 때, 그이 역시 큼지막한 트렁크에 한가득 짐을 쓸어 넣고 있는 중이었다. 나를 더욱 놀라게 한 것은 그이 옆에 서 있는 웬 군인 사내의 훤칠한 모습이었다.

"어, 승철이 왔구나? 마지막 방학, 어떻게 보내고 있었니?"

얼룩말은 약간 들떠 있는 목소리로 수선스럽게 물었다. 그리고는 나와 낯선 사내를 번갈아 살피면서,

"마침 잘 왔다. 애, 인사 드려. 여긴 내 장래를 책임질 사람이구, 또 여긴 학교에서 내가 가장 아끼는 제자, 미래의

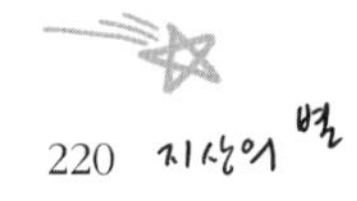

시인이구!"

낯선 두 사내를 서로 수인사시켰다. 대위 계급장을 단 육군 장교의 우람한 손이 내 왼쪽 어깨를 툭 치며 나온다.

"아, 그래요? 반갑군. 하마터면 애인 뺏길 뻔한 미남인데, 그래! 핫핫핫."

"안녕하세요?"

나는 꽤나 냉갈스럽고 의례적으로 받아 넘기면서 작자의 호쾌한 웃음을 묵살했다. 칼끝으로 후비는 것 같은 알 수 없는 상실감이 그 웃음으로부터 진하게 전해져 왔다. 까닭 모를 배신과 수모의 감정도 봇물처럼 솟아올랐다. 나는 속으로 세게 이를 앙다문 채 앙상하게 벗은 뜨락의 목련나무로 흘깃 눈길을 던졌고, 군인 사내가 사람 좋게 다시 말했다.

"그동안 우리 유 선생 잘 지켜줘서 고마워요. 편지 속에서 몇 번 학생 자랑을 한 것 같은데?"

"……"

"박 대위님, 자리 좀 비켜 주실까요? 승철이랑 할 말이 좀 있어서……"

짐 챙기던 손길을 잠시 멈춘 얼룩말이 자기 애인한테 살짝 한쪽 눈을 찡긋해 보였고, 사내는 웃음 띤 얼굴로 고개를 끄덕이며 두말없이 대문 밖으로 나가 주었다. 얼룩말이 말을 이었다.

"계획에 없던 일이 갑자기 생겼지 뭐야. 잊고 살았던 첫사랑인데, 다시 찾아들었어. 봄이 오면 결혼식 올리자고…… 장날도 아닌데 어디서 오는 길이니?"

"김사길이 전송하고 오는 길이에요."

"사길이가? 어딜?"

"서울루요. 거기 가서 산대요. 선생님 못 뵙고 간다고 안부 전하래서."

"짜식, 직접 인사하잖고. 암튼 별난 애야, 속이 깊고. 그지? 사귈수록 정이 들지?"

"네."

"졸업하고 헤어져 살더라도 그 우정 잊지 말도록 해. 그앤 커서 뭔가 될 거야. 그냥 시시하게 인생을 탕진하진 않을 거라구. 공부도 잘하지만, 실은 니가 생각하는 문학 쪽에도 타고난 천재성 같은 게 있어. 그러니까 너도 정신 바짝 차리란 말야."

"알구 있어요."

"자, 앉아. 그리고 이거 한 잔 마셔 봐."

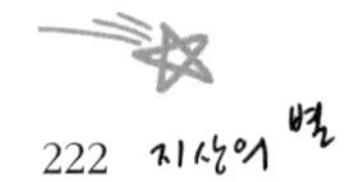

얼룩말은 툇마루에 놓인 종이봉투 속에서 두 개의 미제 캔맥주를 꺼내어 마개를 톡, 톡 따냈다. 마루 끝에 엉거주춤 엉덩이를 걸친 나는 그 중의 하나를 건네어 받은 다음, 별 망설임 없이 그것을 비우기 시작했다. 나와 함께 두어 모금 음미하고 난 얼룩말은 쓸쓸한 미소를 입에 문 채 나를 돌아보았다. 그리고 다시 말했다.

"다들 진학 문제로 법석이던데, 니 진로는 정했니?"

"네."

"어떻게? 인천으로?"

"아무래도 그렇게 되려나 봐요. 전 싫지만, 어른들이 …… 며칠 전 인천 큰아버지께서 집으로 편지를 보내 오셨어요. 졸업 즉시 승철이 올려 보내라고, 어떻게든 사람 한번 만들어 보시겠다고…… 큰어머니도 저 안 온다고 야단이시고."

"그래, 잘 생각했다. 거기 가서 고등학교 다니도록 해. 사람은, 사람이 많은 데서 살아야 되는 거야. 그래야 큰사람이 될 수가 있어. 이거, 하나 더 딸까?"

"아뇨, 됐어요. 이만 가 보겠어요."

"나, 가는 것도 안 보고, 벌써?"

"……"

붉은 술기운이 온몸의 핏줄을 타고 출렁출렁 흘러 다니는 것 같았다. 불과 캔 하나밖에 안 마셨을 뿐인데, 내 마음은 왜 이렇듯 마구 쿵쾅거리며 아득한 허공이나 놀치는 바다를 맴도는 것일까.

바로 그때, 앙상하게 벗은 목련나무 가지 사이로, 아주 낯익은 얼굴 하나가 달덩이 같은 목련꽃으로 환히 떠올랐다. 나의 친애하는 애봉이었다. 세상은 금세 잎이 무성한 신록으로 가득 채워졌다.

길 끝에서의 약속

새 봄이 오고 있었다.

하지만 모진 한겨울 뒤끝의 새벽 공기는 아직 뺨에 시렸다. 나는 그 시린 공기와의 입맞춤을 통해 밤새 시달린 먼 기차여행에서의 지친 졸음을 털어 냈다. 그리고는 꽤나 익숙한 풍경과 냄새가 나를 포옥 끌어안는 느낌에 사로잡히면서, 코끝이 싸한 감회에 젖어 동인천역 광장을 두리번거렸다. 그러자 웬 화장기 짙은 젊은 여자가 슬그머니 다가와 내 팔을 낚아챈다.

"학생, 이리 와 봐요. 내가 잘해 줄게, 응?"

뭐라구?

나는 그게 무슨 말인지 얼른 알아듣지 못했다. 오히려 나는 그 여자를 어디선가 많이 본 듯싶은 어리어리한 착각 속에서, 혹시 나를 마중 나와 준 일가붙이 중의 누군가가 아닐까, 잠깐 오해했다. 그래서 하마터면 안녕하세요, 엉뚱한 인사치레까지 불쑥 내지를 뻔했는데,

"야, 벼룩이도 낯짝이 있지, 어떻게 저 아래 동생 같은 애를 찝적대냐?"

키들거리며 지나치는 술 취한 두 사내의 짓궂은 야유를 듣고서야, 나는 비로소 사태의 심각성을 제대로 알아차릴 수가 있었다. 이상야릇한 호기심과 함께 덜컥 겁이 났다. 그러나 나는 그 어떤 어리눅은 감정의 동요도 쉽게 내보여서는 안 되었다. 한참 덜 떨어진 시골뜨기처럼 허둥지둥 손을 뿌리친다거나, 얼굴이 벌겋게 상기되어 도망치듯 그 자리를 피하는 대신, 아주 의연하고 앙센 어른 흉내를 잽싸게 낼 필요가 있다고 생각했다. 그래서 입을 꽉 다문 채 고개

를 완강히 가로저어 좀 더 분명한 거부 의사를 표시하면서, 무관심의 시선을 여자의 반대 방향으로 고정시켰다. 그래도 거리의 여자는 쉽게 포기하려 들지 않았다.

"방 따뜻해, 응. 어서 와봐."

"싫어!"

나는 면도날처럼 단호하게 잘라 말했다. 그제서야 찰거머리 여자는 흠칫 놀라며,

"귀여워서 공짜로 재워 줄랬더니, 드응신!"

껌 소리도 요란하게 광장 저쪽으로 사라졌다.

나는 부신 듯 이맛살을 찌푸린 채, 낯익은 역전 정경들을 찬찬히 둘러보았다. 단순한 재래식 시골 입맛밖에 모르던 내게 고소하고도 푸짐한 비프스테이크가 무엇인지 처음으로 가르쳐 주었던 동춘식당도 그 자리에 그대로 터억 버티며 서 있었고, 서울행 전용의 한진고속 터미널이라든가 인영극장, 대한서림, 무과수제과 등도 그때 그 자리에 변함없이 그대로 얌전히 들어앉아 있었다. 그 거리와 건물들 앞을 부지런히 오가며 부신 햇살과 비바람 속을 열심히 걸어 다녔던, 내 어린 날의 숱한 발자국들이 새삼 선명하게 되살아났다. 그땐 왜 항상 어떤 알 수 없는 동경과 호기심, 먼 것

에의 그리움에 그침 없이 시달렸던 것일까. 때로는 견딜 수 없는 방황과 좌절, 까닭모를 슬픔까지도 무시로 안겨주던 그 땅과 그 하늘이었다. 그런데 나는 다시 그것들을 정겹게 바라보며 온몸으로 껴안고 있지 않은가. 중학교에 입학하려고 맨 처음 이 동인천역에 발을 내려놓았을 때의 그 역한 연탄가스 냄새마저도, 이제는 아주 친숙한 느낌으로 다시금 새롭게 다가왔다.

반갑구나, 그동안 잘 있었어?

그에 화답이라도 하듯 어디선가 뎅그렁, 뎅그렁 새벽 종소리가 들려왔다. 첫 미사를 알리는 답동성당 쪽일까? 아니면 내가 일요일마다 큰어머니 손에 이끌려 코뚜레에 꿴 송아지마냥 억지다시피 나다녔던 송림성당? 한국말을 한국인보다 더 잘하던 그 벽안의 신부님도 여전히 그곳에서 그렇게 잘 계시겠지? 앞집의 성경 교리반 친구 마테오는 또 어떻게 달라져 있을까?

"갈 데가 마땅찮아서 여태 그러고 서 있는 거지? 그러기에 내 뭐랬어? 어서 날 따라 오란 말야, 응?"

"……"

조금 전의 그 여자가 부나비처럼 지치지도 않고 또다시

치근덕댈 기세로 다가왔으므로, 나는 서둘러 가방을 추슬러 메고 그 자리를 벗어났다.

중앙시장 쪽으로 빠지는 지하도로 숨듯 기어 들어가, 천천히 송현동을 향해 걸었다. 대중목욕탕이 있는 삼거리를 지나, 기다란 옥양목 기저귀 같은 국수발들이 새하얗게 널려 있던 국수공장 앞을 지나, 연탄가게와 약국, 얼음집을 지나서 나는 나의 사랑하는 지옥, 또 다른 마음의 얼음집을 향해 무람없이 걸었다. 그물 같은 새벽의 어둠이 걷히면서 희끄무레 동녘이 밝아 오고 있었다. 그 어둑신하면서도 투명한 새벽 빛살을 등지고, 회개한 탕아처럼 다시 찾아 돌아온 나를 큰아버지와 큰어머니는 또 너그럽게 용서해 주셨다.

싱그러운 봄날의 향기가 산지사방에서 폴폴 날아다녔다. 미풍 속에서 넘실대는 햇빛은 나의 새로운 도회지 생활, 꿈 많은 고등학생으로서의 내 앞날을 한껏 살갑게 축복해 주는 것 같았다. 전쟁통에 개성에서 피난 나왔다는 미션 계통의 고등학교였다.

나는 순식간에 훌쩍 어른으로 커 버린 듯한 착각 속에서도 아주 착실하고 양순한 모범생으로 집과 학교 사이를, 오직 그 정해진 공간만을 시계추처럼 열심히 오가는 데 정성을 바쳤다.

그렇게 봄이 가고 여름이 가고, 가을과 겨울도 지나갔다. 휘영청 밝은 달밤에 고향 쪽 밤하늘을 느껍게 쳐다본다거나, 추적추적 비가 내릴 때 남의 집 처마 밑에서 하염없이 그 비를 바라보며 어머니를 생각하는 따위의 철부지 향수병도 이제는 더 이상 함부로 껴안지 않았다.

오늘 그리고 또 오늘의 나날들이 선풍기처럼 지나가는 사이, 어느덧 해가 바뀌고 학년도 자연스레 위로 올라갔다.

— 그러나 나는 이쯤에서, 평범한 학생으로서의 일상이나 공부에 대한 그렇고 그런 이야기들은 일단 생략하기로 한다. 왜냐하면 그와 같은 판에 박힌 상투성이나 일상생활의 궤적은 결코 '소설'이 될 수 없기 때문이다. 탄력과 긴장감을 잃지 않은 어떤 사건의 얼개 위에서, 내상의 아픔으로 땀과 피를 흘리는 인간의 냄새가 물씬 풍길 때 소위 '재미있고 감동 깊은' 작품이 빚어질 터이다. 따라서 나는 이제 어쩔 수 없이 그런 요소를 골고루 숨겨 갖고 있는 한 인물을 숙명처럼 여기에 다시 등장시키지 않으면 안 되겠다. 말더듬이 내 친구 김사길이 바로 그 작자이다.

김사길이가 내 앞에 불현듯 다시 나타난 것은 그해 7월 4일이었다.

뙤약볕이 한창 감사납게 기승을 부린 한여름 날의 해 질 무렵, 때맞춰 교문을 벗어나오려는데,

"야, 승철아!"

반갑게 나를 외쳐 부르는 낯익은 소리가 있었다.

"어?"

엉겁결에 깜짝 놀라면서도 나는 잠시 네가 정말 중학교 때 동창생인 그 김사길인가, 눈을 게슴츠레 치뜨지 않을 수 없었다. 스포츠형으로 멋스럽게 다듬어 깎은 머리에 검은 반팔 티셔츠와 청바지를 구색 맞춰 입은 데다가, 훌쩍 커버린 키며 얼굴 생김새가 완전 딴판으로 달라져 있어서였다. 나는 주춤 더듬거리며 물었다.

"너, 김사길이 맞아? 응? 야, 이거 어떻게 된 거야? 어떻게 여길 알고?"

"짜식, 다 아는 수가 있지."

사길이는 씨익 이를 드러내면서 길모퉁이의 한 중국집을 턱짓으로 가리켰다. 나는 어리어리 그를 따라 들어가면서,

"학교는?"

가장 궁금한 대목부터 성급하게 되묻지 않을 수 없었다. 하지만 식당 창가의 구석진 자리를 골라잡아 앉을 때까지 한동안 뜸 들여 명쾌한 대답을 유보하고 있던 사길이는,

"오늘이 미국 독립기념일이잖냐. 그래서 아침부터 땡땡이치고 온 거야. 너를 찾으려 단단히 작정하고 나섰다구. 뭐 먹을래? 먹고 싶은 건 뭐든지 주문해."

제법 어른스럽게 거들먹거리며 딴전을 피우고 있었다. 나는 김사길의 말더듬이 버릇이 거의 다 말끔 사라져 있다는 사실에 유의하면서도, 이 친구가 말한 내용에 대해서는 아직 뭐가 뭔지 통 종잡을 수가 없었다.

미국 독립기념일이라니, 도대체 무슨 뚱딴지란 말인가. 그게 대관절 너하고 무슨 상관이며, 학교는 다니고 있다는 거야, 뭐야?

걸쭉한 탕수육과 짜장면은 물론 독한 배갈(고량주)까지 덤터기 씌워 호기롭게 주문하고 난 사길이가 계속했다.

"난 지금 용산 미군 부대에서 하우스 보이로 일하고 있어. 고등학교도 물론 너한테 약속했던 대로 야간으로 진학했고. 하지만 양놈들 따까리 노릇은 이제 더 이상 드러워서 못 해먹겠다. 돈 좀 덜 벌더라도, 자존심 안 상하는 일이 뭐

없을까 궁리 중이야. 넌 괜찮지?"

"……"

"보호자 어른들이 두 군데에나 계시니 괜찮겠지. 시골로 편지해서 니 주소하고 학교 이름 알아냈다. 아버지께서 친절하게 답장 보내 주셨더라. 넌, 날 찾을 생각 조금도 안했지?"

"왜 안해, 인마. 미치게 보고 싶었는데."

"부산의 애봉이보다도 더?"

"뭐?"

"얼룩말보다도 더?"

그리고는 낄낄낄 이물스레 웃어젖히는 애어른 김사길.

나는 가만히 놈을 따라 웃으며, 모처럼 평온하고 안정된 기분으로 애타게 그리던 친구를 정면에서 마주 바라볼 수 있다는 행복감에 한껏 젖어들었다.

하지만 그것도 잠시, 사길이 놈의 다음 행동거지가 나를 다시 얼떨떨한 혼란 속으로 여지없이 빠뜨려 버렸다. 남의 시선은 전혀 의식하지 않은 채 거침없는 몸짓으로 담배 개비를 꺼내어 입에 척 물었을 뿐만 아니라, 단정한 교복을 걸친 나한테까지 그것을 불쑥 건네어 주었던 것이다.

"피워 봐, 괜찮아."

"학교 앞인데 어떻게 피우냐? 넌 사복 입었으니까 괜찮을지 모르지만."

아직 피울 줄 모른다고는 말하지 않은 채 가볍게 고개 저어 사양하면서도, 나는 속으로 적잖이 당황하지 않을 수 없었다. 그토록 고지식하던 공부벌레가 그새 달라져도 이렇게 철저히 달라질 수가 있다니!

급작스런 외모의 변화는 물론 일상의 행동거지와 말버릇, 생각이나 하찮은 표정까지도 지난날의 김사길과는 너무나 딴판이었다. 일찍이 번듯한 도회물이 든 나보다도 훨씬 더 도시인다운 놈으로 어느새 괄게 변해 있었다. 사람은 어쩔 수 없이 환경의 지배를 받는다고 했는데, 그렇다면 이 애가 몸담고 있다는 미군 부대는 혹시 인간을 송두리째 개조시키는 어떤 특별한 공장 같은 데는 아닐까, 나는 담배 연기를 후우 내뿜는 사길이를 조금은 언짢은 눈으로 흘깃 건너다보면서 혼자 생각했다. 놈이 다시 묻는다.

"담배, 아직 못 배웠냐?"

"생리에 맞지 않나 봐. 나중에 천천히 배우지 뭐."

"술은 잘하면서 그 이웃사촌은 왜 멀리 해? 문학은?"

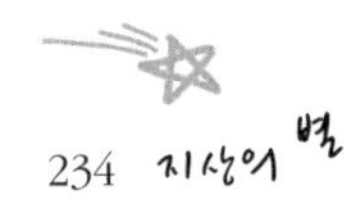

"시간 날 때 조금씩 끄적이는 정도."

"동정은?"

"동정? 짜식, 별 걸 다 묻네. 넌?"

"나야 그까짓 동정 졸업한 지 오래지. 괜히 얼굴 벌개지는 걸 보니 넌 아직도 굳게 지키고 있구나? 애봉이 때문이냐?"

"암튼 너 많이 변했다. 그만 좀 물어라."

"아님, 얼룩말 때문에?"

"야, 그 선생님 시집간 지가 언젠데 그래?"

"뭐, 시집?"

장난스럽게 짓까불던 김사길의 표정이 흠칫 어두워지며 적이 놀라는 걸 보고서야 나는 놈이 얼룩말에 관해 까맣게 모르고 있다는 사실을 알아차렸다. 그런데 '시집'이라는 짧은 한마디에 왜 저런 얼굴로 댓바람에 경직되는 것일까. 나는 잠시 그런 사길이를 유심히 건너다보다가,

"참, 넌 모르겠구나. 졸업식 때도 안 왔으니까."

깜박 잊었다는 듯 그동안의 일을 대충 털어놓았다. 너를 서울로 떠나보내고 난 그해의 그 겨울날, 내가 찾아간 그이의 목련 하숙집에 웬 낯선 군인 사내가 와 있었다는 것, 알

고 보니 그가 바로 이듬해 봄 결혼할 얼룩말의 약혼자더라는 사실을 착실히 들려주고 나서야, 사길이는 비로소 원래의 제 모습으로 되돌아왔다. 사랑하고 있었구나, 나는 놈을 보며 또 생각했다. 놈이 내던지듯 말한다.

"그랬어? 니 마음이 꽤나 아팠겠는데?"

"아냐, 금방 잊었어. 하지만 넌 지금도 잊지 못하는 것 같은데?"

나는 야릇한 웃음을 입가에 말아 올리며 짓궂게 눙쳤고, 사길이는 웃지 않은 채 고개를 끄덕였다. 그리고 칼날처럼 내뱉었다.

"니가 등장하지 않았다면, 난 그 여자를 집어삼켰을 지도 몰라!"

적당한 포만감으로 중국집에서 나온 우리는 다시 길 건너 극장으로 향했다.

그곳에서 나오기 전, 돈 많은 김사길은 벌써 음식값을 다 지불했을 뿐만 아니라, 가까운 옷가게에 가서 그럴듯한 티셔츠까지 어느 결에 사 가져와 내게 내밀었다. 영화를 보려면 사복으로 갈아입어야 한다는 거였다. 그래서 나는 또 어쩔 수 없이 교복 상의를 그것으로 갈아입고, 교모와 책가방

따위를 그 중국집에 얌전히 맡겨 둔 다음 작은 모험의 길로 들떠 나섰던 것이다.

하지만 김사길이 나를 끌고 들어간 동방극장에선 어떤 당찬 모험심을 발휘해야 될 만큼의 야한 영화를 상영하고 있는 게 아니었다. 오히려 얼룩말에 대한 알 수 없는 상실감에 젖어 있던 우리에게 더할 수 없이 위안을 안겨 주는, 가슴 찌릿한 문예물이었다.

초원의 빛.

우리가 본 이 영화는 마지막 장면이 압권이었다. 겉으로 드러나는 스펙터클한 장치가 압권이 아니라, 내면으로 스며드는 잔잔한 그 감동과 어떤 동질감에서 비롯되는 아픈 정서가 그렇다는 것이다. 잔잔한 호수처럼 깊숙이 빨아들일 것 같은 나탈리웃의 그 크고도 청초한 눈, 낙엽 냄새를 듬뿍 묻힌 채 실패한 사랑과 보상받을 수 없는 청춘에 대해서 늡늡하게 전신으로 수용하며 입술 끝을 말아 올리던 워런비티의 그 넉넉하면서도 야릇한 웃음이 그렇다는 것이다.

— 그토록 뜨겁고 치열하게 사랑했던 나탈리웃이 뒤늦게 옛사랑을 찾아온다. 지금은 한적한 시골 마을에서 거의 백치미에 가까운 한 여자와 애 낳고 그저 평범하게 일상을

살아가는 워런비티는, 용광로와도 같았던 그 첫사랑을 맞닥뜨린 순간 거의 호흡이 멎을 것 같은 격정 어린 추억에 휩쓸려 든다. 그러나 겉으로는 전혀 내색하지 않은 채 그냥 건성으로 맞이하고 다시 훌쩍 떠나보내는 것이다. 주인공 사내의 그 복잡 미묘하고도 가슴 넓은 사랑의 용량이라니!

나는 일찍이 영화가 갖고 있는 관념과 환상 속에 흠뻑 빠져들어 지극히 비현실의 세계를 살아왔거니와, 이 '초원의 빛'을 김사길과 함께 감상하고 나서는 조금이라도 여유 시간이 나면 곧장 극장 주변을 기웃거려 넘보는 데 온 관심을 소진시켰다고 해도 과언이 아니다. 특히 나탈리웃이 나오는 영화는 거의 하나도 빠뜨리지 않고 보고야 말았으며, 영화처럼 열애하였다. 영화 속의 남자 주인공이 바로 내 자신인 듯 착각하면서 목마르면 물 마시고 배고프면 밥 먹듯 그렇게 바투 극장 출입을 일삼았다.

어쨌거나 나는 사길이와 함께 영화를 보고 나온 그날 밤, 전혀 예상치도 못했던 또 다른 낯선 세계와 정면으로 맞닥뜨리지 않으면 안 된다. 이번에는 창녀촌이었다.

"영화, 괜찮지?"

김사길이 역시 가슴 찡한 감동을 전해 받은 모양이었다. 그 마지막 장면의 애잔한 영상이 채 지워지지 않은 상태여서 나는 두말없이 고개를 끄덕였다. 사길이는 언제 외웠던 건지 아예 방금 전 영화 속에서 흘러 나왔던 워즈워드의 시구까지 주절주절 암송해대고 있었다.

"여기 적힌 먹빛이 희미해짐에 따라/그대 사랑하는 마음 희미해진다면/여기 먹빛이 말라 버리는 날/나 그대를 잊을 수 있으리/초원의 빛이여/꽃의 영광이여/그것이 돌아오지 않음을 서러워 말라/그 속에 간직된 오묘한 힘을 찾을지라/초원의 빛이여, 그 빛이 빛날 때/그때 영광 찬란한 빛을 얻으라."

"야, 굉장한데. 어떻게 그걸 다 외웠지?"

적이 놀란 내 물음에 김사길은 말없이 씨익 돌아볼 뿐이었지만, 한 구절도 놓치지 않고 스스럼없이 주절대는 놈의 총기 어린 기억력은 과연 알아줄 만했다. 너보다 더 무서운 문학의 직관력과 천재성을 동시에 갖고 있을 지도 모른다던 지난 한때의 얼룩말의 귀띔이, 전율처럼 내 뇌리를 스쳐 지나갔다. 가리사니 없이 기억력 나쁜 나는 다만,

초원의 빛이여, 꽃의 영광이여!

이 한 구절만을 겨우 읊조릴 수 있을 따름이었다.

그리고 둘은 뭔가 딱 꼬집어 말할 수 없는 갈증과 아쉬움으로 현란한 불빛 속의 신포동 거리를 걸었는데, 자칫 발을 잘못 내딛었던 것일까, 약간 어둠침침한 우체국 쪽 사동 골목으로 방향을 틀어잡았더니, 또 그놈의 붉은 부나비 떼가 여지없이 착 달라붙는 거였다.

"총각, 이리 와 봐. 응?"

도대체 왜 오라는 건지, 싸구려 화장품 냄새를 진하게 내뿜는 여자는 줄기차게 김사길의 한쪽 팔을 잡아끌어 당겼다. 이 친구한테서는 어딘지 어른스런 가능성이 엿보이는 대신, 하의는 쑥색 교복을 그대로 걸치고 머리도 밤송이인 나한테서는 아무래도 어색한 학생티를 발견했음인지 별로 치근덕거리지는 않았다. 거리의 여자는 오롯이 김사길만을 집중 공략하며 잡아끌고 있었다.

이윽고 김사길은 결심을 굳힌 듯 나에게 말했다.

"잠깐 구경이나 하고 가자."

"……?"

나는 벌써부터 가슴이 방망이질치기 시작했다. 알 수 없는 두려움과 호기심이 뒤죽박죽으로 뒤엉켜 소란스러운데, 사길이 놈은 너무도 태연스럽게, 아주 익숙한 몸짓과 얼굴 표정을 과시하며 나를 잠시 그 자리에 허수아비처럼 떼어 놓은 채 구석진 골목으로 여자와 함께 들어갔다. 아, 나는 얼마나 어리바리 놀치는 마음으로 놈을 기다렸던가.

점점 더 거세게 조여드는 불안감을 끌어안은 채 혼란스런 사주경계를 펼치고 있자니까, 처음 보는 낯선 여자가 다가와서 아주 정겹게 내 손을 잡는다. 나는 떨리는 음성으로 더듬거려 물었다.

"친구, 는요?"

"친구? 계산 끝내고 벌써 옆방으로 들어갔어. 지금부턴 내가 학생 친구야."

"난, 이게 아닌데……"

"이런 숙맥, 아니긴 뭐가 아냐? 속으로는 괜히 좋으면서. 내가 누나처럼 잘해 줄 테니까 걱정 말고 따라 와요."

아아, 결국 이렇게 되고 말았구나. 나쁜 자식, 내 동의도 없이!

나는 한순간 눈앞이 노래지는 걸 의식하면서도 결코 버

성기어 허둥대거나 지레 겁을 집어 먹어선 안 된다고 스스로 다짐했다. 비록 사길이 놈처럼 익숙하거나 당당하게 행동할 순 없다 하더라도, 적어도 아직껏 동정을 떼지 못한 어리보기 촌놈으로 취급받고 싶진 않다는 엉뚱한 오기가 갑자기 욱 치밀어 올랐던 것이다. 나는 가만히 이를 사려 물면서 어영부영 그 여자의 뒤를 따랐다.

발그레한 불빛이 가득 채워진 작은 방이었다.

뱀 같은 미로를 헤치고 맞닥뜨린 그 좁은 방의 불빛을 보며, 나는 비로소 홍등가의 의미를 제대로 체감할 수가 있었다. 그리고 이제는 꼼짝달싹할 수도 없이 그 안에 갇혀 버린 신세라는 걸 스스로 인정하지 않으면 안 되었다. 그 불빛을 등에 진 여자가 그윽한 음성으로 손짓했다.

"뭐하구 있어? 빨랑 들어오잖고!"

"……"

생각 같아서는 그대로 뒤돌아 줄행랑을 치고도 싶었지만, 내 발길은 또 그런 의지와는 달리 여자의 달착지근한 명령에 말없이 순응하고 있었다. 나는 한발 안으로 들어섰다. 방음장치가 전혀 안 된 옆방에서는 벌써 후끈한 열기에 화들짝 휩싸인 낌새였다. 그 안의 벌거숭이 사내 주인공이 제

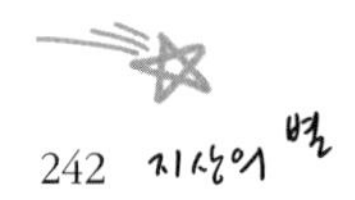

발 김사길이 아니기를 바라면서, 나는 조용히 관처럼 생긴 방의 문설주에 기대어 섰다.

여자가 다시 말한다.

"어서!"

"난, 그냥 친구, 기다리고 있다가, 갈 건데."

나는 바람벽에 기대어 앉으면서 예전의 사길이 놈처럼 갑자기 말더듬이가 돼 버렸다. 컥, 목이 메었다. 그래서 괜스레 좁은 방 안을 휘둘러보았다. 곧추 일어서면 바로 머리꼭지가 닿을 것 같은 낮은 천장, 너무나 보잘 것 없는 간이식 비키니 옷장과 화장대, 방 한가운데 깔려 있는 냄새나는 스폰지요. 나는 다시 정신을 가다듬고 화끈 달아오른 얼굴을 들어 비식비식 웃는 여자에게로 시선을 던진다. 비로소 정면으로 마주하는 나의 엉뚱한 나탈리웃.

하지만 여자는 질겅질겅 껌을 씹는 데 더 열심이었다. 나이는 나보다 예닐곱 살쯤이나 더 먹었을까, 둥글넓적한 이목구비를 달고 있는 수더분한 인상이다. 작달막한 체구와 자글자글 볶은 파마머리가 영락없는 시골 이모 같은 분위기를 자아내지만, 그러나 여자의 언행은 의외로 거칠고 날카롭다.

"아, 시간 없어!"

"혹시, 술, 좀, 마실 수 없어요?"

"어머, 한술 더 뜨네? 내 참, 여기서 술을 찾으면 어떡해?"

"돈은, 여기 있는데."

"어휴, 이런 머저리!"

여자는 잠시 하, 어이없는 표정을 지으면서, 구겨진 돈을 찾아 호주머니에 손을 집어넣는 나를 빤히 건너다보았다. 그리고는 쯧쯧쯧 가살스레 혀를 차면서 내 손을 탁 치더니, 비키니 옷장에 숨겨 두었던 먹다 남은 소주병과 오징어다리를 주섬주섬 꺼내었다.

여자가 플라스틱 물컵에 그것을 콸콸 쏟아 부어 나에게 건넨다. 나는 기갈이 들린 듯 재빨리 컵을 받아 단숨에 들이켰고, 알 듯 모를 듯 엷은 실소를 입에 문 여자가 짓궂게 캐묻기 시작하였다.

"정말 처음이야? 나한테 딱지 뗀 총각들이 일개 중대병력은 족히 되는데, 학생은 암만 봐도 딱진 아닌 것 같애. 이런 데서 술까지 찾고…… 내 말이 맞지? 괜히 내숭 떠는 거지?"

"정신적으론, 많이 겪었지만……"

"실제로는 처음이다? 웃겨. 아직도 정신적 그대로니까,

그렇다면 내가 오늘 밤 제대로 가르쳐 줄게. 난 딱지 전문가란 말야."

"……"

"겁내지 말고, 시키는 대로만 해. 어때, 한잔 들어가니까 괜찮지? 그럼 천천히 옷부터 벗어 봐."

그리고 여자는 자신이 먼저 너울가지 좋게 훌렁훌렁 옷가지를 벗어젖혔다. 물컹, 하는 느낌으로 유방이 드러났다. 나는 거의 숨이 멎을 것 같았다. 자, 어서, 하는 표정으로 여자가 다시 채근했지만, 나는 좀체 옷 벗을 용기는 일지 않았다. 한동안 그렇게 목석인 듯 가만히 앉아있자, 이런 보릿자루, 하고 주춤 손길을 멈춘 여자는 벗은 상태 그대로, 어떻게 하면 이 애송이 딱지를 보기 좋게 발가벗길 수 있을까 요모조모 궁리하는 눈치였다. 나를 향해 빤히 마주 선 벌거숭이 여자가 나지막한 음성으로 거룩하고 성스러운 애국가를 읊조린 것은 바로 그때였다.

동해물과 백두산이 마르고 닳도록,

하느님이 보우하사 우리나라 만세.

이런 황당한 논다니의 장면 앞에서 얼어붙은 가슴이 열리지 않을 자 누가 있으랴. 나는 자신도 모르게 쿡, 쿡, 쿡 웃음을 터뜨렸다. 그 엄숙한 나신裸身의 모양새와 잔뜩 쉰 듯한 음색의 노랫가락이 절로 배꼽을 잡게 만들었다.

여자가 애국가 한 소절을 다 부르는 동안, 이상하게도 나를 옥죄고 있던 긴장감은 어느 정도 썰물처럼 가시면서, 뭔가 뜨겁고 부드러운 감촉이 저 아랫도리로부터 촉촉하게 차오르는 걸 느꼈다. 그때 옆방에서 장난스레 벽을 두드리는 사길이 놈의 너볏한 야유가 공명처럼 들려왔다.

"야, 무슨 국민의례가 그리 기냐? 아직 멀었어?"

"암만해도 찬송가까지 나와야 할 것 같애!"

여자가 저쪽 벽에다 대고 내 대신 소리쳤다. 그리고는 다시 주눅든 나를 향해 짧게 힐난한다.

"저거 봐, 친구는 벌써 끝났잖아!"

"저, 다음에, 올게요."

나는 더듬거리는 어조로 말했다. 가까스로 일어서려던 나의 남성은, 갑작스런 사길이 놈의 벽 너머 등장과 어수선한 분위기로 해서 다시금 거품 같은 사그랑이가 돼 버렸다. 때맞추어 수챗구멍이 있는 방문 앞에선 쏴아 내뿜는 웬 다른 여자의 오줌줄기 소리마저 세차게 들려 왔으므로, 나는 더 이상 친구를 기다리게 할 수 없다는 핑계로 황망히 몸을 돌렸다.

그날 밤 이후, 서울로 돌아간 사길이한테선 그 여름이 끝날 때까지 한동안 소식이 없었다. 자기 신상에 어떤 변화가 생길 거라면서, 새 주소가 만들어지는 대로 다시 오겠다고 약속하고 연락처도 없이 떠났는데, 이상한 일이었다.

그리고 가을이 왔다.

나는 사길이를 생각하는 틈틈이 햇빛 찬란한 그 가을의 외로움을 거의 영화 보는 것으로 달래었다. '벤허'나 '자이언트' 등의 대형 필름을 상영하는 키네마에서부터, 국산영화 전문의 애관이나 인천극장, 국산과 외화 동시 상영의 미림극장, 울긋불긋 만국기를 내걸어놓고 곧잘 나팔을 불어대기 일쑤인 쑈 전문의 홍예문 아래 시민관까지, 조금이라도 여유가 생기면 그런 데 출입하는 걸 가장 큰 즐거움의 일거리로 삼았다. 그중에서도 제법 격조 있고 예술성 짙은 외화 전용관인 동방극장이 나의 안방 구실을 톡톡히 담당하였다.

공부하는 학생이 도대체 무슨 시간과 돈이 남아 있어 그럴 수 있느냐 싶겠지만, 당시의 나에게는 그 어떤 명분이나 가치보다도 그것이 우선이었다. 돈도 별로 들지 않았다. 기도를 선 낯익은 검표원에게 몇푼 현금으로 슬쩍 집어주고 들어가면 무사통과였고, 미성년 불가일 경우엔 교복 상의를 '우라까이'로 뒤집어 입거나 작당한 친구 사복으로 위장하면 또 그만이었다. 그리고 나는 그 어떤 고매한 학문의 성취를 목적으로 한 공부하고는 일찍이 인연이 잘려나간 데다가, 무엇보다도 지옥 같은 집에 들어가기가 죽기보다도 더 싫었던 것이다.

그러나 나의 잦은 극장 출입의 진짜 이유는 어쩌면 질곡 같은 현실 속에서의 어쭙잖은 도피나 탈출이 아니라, 내 나름대로의 속 깊은 홀로서기라고 보아야 할 터이다. 오로지 나만의 닫힌 공간에서 나만의 생각과 상상의 나래를 맘껏 펼치는 것은 물론, 앞으로 걸어가야 할 낯선 세계와 맞대면하기 위한 구체적인 방법이 그 안에서 맹렬하게 모색되고 있었기 때문이다. 그것은 곧 문학이었다.

그렇게 감동 깊은 영화를 또 한 편 보고 나온 어느 날, 나는 거의 시인이 다 된 기분으로 극장 주변 거리를 천천히 걸었다. 번잡한 신포시장을 한 바퀴 비잉 돈 다음, 나는 다시 사동 골목으로 접어들어, 그날 밤의 그 여자를 다시 훔쳐보고자 여기저기 은밀히 기웃거렸다.

그러나 그 여자는 보이지 않았다. 아직 영업시간이 아닌 모양이었다.

나는 아쉬운 발길을 돌려 자유공원으로 향한다. 그러자 또 문득 이 도시로 다시금 발을 들여놓았던 그 새벽, 나를 맨 처음 맞아 주었던 동인천역 광장에서의 그 부나비도 갑자기 보고 싶은 얼굴로 떠올랐다. 오늘 밤 그때 그 자리에 가면 그녀를 다시 만날 수 있을까? 그토록 귀찮고 하찮은 찰거머리로만 여겼던 그네들이 왜 오늘따라 이리 강한 흡인력으로 나를 끌어당기는 거지?

자유공원으로 오르는, 하늘 사다리처럼 길고 긴 돌계단 중간쯤에 주저앉아, 나는 내가 걸어 온 도심 시가지를 시린 눈으로 내려다보았다. 아, 저 부신 가을날의 빛다발들, 누군가를 영혼처럼 사랑하지 않고는 견딜 수 없을 것 같은 이 끝 모를 그리움들!

불타는 가을은 그렇게 내게로 와서, 문학이 무엇인가를 온몸으로 가르쳐 주었다.

김사길한테서 다시 소식이 날아든 것은 그해가 거의 저물어 갈 무렵이었다. 크리스마스를 전후한 연말 분위기에 한껏 들뜬 어느 날, 무슨 문예행사 관계로 학교에 남아 있는 나에게 예기치 않았던 두 통의 우편물이 제비처럼 날아들었던 것이다. 하나는 ㅈ대학에서 보내온 전국 고교 문학콩쿠르 입상 통지서였고, 다른 하나가 바로 김사길의 새 연락처가 박힌 크리스마스 카드였다.

김사길의 주소는 웬 남대문시장이었다. 자세한 번지수는 없이, 한번 틈내서 서울에 놀러 오라는 당부와 함께 전화번호만 달랑 적혀 있었다.

카드는 놈이 직접 그리고 만든 것이었다. 글 내용이 들어갈 뒷면 가득 사길이가 연필 스케치로 채운 여자의 얼굴선이 아주 섬세하고 아름다웠다. 나는 한눈에 그녀가 다름 아닌 나탈리웃이라는 걸 이내 눈치챌 수 있었다. 그러니까 나탈리웃은 나만 혼자 연모하고 그리는 것이 아니라, 사길이 놈 역시 지독하게, 나보다도 훨씬 더 아름차게 좋아한다는 사실을 그 카드를 통해서 비로소 분명히 확인할 수가 있었다. 우리의 친애하는 얼룩말의 경우와 똑같이.

어쨌든 나는 그림이나 글짓기 등 여러 분야에서 뛰어난

재주와 감수성을 타고난 김사길을 하루바삐 만나고 싶어 좀이 쑤셨다. 놈의 그런 재능은 단순히 가벼운 손끝에서만 우러나는 게 아닌, 다양한 독서를 통한 논리체계의 사고와 철학이 치열한 삶의 체험과 한데 버무려진 데서 비롯된 것이기 때문에, 나는 늘 녀석에게의 은근한 열등감에 시달려야 했는데, 지난여름 불쑥 나타나 보여준 그 많은 놀라움의 변신은 아직껏 풀 수 없는 수수께끼로 고스란히 남아 있었다. 거칠고 거리낌 없는 그 위악스러운 행동거지의 가면 뒤에는, 분명 놈이 지닌 본래의 우수와 내상에서 비롯된 깊은 성찰이 숨겨져 있을 터였다.

김사길은 이제 누가 뭐래도 이 지상에서 가장 가까운 나의 동지였으며, 떼려야 뗄 수 없는 영원한 내 친구였다. 나는 곧 놈에게 시외전화를 걸었고, 우리는 반갑게, 가는 해의 마지막 날 남대문 양키시장 골목에서 만나기로 단박 약속했다.

그리고 그해의 마지막 날, 나는 통행금지가 해제된 그 긴 밤을 사길이와 함께 하얗게 지새기 위해 집을 나섰다. 큰어머니의 감시와 잔소리가 제아무리 집요하다고 해도, 나는 나대로의 독특한 외출 방법을 이미 몸으로 터득, 실천하고 있었으므로 별다른 방해가 될 수는 없었다. 그리고 큰어머니는 어느새 알면서도 속고 모르면서도 속는, 그렇게 속은 척하지 않으면 안 되는 깨달음의 나이에 와 있었다.

놈은 도대체 그 복잡한 양키시장 한복판에서 무슨 일을 하는 것일까?

서울행 열차 속에서 나는 사길이의 새로운 보금자리에 대해 요모조모 추측해 보았다. 그러나 쉬 잡히지 않았다. 전화 속에서도 놈은 꼬치꼬치 캐묻는 나에게 '와 보면 알아' 하고는 그만이었다.

아무튼 미군 부대 하우스보이 때보다는 더 잘돼 있겠지.

알 수 없는 기대와 설렘으로 서울역에 도착해 전화를 걸었을 때, 그러나 김사길은 다급한 음성으로 소리쳤다.

"마침 잘됐다, 빨리 와서 나 좀 도와 줘!"

"뭐, 뭐라구?"

대체 이게 무슨 뚱딴지야, 미간을 잔뜩 찌푸린 내가 혼자 놀라고 있는 사이에, 놈은 더욱 재빨리 '시장 안 양키골목'이라는 위치를 다짐받듯 내뱉고는 서둘러 전화를 끊었다.

나는 아닌 밤중에 홍두깨를 얻어맞은 듯 얼떨떨한 혼란에 빠진 채 부랴부랴 남대문 쪽으로 내달렸다. 무슨 빌어먹

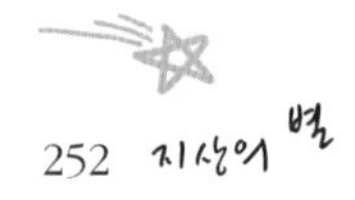

을 사정인지는 몰라도, 어쨌든 놈이 곤욕스런 쫓김에 내몰려 있는 것만은 확실해 보였다.

하지만 처음 와 보는 미로 같은 시장 안에서, 내가 어떻게 놈을 찾는단 말인가.

숨이 턱에 차도록 헐떡이며 그 낯선 목적지에 도착했을 땐, 놈은 또 언제 그랬더냐 싶게 말짱 거짓말처럼 히죽이며 나를 기다리고 서 있었다. 내가 너무 많은 시간을 까먹은 탓에 다행히 그 안에 일이 쉽게 풀렸구나 싶으면서도, 은근히 부아가 치미는 건 어쩔 수 없었다.

"야, 번갯불에 콩 볶아 먹었냐? 귀한 손님을 그렇게 골탕 먹이면 어떡해?"

"미안미안, 갑자기 단속반이 들이닥쳐서 말이지. 카펫을 옮기다가 재수 없이 걸려들었지 뭐야. 동업자 형이 잘 구워삶아서 보냈어."

"그래? 그럼, 여기가 바로 새로 생긴 니 직장이냐?"

"직장은…… 그냥 장사하는 데지. 힘은 좀 들지만, 마음은 훨씬 편해. 적당히 스릴 있으면서 자유롭구. 어딘지 알아둘 겸 한번 구경할래?"

그리고 사길이는 이내 어둑신한 상가 건물의 지하로 나

를 데리고 들어갔다. 올이 굵은 골덴 바지에 모자가 매달린 두툼한 파카를 걸친 놈의 뒷모습이 듬직한 차돌자루처럼 여겨졌다.

그 거대한 시장건물의 꼬불꼬불한 미로를 지나 안으로 들어가자, 겉보기와는 생판 다른 별천지가 눈앞에 전개되었다. 옹색한 면적의 벌집 같은 가게들일망정 별의별 외제 상품들이 켜켜이 널려 있었던 것이다. 그 중의 잡동사니 한 가게 앞에서 걸음을 멈춘 사길이가, 가죽모를 꾹 눌러 쓰고 가죽잠바까지 꽉 껴입은 웬 나이든 청년한테 나를 소개하였다.

"형, 내가 말한 인천 친구야. 김승철이라구, 어때요, 괜찮지?"

"음, 반갑다. 얘기 많이 들었어."

가죽 사내가 건성으로 고개를 끄덕였다. 그리고 다시 사길이한테 말한다.

"여긴 걱정 말구, 오늘은 친구랑 실컷 놀다 와. 내일 새벽에 이태원 가서 물건 빼오는 것만 놓치지 말구."

나는 비로소 사길이 놈이 그동안 어떻게 이곳에서 새끼 도깨비 노릇을 해왔는지 충분히 짐작할 수 있을 것 같았다.

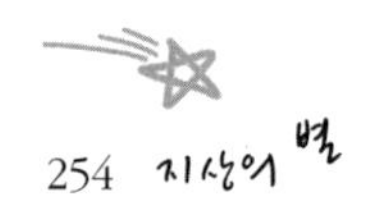

아무튼 나와는 노는 물이 다르고 그릇 또한 유별난 별종임에는 틀림없었다. 놈의 심신은 벌써 훌쩍 커버린 어른이었고, 수완 좋은 장사꾼이었다. 눈 뜨고 코 베이는 치열한 생존경쟁의 정글 한복판에서, 놈은 어떤 형태로든 아주 열심히, 험한 세상과 정면으로 맞서 싸워가고 있었다.

하지만 뭔가 미심쩍었다. 그래서 사길이의 동업자 형에게 꾸벅 인사하고 밖으로 나왔을 때, 나는 다시 묻지 않을 수 없었다.

"저렇게 어엿한 가게까지 있는데 왜 단속반한테 쫓기는 거지? 뭐가 불법이야?"

"저건 순 형식이고, 진짜는 보따리로 이루어지니까지. 미군 피엑스에서 흘러나오거든. 넌 그 정도로만 알고 있으라구. 더 들어가면 골치 아프니까."

"내일 새벽에 이태원 가서 물건 빼오라는 건 또 뭐야? 거기에 아는 사람 있어?"

"응, 전부터 알고 지내던 누나야. 너, 배고프지?"

김사길은 더 이상의 쓰잘데없는 질문은 그만두라는 듯 내 말문을 얼른 봉쇄했다. 그리고 가까운 모자점에 들어가서 챙이 달린 검은 모자를 사 내 밤송이 머리통에 씌워준 다음, 다시 시장 안의 먹자골목으로 나를 끌고 들어갔다. 고소하고 맛깔스러운 음식들이 여기저기서 모락모락 구쁜 냄새를 피워대고 있었다. 그 중의 불고기 집으로 들어가 자리를 차지하고 앉았을 때, 나는 비로소 아직껏 참고 있던 말을 꺼내었다. ㅈ대학 문학콩쿠르에서의 입상 소식이었다.

"야, 그래? 드디어 해냈구나. 축하한다, 축하해."

사길이는 눈을 휘둥그레 굴리며 마치 자기 일이라도 되는 듯이 진심으로 기뻐하고 반겼다. 놈은 이내 푸짐한 불고기 안주와 소주를 시켜 나를 위한 건배의 잔을 높이 쳐들어 주었다.

그리고 우리는 또 어디를 찾아 갔던가.

스카라 극장에서 어느 중년 사내의 이중생활을 다룬 프랑스 영화를 감상하고 나온 후, 우리는 한 군데의 술집을 더 거치는 동안 꽤나 군드러지게 취기가 올랐다. 그때 사길이가 말했다. 우리, 이태원으로 가자고. 평범한 다른 사람들처럼 제야의 종이 울리는 번잡스런 도심 한복판 대신, 우리는 주저 없이 코쟁이들의 화려한 적선지대인 이태원 쪽을 선택했다.

"너의 장도를 진심으로 축하할 주인공한테 가자. 문학은

말야, 그런 진흙탕에서 건져 올려야 볼 만한 연꽃을 피워 낼 수 있다구."

놈은 내일 새벽의 '물건' 입수도 앞당겨 손써야겠다는 핑계를 대며, 그쪽으로 확 방향을 틀어잡았다. 나는 그래그래, 맞장구치면서 강한 호기심에 이끌려 놈의 뒤를 바짝 따라붙었다.

진정 새로운 별나라였다. 불야성의 무법천지 같은 그곳은 아까참의 외국영화 속 풍경을 그대로 옮겨다 놓은 것 같았다. 번쩍이는 네온사인의 숲, 산지사방에서 쉴 새 없이 흘러나오는 경쾌하면서도 시끄러운 서양 음악들, 거의 모든 간판이 외국어로만 휘갈겨진 술집과 카페와 음식점, 춤집들. 낯선 노랑머리 여자와 코쟁이들. 나는 완전히 넋이 나간 기분이었다.

하지만 사길이 놈은 이에서 한술 더 뜬다. 길거리의 나를 잠깐 기다리라 해 놓고는 그 중의 한 클럽으로 서슴없이 들어갔던 것이다. 마릴린 먼로가 살짝 치마를 치켜올린 채 교태 부려 웃고 있는 아크릴 네온 간판엔 '옐로우 로즈'라는 클럽 이름이 필기체 영어로 휘갈겨 있었고, 출입구 바로 옆엔 '내국인 출입금지'라는 팻말도 내리닫이로 자그맣게 내

걸려 있었다. 그런데 어떻게 김사길은 아무런 제지를 당하지 않은 채 태연스레 무사통과할 수 있는가. 다시 나온 사길이에게 그 이유를 물었더니, 놈은 습관처럼 대답했다.

"전에 근무하던 부대 미군들 따라 몇 번 와 봤거든. 그리고 지금은, 누나가 이 클럽에 다니고 있어."

"누나라니, 대체 누굴 말하는 거야?"

"나 장사 밑천 대준…… 패티정이라구, 직접 소개시켜 줄게."

아, 그랬었구나, 혼자 고개를 주억거리는데, 앞장선 사길이가 다시 그 클럽 안으로 급히 들어가며 따라 오라는 손짓이었다. 적당히 주눅이 들린 나는 경계의 눈을 빛내며 놈을 뒤따랐다. 귀청을 찢는 경음악 리듬이 쾅쾅 쏟아져 나왔다. 땀에 전 이상한 노린내도 훅 풍겼다. 사이키델릭한 조명이 휘돌아가는 홀 안은 술과 담배 연기와 춤과 노래, 그리고 욕정이 꿈틀대는 육체들로 후끈 달아올라 있었다. 사길이는 한국인 지배인과도 잘 아는 사이인지, 출입구 옆 한쪽 구석 테이블에 쉬 나를 주질러 앉혔다. 그리고 속삭이듯 말했다.

"오래는 못 있어. 구경 삼아서 캔 하나씩만 비우고 다른 데로 가자."

"헤이, 정, 사, 길!"

옆자리의 한 코쟁이가 어둠 속에서 혀 꼬부라진 소리로 아는 체한다.

정사길? 그러나 사길이 놈은 아랑곳없이 그를 향해 뭐라고 영어로 씨부렁거리면서 받았고, 나는 또 적이 놈의 영어 실력에 속으로 놀라면서도, 어느새 성씨가 뒤바뀐 이 오리무중의 사기꾼한테 의아한 시선을 던진다. 그러자 놈은 또 스스럼없이 캔맥주 하나를 건네며 내 귀에 대고 속삭였다.

"패티를 아는 놈들은, 철저하게 날 친동생으로 믿고 있어."

그 패티정이라는 여자가 도둑고양이처럼 우리 곁으로 다가왔다. 튀기인 듯 눈과 입이 크고, 머리는 갈색이었다. 결코 나탈리웃에는 못 미치더라도, 야릇한 이국의 매력을 흠뻑 지니고 있음에는 분명해 보였다. 그 여자는 내 인사를 받을 겨를도 없이 사길이 옆으로 바짝 다가들더니, 뭔가를 재빨리 건네주며 말했다.

"오늘 밤, 나 못 들어가니까 친구랑 같이 가서 자."

그 여자가 건넨 것은 놀랍게도 자기 방 열쇠였다.

우리는 그 밤, 노란색 장미 한 송이가 화장대 거울 모서리에 붙어 있고, 큼지막한 더블침대가 방 한가운데에 가로 놓인 패티정의 요상한 침실에서 보냈다. 날이 훤히 새도록 독한 향기를 내뿜는 양주를 마시며 레코드판 음악도 흠뻑 들었는데, 그러니까 김사길은, 방을 비울 때 제 열쇠를 맘 놓고 건네어 줄 수 있는 여자를 사랑하는 '누나'로 갖고 있는 셈이었다.

김사길은 또한 자기네 학교의 학생회 미술부장이었다. 야간 쪽에 적을 두고 있으면서 어떻게 그런 왕성한 교내 활동을 벌일 수 있단 말인가. 나는 처음엔 자존심 강한 놈이 공연스레 허풍을 떨고 있는 게 아닌가 의심했다.

하지만 그게 아니었다. 바로 그 방, 인천의 사동 창녀촌과는 여러 면에서 큰 차이가 나는 패티정의 더블침대 밑 종이상자에서 보물처럼 꺼내 보여 준 놈의 수상 경력에, 나는 그만 벌린 입을 다물지 못했다. 상장은 그렇게 많지 않았지만, 놈은 이미 여러 권위 있는 사생대회나 포스터 공모전 등에서 발군의 실력을 두루 인정받고 있었던 것이다.

그 상자에는 또 빛바랜 일기장과 습작노트도 숨어 있었는데, 습작 중에서 놈이 골라 읽어 준 한 편의 시는 나를 더욱 놀라게 해 주기에 충분했다. 마치 발레리의 '해변의 묘지'를 연상케 하는 귀기 어린 발상과 가슴 시린 서정이 잔뜩 무르녹아 있는 작품이었다.

어디 그뿐인가.

미당의 '국화 옆에서'나 김춘수의 '꽃', 이형기의 '낙화' 정도를 겨우 감 잡아 외고 있을 뿐인 나의 시세계에 비해, 놈은 벌써 딜런 토마스의 '내가 뜯는 이 빵은'을 원어로 달달 외고 있었고, 엘리엇의 '황무지'와 프로스트의 '불과 얼음' 중 인상 깊은 대목도 그냥 원어 그대로 주절대기는 마찬가지였다. 그리고 놈은 벌써 중앙 일간지의 신춘문예에 투고해 본 경험까지 거뜬히 갖고 있었다.

나는 진정 부끄러웠다. 이렇게 빛나는 감수성과 차돌처럼 굳게 단련되어 있는 놈의 천재성 앞에서, 그까짓 어린애 장난에 불과한 수상 경력을 낫잡아 뽐내고 있었다니! 겉으로는 마냥 축하한다 떠벌이면서도, 이물스런 놈은 또 속으로 얼마나 혼자 킥킥거렸을까. 나는 그날 밤 그래서 더욱 거칠게 술을 퍼마셨고, 끝내 잠을 제대로 이루지 못했었다.

놈과 헤어지고 인천으로 돌아온 이후에도 나는 한동안 제정신이 아니었다. 뭔가 도깨비에 잔뜩 홀린 것 같은 감사나운 충격 속에서 뿌우연 안개밭을 혼자 헤매고 다녔다. 그러나 어디를 가도 김사길이 내게 던져 준 미혹의 그물망은 좀체 걷혀지지 않았다. 걷혀지기는커녕, 오히려 더욱 혼란스러운 곡두의 환영으로 확대되고, 그리고 함부로 상대할 수 없는 경외와 신비의 대상으로 더 크게 부풀려지고 있었다.

가장 가까운 친구면서도 나는 도무지 김사길을 속 깊이 헤아릴 수가 없었다. 그런 진흙탕 같은 환경, 그런 형편없는 열악한 조건 속에서, 어떻게 그런 결곡한 정신과 삶의 수월성이 맘껏 발휘될 수 있단 말인가. 병든 조개가 진주를 품는다는 말을 액면 그대로 수용한다 하더라도, 내게 있어서의 놈의 정체는 갈수록 풀 수 없는 수수께끼였으며 쉽게 가닿을 수 없는 불가사의였다. 악과 선, 밝음과 어둠을 동시에 갖고 사는 모순 덩어리의 놈은, 이제 나의 든든한 우상이었다.

죽이 맞는 이들끼리 문학 모임을 결성하기로 작당한 것은 이듬해 초여름이었다.

졸업반, 이제 몇 개월만 견디면 지긋지긋한 지시와 굴종

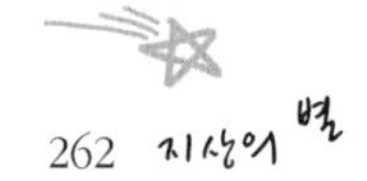

으로 얼룩진 제복의 굴레를 훨훨 벗어날 것이었다. 그런데 또 새삼스럽게 조직은 무슨 조직?

집단이 지닌 경직과 구속의 생리에 본능 어린 거부감을 갖고 있던 나는, 처음엔 전혀 탐탁하지가 않았다. 견고한 절대 고독 속에서 잘 연마된 정신으로 마음의 보석을 건져 올리는 게 참된 창조 행위이지, 어찌 떼거리로 우우 몰려다니며 아까운 시간과 정열을 덧없이 낭비한단 말인가.

그런데 그 무렵 나는 또 다른 대학의 백일장에 입상하였고, 그 시상식장으로 낯선 한 청년이 찾아왔던 것이다. 그 대학 국문과 학생 이운원 형이었다.

"자네가 김승철이야? 야, 반갑다. 나도 인천인데, 작품 잘 읽었어."

인간미가 철철 흘러넘치는 이형은 우리가 처음 만난 순간부터 마치 십년지기나 되는 것처럼 덥석 내 손을 움켜쥐었다. 작달막한 키에 날카로우면서도 서글서글한 눈매, 논리와 정감이 한데 뒤섞인 달변으로 상대를 아주 편안하게 해 주는 뛰어난 화술의 소유자였다. '사람 좋다'는 말이 더없이 딱 어울리는 사람.

석조 건물이 성처럼 둘러싸인 캠퍼스를 거닐면서 우리는

벌써 어떤 운명 같은 결속의 예감에 서로가 휩싸여 들었다. 그리고는 곧 시간에 쫓겨 헤어지지 않으면 안 되었는데, 그는 작별의 손을 내밀기 전 다음에 만날 시간과 장소를 단도직입으로 말해 주었다. 그리고 덧붙이기를,

"괜찮은 인천 애들끼리 모임을 하나 만들려고 해. 꼭 나오라구."

또 못 박듯 다짐하는 거였다.

일대일로 만나면 됐지, 모임은 무슨, 다 그렇고 그런 애들이겠지.

이같은 시큰둥한 생각은 다음에 그를 재회하는 순간까지도 그대로 이어졌다. 약속한 거니까 어쩔 수 없이 나가긴 나가지만, 봐서 별 볼 일 없으면 미련없이 돌아서겠다는 계산도 단단히 예비해 두고 있었다. 나는 그렇게 오만한 자신감에 차 있었고, 세상 무서운 줄 모르는 소영웅심에 불타 있었다.

하지만 약속 장소에 나가보니 그게 아니었다.

십수 명의 오합지졸일 거라 지레짐작했던 '애들'은 고작 여섯 명에 불과하거니와, 오히려 나와 한 여자애만 고교생일 뿐 다른 넷은 이미 대학생이거나 어엿한 사회인이었다.

나이는 비록 어금지금하지만, 지나온 경력으로 보나 현재의 활약상으로 보아도 나보다는 모두 한 수 위였으므로, 나는 단번에 기가 꺾이지 않을 수 없었다. 저마다 이 도시에서는 내로라하는 쟁쟁한 실력의 문학도들이었다. 나보다 화려한 수상 경력을 소유했거나 고등학교 다닐 때 학생회장, 또는 문예부장 정도는 다 겪어 본 구성원들로서, 특히 주모자인 이 형의 경우는 자타가 공인하는 맹장이었다. 고교 때 전국 규모의 산문부 백일장을 거의 휩쓸다시피 했다는 거였고, 지금도 대학에서의 활약상이 대단한 모양이었다.

우리는 곧 단출한 가족인 듯 의기투합, 술집으로 직행하였다.

아, 그리고 그 이후 우리는 또 얼마나 많은 술의 해변을 주유하였던가. 술이 싫으면 소사 복숭아밭으로, 복숭아가 싫으면 월미도 축항장으로, 거기서 다시 남동 염전이나 역전 맞은편 튀김집으로, 지치지도 않고 돌아다녔다. 빵집과 서점과 신포시장과 자유공원에서, 우리는 어제 먹은 빵과 술을 다시 게워내고, 어제 읽은 책과 원고지를 다시 찢는 데 열중하였다. 그럴 때마다 양조장 주인을 할아버지로 둔 이형은 또 지치지도 않고 아주 열심히 빛 좋은 술을 퍼 날랐다.

그 유혹의 거리를 승냥이마냥 헤매고 다닌 뒤끝의 햇빛 밝은 어느 날 이 형이 훌쩍 군대로 날아가 버리자, 그 허전한 빈 자리를 채우기 위해 나는 다시 김사길을 만났다. 그때는 마침 놈의 활동 영역이 부평 신촌바닥의 텍사스촌에까지 넓혀져 있던 판이라, 일을 보고 돌아가는 길에 곧잘 나를 찾곤 했었다. 신포시장 안 항아리집에 마주앉기 바쁘게 나는 놈에게 말했다.

"동인들에게 너에 대해 말했더니 모두들 환영이더라. 너 같은 괴짜가 한 놈 있어야 모임이 활성화된다면서, 특별 케이스로 영입하자고. 어때?"

"나를?"

놈은 한마디로 어이없다는 표정이었다. 알 듯 모를 듯한 실소를 한동안 가만히 입꼬리에 달고 있던 사길이가 다시 내뱉는다.

"그럴 만한 자격도 없지만, 내가 들어가면 그 모임은 바로 깨진다. 그러니까 정중히 사양하겠어."

"깨지다니, 그게 무슨 뜻이지?"

"넌 한국말도 모르냐? 야, 갈증 난다, 목이나 축이자."

놈은 더 이상의 보충 설명 없이 벌컥벌컥 막걸리 잔을 들이켰다. 그리고는 안주 대신 앞에 놓인 맛소금을 살짝 집어 입에 털어 넣는다. 나는 달라진 놈의 식성에 유의하면서, 약간 불쾌한 어조로 다시 말을 이었다.

"세상은 결코 혼자 살 순 없는 거야. 뜻이 맞는 사람들끼리 서로 도와 함께 살아가는 게 인생 아니니? 그런 의미에서 동인 활동이라는 것도……"

"그건 우물 안 개구리들이나 하는 짓이지. 도스토옙스키나 릴케, 헤밍웨이가 그런 떼거리 활동했단 소리, 난 못 들었다."

중도에서 말을 가로챈 사길이가 나를 깊게 응시하면서 계속했다.

"예술가는 결코 시정잡배들하곤 달라야 해. 바다처럼, 산맥처럼 도도하고 웅장한 작품을 빚어내려면, 더 철저하게 외로워야 한단 말야. 그래야 부분이 아닌 전체를 바라보고, 사랑할 수가 있어. 작가의 생명이 뭐냐? 개성이잖아. 남이 흉내낼 수 없는 나만의 이야기와 문장! 그런 개성이 함몰돼 버리는 집단 속에서의 창작 생활은, 자살 행위나 마찬가지야."

"그들도 결국 외로움 때문에 죽지 않았어? 헤밍웨이는 총으로 자살하고!"

"그건 외로움에 진 게 아니야. 극복의 한 수단이지."

"여긴 어디까지나 좁은 한국 땅이라는 걸 인정하고 들어가야 해. 우린 우리 식대로 살 수밖에 없는 현실의 한계 말이야."

"서양에서도 물론 살롱이나 드나들던 삼류 예술가들이 많았지. 그러나 살롱파는, 살롱파밖에 안 되는 거야. 결국 그런 문학밖에 못해!"

"뭐라구?"

제발 잘난 척 좀 하지 마, 소리치고 싶은 것을 나는 억지로 눌러 참았다. 사길이도 자신이 너무 심했다 싶었던지,

"본의 아니게 너무 비약했네? 니네 동인들을 부평으로 한번 초대할게. 그 텍사스촌을 견학하고 나면 아마 근사한 역사 체험이 될 테니까."

싱긋 웃으며 내 잔을 부딪쳐 온다. 그러나 나는 무슨 역사까지나, 하고 아직도 놈에 대한 공연한 억하심정을 쉬 털어 내지 못하고 있었다.

우리는 말없이 술을 마셨고, 침묵은 한동안 더 계속되었

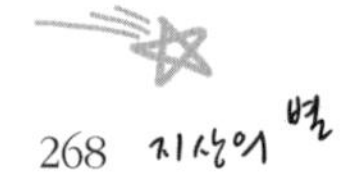

다. 그러면서 나는 여전히 식탁 위의 데친 오징어 안주에는 하나도 손을 대지 않는 놈의 까탈스러워진 식성에 다시 한 번 유의했다. 젓가락으로 그걸 가리키며 내가 퉁명스레 물었다.

"이건 안 먹냐?"

넌 뭐든지 안 가리는 잡식성이잖아, 하고 덧붙이고 싶은 것도 꾹 눌러 참았다. 놈은 말없이 고개를 가로저으며 내가 알 수 없는 깊은 상념에 젖어 있었다. 뭔가 있구나, 하고 나는 그제서야 뒤늦게 직감했다. 그러고 보니 얼굴도 많이 수척해진 것 같았다. 그런 사길이 놈이 게슴츠레한 눈빛으로 나를 건너다보며 짧은 한숨 끝에 입을 열었다.

"니가 좋아하는 시가 낙화라고 했던가? 그래, 그거 괜찮더라. ……가야 할 때가 언제인가를/분명히 알고 가는 이의 뒷모습은/얼마나 아름다운가/봄 한철 격정을 인내한 내 사랑은 지고 있다/헤어지자/섬세한 손길을 흔들며/하롱하롱 꽃잎이 지는 어느 날/나의 사랑, 나의 결별/샘터에 물 고이듯 성숙하는/내 영혼의 슬픈 눈. 역시 너다운 시야."

"유치하다고 비웃는 건 아니구?"

"아냐, 난 나를 죽이고 싶어서 견딜 수가 없어!"

"무, 무슨 일인데 그래?"

나는 화들짝 놀라며, 어느 결에 석고처럼 굳어져 있는 사길이 놈을 뚫어져라 건너다보았다.

끝내 그 이유를 밝히지 않고 그렇게 훌쩍 김사길이 서울로 떠나간 뒤, 내 가슴은 또 구멍이 뻥 뚫린 것 같은 공허로 가득 채워졌다.

도대체 무엇일까, 놈을 죽고 싶게 만든 것의 정체가? 차돌처럼 단단히 무장된 그의 영혼의 곳간을 갉아먹는 좀벌레가 과연 무엇일까?

나는 도무지 가늠할 수가 없었다. 그럼에도 놈은 잡초와도 같은 질긴 생명력의 소유자니까 원래대로 곧 회복되겠지, 하는 덧없는 자위만이 내가 사길이를 위해 가질 수 있는 유일한 격려였다.

김사길이 죽은 건 그 가을의 낙엽들이 깊게 물들어 갈 무렵이었다.

가로수의 노란 은행잎이 흐드러지게 흩날리던 날, 나는 그 길을 걸으며 줄곧 이상한 예감에 사로잡혀 있었다. 이 가을날 누군가가 어디서 죽어 가고 있다는 릴케의 시구를

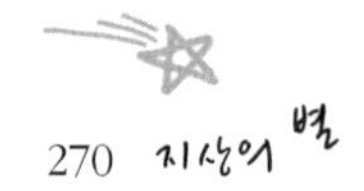

나도 모르게 떠올리고 있었는지도 모른다.

집에 도착하니 그 알 수 없는 예감은 현실로 적중했다. 웬 날벼락의 전보 쪽지가 꿈처럼 나를 기다리고 있었던 것이다.

— 김사길망급상경요남대문.

무슨 암호문과도 같은 그 쪽지를 뚫어질 듯 들여다보면서, 처음엔 '김사길이가 망했다'는 쪽으로 나는 얼핏 착각했다. 그러나 시간이 흐르면서 나는 눈앞이 아득히 암암해지고 걷잡을 수 없는 슬픔이 봇물인 듯 솟구쳐 올랐다.

이게 어떻게 된 것일까. 사길이가 죽다니?

나는 도저히 믿을 수 없었고, 현실로 받아들일 수가 없었다.

아냐, 내가 몹시 보고 싶어서 짓궂게 장난을 치고 있는 거야.

붉게 충혈된 눈으로 상경 채비를 서두르며 나는 몇 번이고 도리질을 쳤다.

타는 저녁놀이 서쪽 하늘을 붉게 물들이고 있었다. 달리는 차창 밖으로 놈의 얼굴이 셀 수 없이 스쳐 지나갔다. 거울처럼 선명하고 아주 크게 확대되어 다가오는가 하면, 아주 작고 희미한 점과 점으로 축소되어 가뭇없이 사라지기도 하였다. 서울이 가까워지면서는 또 입꼬리로 살짝 웃음을 말아 올리는 놈 특유의 표정으로 미루어 정녕 나를 놀래기 위한 장난에 불과할지 모른다는 상념도 다시 고개를 쳐들었다. 충분히 그러고도 남을 위인이었다.

제발 그러기를, 니가 보고 싶어서, 아니면 무슨 급한 도움을 청하기 위해서 그럴 수밖에 없었노라고 씨익 웃고 흔연스레 서 있기를, 나는 속으로 기도하고 또 기도했다.

그러나 아니었다. 사길이의 죽음은 장난이 아니었다.

숨 가삐 남대문시장 안의 양키골목으로 들어가, 전에 한 번 설면하게 인사치레한 적이 있는 사길이의 동업자 형을 찾았더니, 폐점 상태인 그 가게의 옆 동료는 쯧쯧 혀를 차면서 친절히 병원 영안실을 가르쳐 주는 거였다.

나는 이미 어둠의 그물이 짙게 깔린 밤을 등지고 다시 그쪽으로 내달렸다. 적십자병원이었다.

초라한 영안실에선 일가붙이로 보이는 몇몇 나이든 여자가 나처럼 뒤늦게 달려 와서 메마른 눈물을 훔치고 있었다. 사길이의 아버지는 아직 보이지 않았다. 그 대신 동업자 형이 협소한 영안실 문 앞에서 내 손을 잡는다.

"번거롭게 안 알리려다가, 이게 책상 위에 놓여 있어서……"

그리고 그는 잠바 안주머니에서 꺼낸 구겨진 편지 봉투를 조용히 내게 내밀었다. 내용물을 꺼내 보지 않은 채 나는 급히 물었다.

"대체 무슨 일이죠? 왜 이렇게 됐대요?"

"그냥, 염세자살이지 뭐. 특별한 이유 없어. 바보같이……"

"그래요? 그럴 수가 있어요?"

혹시 이 동업자와의 심한 갈등 구조는 없었는가 싶어, 나의 질문은 약간 공소한 가락으로 높게 넘쳐 나왔다. 동업자가 저만큼 떨어진 분향소 위의 김사길 영정을 턱짓으로 가리키며 말했다.

"친구한테 가서 그럴 수도 있는 거냐고 혼 좀 내라구. 어떡하든 살 생각은 않구 말이지."

"……"

나는 우선 사길이를 만나기 위해 서둘러 분향소 앞으로 다가갔다. 촛불에 향을 살라 불붙이고 구릿빛 향로에 그것을 꽂았다. 그리고 절을 올린다.

야, 인마. 죽긴 왜 죽어?

다시 한 번 무릎을 꺾고 절한 다음, 나는 뚫어질 듯 놈의 흑백사진을 응시하였다. 놈의 쏘는 듯 형형한 눈망울도 이윽히 나를 응시한다.

눈물이 핑 돌았다. 울지 않으려고 기를 쓰며 이 악물었지만, 그러나 소용없었다. 한번 터지기 시작한 눈물은 걷잡을 수 없는 소용돌이를 일으키며 강둑 위로 범람하였다. 놀치는 그 강물이 타는 노을로 붉게 물들었다. 근원을 알 수 없는 분노와 원망과 설움도 그 강물 속에 한데 뒤섞였다. 그러나 검은 액자 속의 김사길은 아무런 표정도, 말도 없었다.

영안실 밖으로 나와 가까스로 마음을 진정시킨 나는, 맞은편 건물의 보안등 불빛 아래로 숨듯 걸어갔다. 그리고 놈이 나에게 남긴 마지막 유서를 떨리는 가슴으로 펴 들었다.

— 승철아, 편지를 직접 부치지 못하고 가서 미안하다.

하지만 너를 만난 이후 난 참 행복했어. 넌 너그러우니까 모든 것을 충분히 이해하고 용서해 주리라 믿는다. 그동안의 내 모든 허물과 위선, 세상을 향해 쏟아 부은 증오와 적

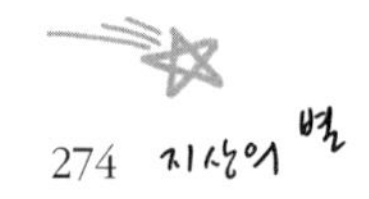

의까지도 부디 용서해 다오. 나는 더 이상 내 자신을 불행한 모순 덩어리로 만들지 않기 위해 이 길을 선택한 거야. 그침 없이 타오르는 자기혐오를 도저히 더 견딜 수가 없었다. 그 이상의 이유는 묻지 않기를 바란다.

패티정은 얼마 전 미국으로 떠났다. 그 누나에게 나는 내 동정과 온 사랑을 바쳤었다. 마지막 가는 길에 겨우 이런 식으로 그 사실을 고백하게 된 것이 부끄럽구나. 왠지 그 더러운 순정만은 너에게 말로 표현할 수가 없더라. 너도 한눈에 짐작했을 텐데 그에 대해선 한 번도 묻지 않기에, 서로 모르는 척 말 않는 것이 좋으리라 생각했다.

하지만 결코 착각하진 말아라. 내가 그따위 하찮은 순정 때문에 이 길을 가기로 작정한 건 아니니까. '이방인' 속의 뫼르소는 단지 햇빛이 너무 강렬해서 살인까지 저지르잖니! 나도 단지 그럴 뿐이야. 나 같은 악마가 잠들어야 추악한 이 세상이 깨끗하게 정화될 수 있기 때문이야. 나는 나를 죽여 그 정화된 세상에서 거듭날 것이다. 우리가 함께 돌려 본 데미안에서도 '새는 알을 깨고 나온다'고 했잖냐. 한 세계가 탄생하려면 다른 한 세계를 감연히 깨부수지 않고는 안 된다구 말이지.

제야의 그날 밤, 패티의 방에서 너에게 보여 주었던 내 일기와 습작노트는 이 편지가 놓였던 책상 서랍 속에 들어 있으니, 부디 네가 가져가기 바란다. 혹시 아니, 너의 위대한 문학에 조금이라도 보탬이 될지? 보고 쓸모없을 것 같으면 아까워하지 말고 태워 버려라. 언젠가는 반드시 태워 버리게 될 것이다.

그러면 안녕. 너를 가장 사랑했던 친구, 김사길.

나에게 이와 같은 마지막 편지를 남기고 저 세상으로 떠나간 김사길은, 이튿날 아침 화장장으로 실려 가서 몇 줌의 재로 변했다. 그 재는 동업자 형과 나의 손에 의해, 돌아오는 길의 한적한 산속 계곡에 뿌려졌다. 그 물을 타고 한강으로 빠져 나갔다가 마침내는 저 넓은 먼 서해바다로 흘러나갈 거였다.

나는 놈을 물에 띄워 보내면서 속으로 부르짖었다. 잘 가라, 나의 뫼르소. 부디 잘 가거라!

그렇게 재를 뿌려 주고 돌아오는 길, 나는 동업자 형에게 놈의 유서를 사실대로 보여 주었다. 자살 직전까지 한 방에서 함께 살았다는 그는 흔쾌히 사길이의 마지막 뜻에 동의

하였다. 굳이 보호자에게 허락받을 필요도 없으니까 오늘 당장 가져가라는 거였다.

나는 별로 유쾌한 기분이 아닌 채 김사길의 영혼이 고스란히 스며 있는 그것들을 넘겨받아 인천으로 돌아왔다. 그리고 달리는 그 기차간에서 나는 조심스럽게 놈의 일기장부터 곰파 보기 시작했는데, 거기에 적힌 내용 중 낙서 같은 사변이나 현실 또는 예술에 대한 단상, 세상에의 저주 어린 욕설 따위를 빼놓고는 온통 '정영숙'으로 가득 채워져 있다는 사실에 깜짝 놀라지 않을 수 없었다.

유서에서 놈은 분명 더러운 순정 때문에 죽는 게 아니라고 했었다. 하지만 그것은 나를 놀려 먹기 위한 말짱한 거짓이었다. 실로 무섭고도 가슴 떨리는 사랑을, 자다가도 벌떡 일어나는 온갖 번뇌와 애증이 뒤섞인 그런 지독한 사랑을 '패티정'이 아닌 정영숙에게 마구잡이로 쏟아붓고 있기 때문이었다. 얼마나 혹심한 애정 결핍증에 시달렸으면 이랬을까 싶게, 정영숙에 대한 놈의 집요한 관심은 거의 광기에 가까웠다.

짜식, 유서를 쓰면서까지?

끝까지 진실을 밝히지 않고 나를 속였다는 사실에 은근

한 배신감마저 느꼈다. 보기 좋게 기만당한 기분이었는데, 그러나 나는 곧 놈 특유의 능청스런 장난기를 발견해내고 그런 기분을 싹 지워 없앴다. 놈의 일기를 마음 놓고 들여다보는 것만으로도 그 진실은 또 충분히 보상받고 있기 때문이었다. 진짜 유서는 비로 내가 들고 있는 놈의 피맺힌 일기장이며, 빛나는 언어와 정신으로 점철된 이 작품노트가 아니고 무엇이겠는가.

하지만 온통 모순 투성이인 놈이 마지막으로 내게 던져준 화두는 쉽게 풀리지 않았다.

혹시 정영숙이라는 여자를 통해, 자신이 도저히 가닿을 수 없고 넘볼 수도 없는 또 다른 어떤 여자를, 정말 미치도록 남 몰래 사랑하고 있었던 것은 혹 아니었을까? 이를테면 추억 속의 얼룩말이라든가, 나탈리웃 같은 어떤 천상의 여자를?

김사길을 그렇게 떠나보내고 얼마 안 있어, 나는 다시 서울로 올라가지 않으면 안 되었다. ㄷ대학 주최의 백일장에 참가하기 위해서였다. 그 대학에서는 조금 특이하게 행사

를 펼쳤는데, 우편공모를 통한 1차 예선을 거친 후 거기서 통과된 전국의 대표 고교생들을 직접 캠퍼스로 불러, 제한된 시간과 장소에서 주어진 제목으로 다시 우열을 가리는 식이었다. 나도 어찌어찌해서 거기까지 가게 되었고, 그리고 나는 사길이 놈의 자살 사건과도 거의 맞바꿀 만큼의 충격 어린 일을 또다시 겪게 된다. 애봉이와의 만남이 그것으로서, '운명적'이라는 낱말은 바로 이런 대목에서 본때 있게 씌어져야 하리라.

소슬한 가을바람이 옷깃을 파고드는 오후, 나는 분수대 앞 돌계단에 앉아 열심히 시상을 가다듬고 있었다. 마침 교내 학술제가 병행하여 열리고 있던 참이라, 캠퍼스 여기저기 요란하게 내걸린 현수막 밑으로는, 외래객까지를 포함한 많은 젊은이들이 희희낙락 오가는 중이었다. 나는 생기 넘치는 그들을 시린 눈으로 바라보면서 내 친구 사길이를 계속 머릿속에 떠올리고 있었고, 주어진 제목인 '눈물' 속에 놈의 마지막 이미지와 이야기를 어떻게 접목하고 형상화시켜 녹아들게 할 수 있을까, 끙끙 앓았다. '아버지'라는 제목도 함께 주어졌지만 바로 얼마 전 김사길의 죽음을 통해 진정 기막힌 눈물을 경험한 터였으므로, 나는 단연코 눈물 쪽을 선택했던 것이다. 그러고 보니 마치 나를 위해 일부러 그런 제목을 내건 게 아닌가 싶은 묘한 착각마저 일 지경이었다.

하지만 막상 원고지 위로는 웬일인지 단 한 줄도 옮겨지지가 않았다. 슬픔이 깊으면 오히려 표현은 엷어지는 것인가고도 나는 새삼 생각하였다.

그런데 아까부터 저만큼 떨어진 은행나무에 기대어 앉아, 자꾸만 이쪽을 힐끗거리는 여자애가 있었다. 저쪽도 물론 백일장에 참가한 학생일 거였다. 그래서 나처럼 괴발개발 시상을 가다듬느라 열심히 눈알을 굴리는 것이려니, 그저 그러려니 짐작하고는 이내 관심 밖으로 돌려 버렸다. 여자애가 내 앞에 직접 나타난 것은 그로부터 5분도 채 지나지 않아서였다.

조심스러운 인기척에 설핏 고개를 들었을 때, 그리하여 두 눈을 마주치고 잠시 서로가 누구인가를 어리벙벙 확인하였을 때, 세상은 온통 경이로운 환희로 폭죽을 터뜨리기 시작했다. 우리가 밟고 사는 땅이 참으로 넓고도 좁다는 사실을 피부로 절감하는 순간이었다.

"너, 애봉이 아냐? 박, 애봉, 맞지?"

혹시, 하고 빤히 내 얼굴을 들여다보던 상대에게 나는 신음처럼 소리쳤고,

"내 눈이 틀림없었네? 김, 승, 철, 그렇지예?"

애봉이는 말끝을 내릴까 말까 주춤거리면서 두 뺨을 발그레 물들였다. 두 갈래로 가지런히 땋아 내린 머리와 교복 위에 가벼운 스웨터를 덧입은 게 완연한 처녀티를 자아냈지만, 자세히 보니 계란형의 갸름한 얼굴 생김새며 호수 같은 두 눈, 웃을 때 살짝 드러나는 보조개와 덧니, 그 따뜻한 분위기는 하나도 변하지 않은 것 같았다. 수줍음을 타는 게 달라졌다면 좀 달라진 차이점이랄까. 생각대로라면 와락 달려들어 뜨겁게 포옹이라도 하고 싶었으나, 실상은 그렇게 되지 않았다. 나는 말했다.

"정말 기적 같군, 우리가 이렇게 다시 만나다니!"

"난, 언젠가 꼭 만나게 될 거라고 생각했어!"

"그러니까, 애봉이도 이 길로 들어선 건가? 무슨 부?"

"산문 쪽인데, 어쩌다가 운이 좋아 여기까지 왔어. 이제 승철 씨를 봤으니까 됐어."

"씨를 붙이긴, 그냥 옛날처럼 이름만 불러. 왈가닥이었잖아."

"후훗, 내가 그랬나?"

그랬었구나, 하고 나는 거의 눈물이라도 나올 것 같은 감격에 젖어, 은행나무 쪽으로 천천히 걸음을 떼어 놓았다. 승철 씨를 봤으니까 이제 됐다니, 그렇다면 애봉이도 나처럼 밤마다 가슴 태우며 말 못할 그리움에 젖어 있었단 말인가. 언젠가는 꼭 만나게 될 거라고 생각했다니, 그럼 애봉이는 나보다도 더 나를 아끼고 사랑했단 뜻인가. 나는 감격에 겨워 은행나무 앞에 섰고, 그 은행나무를 손으로 어루만지며 더듬듯 말했다.

"저 빙하기를 이겨낸 살아 있는 화석들 중에서, 거의 유일한 식물이 바로 이 은행나무야. 우리처럼, 참 대단하지?"

"그, 그런가? 승철인 지금도 여전히 아는 게 많네?"

우리는 밝은 그늘이 드리워진 숲 속으로 들어가 몇 마디 더 궁금한 것들을 나눈 후, 당장의 발등의 불 쪽으로 시선을 돌렸다. 감독관의 감시의 눈길도 의식치 않을 수가 없어서, 둘은 곧 적당한 거리를 두고 앉아 서로의 의무감으로 되돌아갔는데, 그러나 나는 단 한 줄도 더 쓸 수가 없었다. 아무것도 생각나지가 않았다. 텅 빈 충만의 우련한 표백 상태만이 원고지 위에 가득할 따름이었다.

나의 백일장은 자연 엉망진창이 되어 버리고 말았다. 꿈꾸었던 장원은 오간 데 없이 보기 좋은 낙방.

그러나 나에게는 애봉이가 있었다. 장원보다도 훨씬 더 귀하고 값진 그녀를 다시 얻은 거였다.

우리는 그날 참 많은 이야기를 나누며 맛있는 음식을 함께 먹고, 거리와 거리를 함께 걸었다. 그리고 다시는 오래 헤어지지 않기로 서로 약속하였다.

애봉이를 부산으로 떠나보내고 돌아오는 길에서야 나는 비로소 하나의 완성된 작품을 겨우 얻을 수가 있었다. 푸른 봄날 부산으로 무단가출하여 낯선 그 거리를 헤맬 때, 용두산공원에서 저 먼 바다를 바라보며 무심코 끄적였던 짧은 한 줄의 시구가 이리 절묘하게 맞아 떨어질 줄이야!

그때 나는 부질없는 낙서처럼 '너의 입술에서는 바다 냄새가 난다'고 썼었다. 별다른 의미도 없이 딱 한 줄만, 그냥 그렇게 하릴없이 휘갈겼던 것 같다.

그런데 애봉이를 기적인 듯 다시 만났다가 바람처럼 떠나보내고 돌아선 지금, 그 구절은 더없이 크고도 소중한 의미로 물마루처럼 내게로 덤벼 오고 있었다. 제목은 눈물.

비록 짧은 내용이긴 하지만, 나에게는 아주 길고도 긴 시였다.

너의 입술에서는 바다 냄새가 난다.
춤추는 살구와 매화 같은
웬 남남끼리의 접목의 가지 끝에
환장하도록 빛 부신 꽃들이 필 때,

너의 머리칼은 나를 흔드는 바람이다.

어디에서나 우리의 아희들은 태어나고
저 새로운 나라로 흐르는 눈물.
내 손은 비로소 너의 온 세계를 잡는다.
영혼의 뿌리, 그 깊은 뼛속까지 잡는다.

폭풍의 언덕

"정말로 바다 냄새가 나?"

부끄러운 어조로 애봉이 속삭이듯 물었다. 나는 말없이 웃으며 고개를 끄덕였다. 그리고 다시 한 번 더 그녀의 목덜미를 끌어당겨 입맞춤 세례를 퍼부었다. 엄청난 부피와 무게감의 바닷물이 한꺼번에 내 전신을 휘감으며 몰려드는 것 같았다. 한없이 부드럽고 달콤한, 그러면서 또한 찝찔하고도 비릿한 바다의 질감과 냄새가 입 안 가득 고였다. 그 느낌, 그 욕정이 한 차례 봄눈처럼 지나고 나자, 잠시 시선 처리를 어떻게 해야 될지 몰라 스스러워하던 애봉이는,

"누가 보믄 어쩔려구? 이 한낮에."

고개를 살짝 옆으로 비틀면서, 아직도 내동 목말라 하는 내 얼굴을 손바닥으로 조용히 밀어냈다. 나는 곧 먼 바다 쪽으로 시선을 돌려 어색한 침묵으로 얼버무렸다. 그럼에도 한순간에 세상을 다 얻은 것 같은 성취감은 여전히 풋풋한 내 가슴을 놀치며 충만했다. 내가 깔아준 점퍼 위에 사뿐히 앉아, 나와 같은 방향으로 무심한 듯 눈을 던지고 있던 애봉이 문득 묘한 미소를 입에 물고 나를 흘깃 돌아보았다.

"거긴 암만해도 처음이 아닌 것 같애. 그지?

"처음이 아니라니, 그건 또 무슨?"

내가 놀라는 시늉을 짓자 애봉이는 더욱 짓궂게 놀려댄다.

"왜? 뭔가 찔리는 데가 있나 보네?"

"아냐, 정말이야."

"그럼 첫사랑은?"

"물론, 그것도지. 나한텐 처음부터 너밖에 없었어!"

"거짓말. 얼굴에 빤히 아니라고 씌여 있는데?"

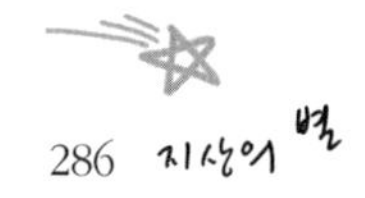

"정말이라니까. 하늘에 걸고."

"걱정 마. 괜히 한번 해본 소리였어. 정작 중요한 건 눈에 보이지 않는 법이야."

그리고 애봉이는 이내 아무렇지 않은 표정으로 돌아가며 먼 곳으로 시선을 던졌다. 왠지 유치하고 쓸데없는 새퉁이라고 스스로 자조하는 것 같았다. 하지만 내 뇌리에는 자갈치시장의 아바이식당 주인딸인 태옥이 누나의 얼굴이 재빠르게 지나갔다. 애봉이를 알기 전까지의 혼돈의 나날, 나는 얼마나 그녀를 마음에 새기며 혼자 끙끙 앓아댔던가. 그녀가 선물로 준 소중한 일기장에 나는 또 얼마나 많은 그리움과 짝사랑의 시린 연서를 밤마다 써넣었던가.

하지만 예기치 않았던 애봉이가 어느 날 문득 내 눈앞에 출현하고 나서는, 그리고 태옥이 누나에의 연모의 대상이 오롯이 나만이 아닌 다른 사내들, 이를테면 나보다 훨씬 힘센 어른들인 주유소의 큰형과 작은형, 심지어는 별 볼 일 없는 땅코형까지 포함되어 있다는 사실을 알고부터는, 그녀에의 내 관심이 하루아침에 싹 달라지고 말았다. 대신 그 초록의 일기장에는 온통 애봉이의 'A'로 가득 채워졌다. 그때 땅코형은 의미심장하게 말했었다.

태옥이 그 가시나, 여러 사내 죽인대이. 두고 보면 안다!

갑자기 그때의 그 말이 떠올라서 나는 새삼스럽게 애봉이 쪽으로 시선을 돌렸다.

"근데 말야, 태옥이 누나, 아니 니 큰 올케 얘기는 왜 자세히 안 해주는 거지? 저번에도 시큰둥 그냥 얼버무리고 말았잖아."

"……"

"또 시큰둥?"

"나중에, 때가 되면 알게 될 거야."

그리고 그걸로 그만이었다.

조금 머쓱해진 나는 하늘과 바다가 한데 어울려 춤추는 아득한 수평선 쪽으로 눈을 주면서, 오래 전에 읽은 생떽쥐베리의 〈어린 왕자〉를 떠올렸다. 내가 입을 열었다.

"다른 사람에게는 결코 열어주지 않은 문을 오직 당신에게만 열어주었다면, 그 사람이야말로 진정한 당신의 동반자라는 말이 있지. 누가 한 말인지 알아?"

"그거, 어린 왕자에 나오는 거 아닌가?"

애봉이 단박에 아는 척하면서 내 말의 의미를 잠시 입 안의 사탕 굴리듯 곱씹는다. 잔잔한 미소를 입가에 달고 있는

그네의 머리 위, 우거진 다복솔 사이로 5월의 맑은 햇살이 비늘처럼 반짝이며 쏟아지고 있었다. 내가 다시 받았다.

"맞아. 그런 작품 속 명대사도 달달 외고 있는 걸 보면, 애봉이 독서량도 보통이 아닌데?"

"그까짓 걸 가지고 뭘. 스무 살 문학도쯤이면 생떽쥐베리는 당연한 상식이지."

"그, 그런가? 하긴 명문 여대의 국문학과 학생이니까."

"그런데 왜 하필이면 문 이야길 하는 거야? 견고한 내 문을 너한테만 열어주었다고 생각해?"

"응. 그런데 아닌가?"

"글쎄. 그 문이 그리 쉽게 열리겠어?"

애봉이 다시 묘한 웃음을 입가에 달고 나를 빤히 건너다본다. 화사하게 밝으면서도 어딘지 우수 어린 쓸쓸함이 묻어 있는 표정이었다. 그 잠깐 동안의 어색한 분위기를 얼른 지워 버리기라도 하듯 애봉이 계속했다.

"그보다도 나는 '인생은 길들이기'라는 대목이 더 좋더라. '너의 장미가 너에게 그토록 소중한 것은, 그 장미를 위해 네가 공들여 기른 긴 시간 때문이야. 그러므로 네가 길들인 것에 대해선 언제까지나 절대 책임을 져야 돼!' 하는 대목.”

“그래, 책임질게. 세상 끝까지.”

“으이구, 이 능청!”

그리고 우리는 서로의 눈길을 그윽하게 응시했다. 잔잔한 행복감이 전신을 훑고 지나갔다. 나는 내처 말했다.

“나도 널 길들이겠지만, 너도 나를 길들여 줘. 그러면 우린 서로에게 이 세상에서 단 하나뿐인 사람이 될 테니까.”

“너무 빨리 김칫국부터 마시고 있는 거 아냐?”

나와 같은 방향으로 나란히 앉아, 발아래 바투 내려다보이는 유원지 쪽에 시선을 주고 있던 애봉이 한숨 쉬듯 다시 이었다.

“하지만 어린 왕자에서는 무엇보다도 이 부분이 압권이지. ‘사막은 아름답다. 어디엔가 우물이 숨어 있기 때문이다. 하지만 그 우물을 눈으로는 찾을 수 없어. 마음으로 찾아야 된다’는 내용. 오로지 마음으로 봐야만 그 내면의 진실을 정확하게 볼 수 있다는 대목 말야. 작가는 거기에서 ‘가장 중요한 건 눈에 보이지 않는다’고 했어.”

“그게 바로 세상에서 가장 어려운 일이라고도 강조했지. 사람의 마음을 얻는다는 일. 저마다의 얼굴만큼이나 다양

한 각양각색의 마음을, 한 순간에도 오만 가지의 생각이 떠오르는 그 바람 같은 마음을, 한 군데에 머물게 해서 내 것으로 얻는다는 건 정말 어려운 일이라고."

"그걸 알고 있다면 됐어. 앞으로 문학할 자격은 충분하니까."

애봉이가 활짝 흰 이를 드러냈고,

"우리가 애 낳고 함께 살아갈 자격은?"

기왕에 내친 김이라는 투로 내가 짓궂게 대꾸했다. 애봉이가 아무 말 없이 침묵을 지키자, 나는 한 발 더 앞서 나갔다.

"오늘, 아예 우리 애를 하나 만들어 버릴까?"

"못됐어!"

애봉이 발딱 자리를 털고 일어섰다. 미간을 잔뜩 찌푸리며 새치름히 치뜨는 두 눈이 오히려 앙증맞았다.

"아니, 농담이야. 그냥 해본 소리라구."

"그래도 그렇지, 어떻게 그런 농담을. 무엇보다 마음을 먼저 얻어야 된다고 금방 말해 놓구선!"

잔뜩 토라진 애봉이는 곧 뒤로 돌아서 비탈진 언덕길을 내려가기 시작했다. 우거진 솔밭 사이로 두말없이 걸어가는 그녀를 향해, 나는 황급히 윗도리를 주워 입고 뒤쫓았다.

"미안, 미안, 다신 안 그럴게."

"……"

"근데, 그냥 해본 농담 한마디 가지고 왜 그리 민감하지?"

"……"

"성당에 열심히 다닌다더니, 설마 동정녀 마리아로 살려는 건 아니야?"

"그럴 지도, 몰라."

"뭐라구?"

나는 우뚝 걸음을 멈췄다. 애봉이는 그 틈을 이용해 가볍게 내 손길을 벗어나면서 다시 걸었다. 나는 또 그녀 곁으로 바짝 따라 붙으며 되쏘아 주었다.

"농담이 심한 건 오히려 그쪽이야. 어떻게 그런 말을 그리 쉽게 내뱉어?"

하지만 애봉이는 여전히 침묵이었다. 그래서 나는 내심 내가 뭔가에 강밭게 쫓기고 있다는 사실을 스스로 인정하지 않으면 안 되었다. 억지로라도 애봉이의 마음을 얻기 위해 나 혼자 공연히 안달하는 건 아닐까. 좋아하는 내 여자애는 어엿한 여대생인데, 원하던 대학 문턱에서 보기 좋게 낙방한 나는 어리보기 재수생으로 이리 겉돌기나 하는 주제에, 지레 주눅이 들어 있는 건 아닐까 하는 자괴감이 그것이었다.

자신의 행동거지가 조금 지나쳤다 싶었던지, 애봉이가 주춤 보폭을 줄이며 내가 가까이 다가들기를 기다렸다. 그리고 우린 다시 한 방향으로 걸었다. 송도유원지 앞이었다. 아직 해수욕 철이 아니어서 행락객은 그다지 붐비지 않았다. 유원지 입구에 이르렀을 때 내가 말했다.

"부산에도 송도해수욕장이 있었지. 거길 가려면 버스들이 자갈치시장을 꼭 통과하게 돼 있는데, 그 여름 한철 거길 뻔질나게 드나드는 피서객들을 보면서 난 속으로 꽤나 부러워했어."

"그래? 그럼 한번 땅코형한테 놀러 가자고 조르지 그랬어?"

애봉이 던지는 투로 대꾸했다. 나는 조금 심술이 섞인 어조로 받는다.

"남의 집 머슴들이 어떻게 주인 허락 없이 그런 델 놀러 다니냐? 큰형이나 작은형이 직접 데리고 가면 몰라도."

"남의 집 머슴이라니, 표현이 좀 그렇네?"

"그런가? 그렇담, 그것도 미안하고."

왜 네 앞에선 맘에 없는 말들이 이리 불쑥불쑥 튀어 나오는 건지 모르겠다고 덧붙이고 싶었다.

그런데 가만 생각해 보니, 애봉이는 아직 한 번도 제 가족들에 대한 자세한 이야기를 제대로 들려주지 않았다는 점에 나는 뒤늦게 생각이 미쳤다. 지난해 가을, 맨 처음 우리가 꿈처럼 재회했을 적에도, 그녀는 내 묻는 말에만 마지못해 건성건성 대답했을 뿐이었다. 큰형과 태옥이 누나는 잘 살아? 작은형은? 니네 어머니와 언니는? 연거푸 던지는 나의 질문 공세에도 아랑곳없이, 애봉이는 겨우 '다들 잘 지내. 그동안 돈 좀 벌어서……' 하고는 그만이었다. 얼굴 윤곽이 오밀조밀하게 생긴 언니가, 그래도 원양어선 선장한테 시집가 아들딸 쑥쑥 낳고 알뜰히 잘 산다는 사실 외에는, 자기네 다른 식구들에 관한 자세한 정보를 싹 생략하고 있었던 것이다.

뭔가 안 좋은 일이 있는 것만은 분명해.

그러나 애봉이는 더 이상의 내 질문 따윈 듣고 싶지 않다는 듯, 곧 떠날 동인천행 버스에 나보다 한발 먼저 올라탔다.

우리가 다시 내린 곳은 신포시장이었다. 애봉이는 기차

시간을 핑계 대면서 곧장 동인천역으로 달려갈 낌새였지만, 그래도 내가 몸담고 사는 데에서 저녁은 먹고 가야 되잖느냐는 성화에 못 이겨, 그네는 은근슬쩍 다시 내 뒤를 따랐다.

나는 날 듯 기분이 가벼워졌다. 온갖 비바람과 눈보라의 시간 속에서, 내가 밟고 다니던 이 거리, 이 공간을 이제는 숙녀티가 완연한 애봉이와 함께 걷고 있다니!

쓸쓸하고 힘겨웠던 내 성장통成長痛이 도처에 고스란히 깔려 있는 동방극장 앞을 지나, 나는 이미 내 단골이 돼 버린 '항아리집' 골목을 찾아 들어갔다. 맘씨 좋은 주인 할머니가 반갑게 맞아 주었다.

우리는 창가 쪽 구석진 식탁에 자리를 잡고 앉았다. 평소에도 누군가 선점해 있지 않으면 꼭 거기에 가 앉는 내 허름한 지정석이었는데, 애봉이 차지한 의자는 공교롭게도 어느 날 김사길이 찾아와, 이승에서의 마지막 잔을 나와 함께 나누었던 바로 그 자리였다.

우연이지만, 별론데?

나는 이 집에서 가장 맛있는 숭어회 한 접시를 안주로 달라면서 밀주 막걸리와 콩나물국밥을 함께 주문했다. 술을 별로 좋아하지 않는 애봉이를 위해 따뜻한 밥이라도 먼저 먹이고 싶어서였다.

하지만 애봉이는 퉁명스레 말했다.

“공부하는 학생이 무슨 돈이 있어서 회 같은 안주를 시켜?”

“걱정 마. 나도 내 용돈 정도는 벌고 있으니까.”

사실이 그랬다. 나는 이미 사촌형님이 운영하는 세관 보세창고에서, 가끔씩 시간제 아르바이트로 바쁜 일손을 돕고 있어서였다. 그리고 평상시에는 입시학원과 시립도서관에 나가거나, 안개처럼 뿌연 혼돈의 청춘에 휘둘리며 부질없는 문학에 미쳐 돌아갔다.

이 집의 주종 식단인 국밥 뚝배기가 밀주 담긴 양은 주전자와 함께 나오자, 애봉이는 식탁 한가운데로 국밥을 옮겨 놓으며,

“안주 겸 식사로 먹어. 나는 술 마실래.”

자기 잔부터 어서 채우라는 손짓이었다. 어? 나는 평소의 그녀답지 않은 태도에 적이 놀라면서도, 속으로는 은근한 기쁨에 겨워 단박에 막걸리 주전자를 치켜들었다. 그리고 우리는 달게 잔을 부딪쳤다.

창밖은 어느새 잿빛 어스름이 깔리고 있었다. 그 어중간한 낮과 밤의 중간색 속에서, 우리는 거푸 잔을 비워 냈다. 적당히 취기가 오르고 실내에 환히 불이 밝혀졌을 때, 두 뺨이 발그레 상기된 애봉이 이윽고 무슨 큰 결심이라도 한 듯 입을 열었다.

"이제부터 니가 여태껏 궁금해 하던 걸 솔직히 들려줄게. 너의 태옥이 누나, 아니, 그 잘난 큰오빠와 폐인처럼 돼 버린 작은오빠에 대해서."

"……?!"

"큰오빤 지금, 감옥에 들어가 있어."

"뭐, 뭐라구?"

나는 들었던 잔을 엉거주춤 도로 내려놓았다. 일시에 취기가 싹 가시는 기분이었다. 그 맘씨 따뜻한 밤의 신사, 능력 있고 수완 좋은 미남형의 의리의 사나이가 도대체 감옥엔 왜? 가볍게 실소를 베어 문 애봉이 계속한다.

"그 사람이 거기 들어가 있는 건 그렇게 놀랄 일이 아니야. 한두 번 되풀이돼 온 행사가 아니니까. 부산에선 꽤 알아주는 밀수 대장이거든. 처음엔 아주 잘나갔어. 오빠 둘이서 똘똘 뭉쳐 갖고 광복동 한복판에다 그럴 듯한 오퍼상도 번듯이 차려 놓고 말이지. 군사정부의 부산 쪽 배후 실력자와도 단단히 손잡고."

드문드문 실없이 웃어가면서, 애봉이 진솔하게 까발려 들려준 그동안의 자기네 가족사를 재구성하자면 대충 이러했다.

— 애봉이 큰오빠 박영균은 역시 통 큰 장사꾼이었다. 자갈치시장과 남포동 일대에서 심야에 빼돌린 군용 휘발유 밀매로 한 밑천 톡톡히 벌어들인 그는, 내가 부산을 떠나온 바로 그해 봄, 냄새나는 기름장사는 이제 신물이 난다면서 곧바로 소규모 무역업으로 전환했다. 물론 동생 박희균과의 동업 형태였는데, 부산이나 울산, 포항 일대의 조선소나 큰 기계공장에 정밀 부속품을 외국(주로 일본)에서 수입, 납품하는 데서 그 사업은 시작되었다. 사업은 날로 번창했다. 때마침 불어닥친 군사정부의 산업화 바람에 힘입어, 자연히 수입 품목도 문어발처럼 늘어나 회사는 더욱 급성장했다. 하지만 그 이면에는 알짜배기 장사가 따로 있었다. 보석이나 마약류의 고가품 밀수가 그것이었다.

하지만 호사다마라고, 기분 좋은 일에는 반드시 마魔가 끼는 법. 그렇게 일취월장으로 사업이 번창해 나가자, 그 어떤 업체도 자기 앞으로 등기해 본 적이 없던 동생은 뒤늦게 '죽도록 일만 도맡아하는 나는 대관절 뭐냐? 내가 당신의 종이냐?'고 형한테 대들고 나섰다. 먹을 것 많은 데 파리 끓는다고, 재산을 공평하게 분배해 달라는 볼썽사나운 내부 분란이 대뜸 벌어진 거였다. 엎친 데 덮친 격으로 몰래 반입해 들여온 마약 밀수 사건까지 감사납게 당국에 적발된 박영균은, 막강한 비호세력의 숨은 노력에도 아랑곳없이 곧장 영어의 신세가 되고 말았다. 일단 언론에 노출돼 버린 이상, 일정 기간 적당히 콩밥을 얻어먹지 않으면 안 된다는 거였다.

그 사이 동생 박희균은 위험한 알코올 중독으로 빠져 들어갔다. 형제가 서로 치고 박으면서, '이놈저놈!' 막보기로 싸웠는데도 결과물은 하나 달라지는 게 없자, 그는 날마다 밤마다 독한 술로 지새기 일쑤였다.

하지만 그가 그렇게 된 데에는 단순한 재산 나누기 문제 때문만은 결코 아니었다. 그 깊은 속내를 곰곰 곰파 보면, 거기에는 태옥이라는 한 여자가 뱀처럼 얌전히 똬리를 틀고 앉아 있었다. 형한테 빼앗긴 고결한 자기 여자였다. 남몰래 애태워 연모했던 그녀를 어느 날 느닷없이 '형수'라 불려야 하는 데서 오는 박탈감이나 치욕스런 모멸감은 정녕 죽기보다 더 싫은 노릇이었다. 그래서 그는 지체 없이 집을 나와 혼자서 따로 살았고, 그럴수록 형에게로 치솟는 분노나 김태옥에의 끝 모를 그리움은 병처럼 깊어질 수밖에 없었다.

그런데 이 무슨 얘꿎은 운명의 조홧속인가. 모처럼 남편을 찾아 면회 갔던 태옥은, 저보다 한발 먼저 와 있는 낯선 한 여자를 발견하고 그만 화석인 듯 그 자리에 굳어지고 말았다. 타고난 바람둥이 박영균은 그만큼 여기저기 숨겨 둔 여자가 많았던 것이다.

남편과 거의 한 세대를 뛰어넘을 만큼이나 나이차가 컸던 그녀는, 그 이후 실로 무서운 복수의 칼날을 갈기로 작정한다. 엉뚱하게도 다름 아닌 시동생과의 불장난이었다. 그녀 쪽에서도 일찍이 알 수 없는 죄책감과 그리움에 늘 시달려 왔던 터라, 두 남녀는 금세 마른 장작에 불붙듯 무서운 정염의 회오리에 빠져들고 말았다.

문제는 그 다음이었다. 이번에는 이런저런 속사정을 뻔히 알고 있던 노모가 시름시름 앓기 시작한 것이다. 악마구리 같은 아들자식들의 끝없는 반목과 피 터지는 불화에 이

골이 날 대로 난 그네는, 마침내 어린 맏며느리의 형벌 같은 시동생과의 불륜에 이르러선, 거의 넋이 다 나가 버린 모습으로 돌변했다. 안 그래도 가슴속이 늘 시커먼 숯검뎅이로 타있던 판국에 그런 해괴망측한 날벼락을 불시에 얻어맞았으니, 어미로서 어찌 실성하지(어찌 보면 심한 치매로 여겨지는데) 않을 수 있을 것인가. 거울 속의 당신 자신을 향해 '아이고, 안녕하신교. 무신 일로 날 찾아 왔능교?' 꾸벅꾸벅 인사해쌓더니, 시간이 더 흐르자 급기야는 '집으로 가자. 내 집으로 날 데려다 줘' 하면서 자꾸만 집 밖으로 나가려 떼를 쓰는 거였다. 멀쩡한 내 집을 놔두고 대체 어디로 가자느냐고 애봉이 울며 말리거나 현관문을 억지로 잠가 보기도 했지만, 당신의 지독한 기억력 상실은 이제 더 이상 어떻게 해볼 도리가 없을 지경이다.

"꼭 신파 같지? 아님 통속소설?"

애봉이가 쓰게 웃고 나서 앞에 놓인 술잔을 냉큼 입으로 가져갔다. 그리고 단숨에 그것을 비워낸 후 다시 계속했다.

"문제는 이 모든 사실이 현재진행형이라는 거야. 언제 어디로 튈지 모르는 불덩어리로. 그러니 내가 어찌 학교를 온전히 다닐 수 있겠어? 식구들한테 억지로 떠밀려 일단 여기까지 왔지만, 이번 학기만 마치고 그만둘 거야."

"그건 또 무슨 소리지? 말도 안 돼!"

"내가 내려가서 엄마를 지켜야 하니까. 엄마 모실 자식은 나밖에 없어."

"지금은 어디 계신대?"

"작은오빠한테. 가관이지. 한 사람은 참혹한 기억상실에, 또 한 사람은 지독한 알콜 중독에, 환자들끼리 서로 의지해 가면서. 불륜까지 얽혀가지고……"

"그럼, 태옥이 누나는, 어떻게?"

"살던 집에서 아직 멀쩡히 살구 있어. 아무 일도 없던 것처럼. 큰오빠가 나오면 뭔가 결판이 나겠지. 죽이 되든, 밥이 되든."

"정말 유구무언이구나. 내가 괜히 너한테 미안해진다."

그리고 나도 덩달아 목이 말라서 단숨에 벌컥벌컥 술을 들이켰다. 공허한 눈빛으로 나를 무연히 지켜보던 애봉이 다시 입을 열었다.

"너한테라도 다 털어놓고 나니까 속이 좀 후련하면서도 왠지 또 내가 싫어지네? 그러니 절대 동정이나 연민 같은 건 금물이야. 어차피 나쁜 피를 갖고 태어난 우리 집안을 비웃지도 말구. 알았지?"

"응, 그럴게."

"그럼 더 늦기 전에 일어날래. 역까지만 좀 바래다 줘."

"그래, 그러지."

나는 더 이상 아무 말도 할 수가 없었다.

그렇게 애봉이 훌쩍 서울로 올라가고 나자, 나는 한동안 가슴이 뻥 뚫린 기분으로 영 갈피를 잡을 수가 없었다. 우리는 물론 헤어지기 전 다음 주 토요일에 만날 약속 시간과 장소를 미리 정해 둔 터였지만, 그 일주일이라는 기간이 그렇게나 긴 줄은 예전에 미처 몰랐었다. 그리움이 깊어지면 하루가 여삼추如三秋라더니, 그 말이 정말 맞긴 맞는 모양이었다.

앉으나 서나, 눈을 감으나 눈을 뜨나, 세상은 온통 애봉이의 얼굴로 가득했다. 길을 걷거나 책을 읽거나, 눈앞에는 오직 그녀뿐이었다. 세계의 모든 문과 이미지가 그녀만을 향해 열려 있고, 내 모든 존재 의미와 가치관조차 오롯이 그녀와의 일체감으로 연결되었다. 내 하찮은 행동이나 생각의 부스러기조차도 거미줄 같은 그녀의 포충망에 사그리

갇혀 버리는 거였다. 밥알을 제대로 넘길 수 없었으며, 피곤에 지쳐 누운 잠마저 편안히 이룰 수가 없었다.

쇠사슬과도 같은 그 일주일이 지났을 때, 나는 열일 젖혀두고 서울로 내달렸다. 무교동에 있는 르네상스 음악감상실이었다. 올봄, 비로소 여대생이 된 애봉이가 서울에 온 나를 맨 처음 앞장서 데려다 준 우리의 비밀 아지트였다. 그전에는 순전히 서양의 고상한 클래식 음악만을 감상하며, 종일토록 긴 시간 보내는 전문 음악실이 있다는 사실조차도 까맣게 몰랐었다.

서둘러 그 앞에 도착해 놓고 보니, 애봉이와의 약속시간은 아직 한 시간도 더 넘게 남아 있었다. 그러나 나는 상관하지 않았다. 일부러 그리 넉넉한 여유를 부릴 심산으로 더 일찍 바잡아 상경했던 거니까.

그 건물의 꼭대기 층까지 일일이 계단을 밟아 올라 숨가빠 출입문을 밀치고 들어서자, 맞바람에 나를 압도하는 클래식 선율이 쾅쾅 울려 퍼져 나왔다. 베토벤의 운명교향곡. 금방에라도 사람의 심금을 죄다 찢어 놓을 것 같은 장중한 클라이맥스 부분이 한창 연주되는 중이었다. 문 안쪽으로 조심 발을 들여놓은 나는, 어두운 실내에 익숙해지려고 한

참이나 그대로 한 자리에 가만히 서 있어야 했다. 갑자기 어둠 속에 묻혀 버린 밝음이, 그 어둠의 빛과 정답게 화해하여 희끄무레 뒤섞일 때까지. 아직 이른 오후 시각이라서인지 사람들은 별로 많지 않았다. 듬성듬성 이가 빠진 자리들 중, 지난번에 애봉이와 함께 앉았던 오른쪽 뒷줄 그 언저리의 두 좌석은 다행스럽게도 나란히 비어 있었다. 나는 얼른 사람들 사이를 비집고 들어가 조용히 거기에 앉았다. 옆자리는 아직 텅 비어 있으나, 애봉이와 함께 나란히 앉아 음악 감상하는 모습을 상상하는 것만으로도, 내 가슴은 이미 쿵쾅거리는 희열로 넘쳐났다.

푹신한 등받이 의자에 반쯤 머리를 기대고 앉아, 나는 곧 너무나도 진지하고 조용한 실내 분위기 속으로 스르르 함몰돼 들어갔다. 일단 이곳에 들어오면 누구나 소곤소곤 속삭이는 잡담은커녕 일상의 숨소리조차 크게 내쉴 수 없었으며, 마치 무슨 엄숙한 제의祭儀라도 치르는 것처럼 저마다 아주 심각한 자세와 표정들을 짐짓 짓고 있게 마련이었다. 그들은 하나같이 세상의 모든 고뇌는 오롯이 저 혼자 짊어진 모습들이었다.

베토벤이 끝나자 곧 이어 차이콥스키의 '안단테 칸타빌

레'가 나왔다. 공교롭게도 내가 익숙하게 잘 아는 곡이었다. 아니, 나하고는 도저히 떼려야 뗄 수 없는 깊은 사연과 슬픈 사랑의 의미를 듬뿍 담고 있는 '과거 이야기'였다.

낯익은 그 선율이 감미롭게 흘러나오자마자 나는 반사적으로 꿈같은 한 여자를 떠올렸던 것인데, 다름 아닌 유강지 선생이었다. 목련꽃 흐드러지게 핀 그네의 하숙집에서, 나는 또 얼마나 상냥하게 말 잘 듣는 충복이었던가. 그이가 펼쳐 놓은 신록의 캔버스 앞에 반 벌거숭이로 즐거이 들어앉아, 살랑대는 소름과 재채기에 한껏 시달리면서도 겉으로는 전혀 안 그런 척 시치미를 뚝 뗀 채 마냥 행복해하던, 한 앳된 중학생 소년이 추억의 슬로우 모션으로 지나갔다.

지금쯤 어디서, 어떻게 살고 계실까.

그때의 그 군인 아저씨와는 별 탈 없이 결합하셨겠지? 그 사람이 그이의 첫사랑이라고 했는데, 그렇다면 내 진정한 첫사랑은 과연 선생님일까, 애봉이일까? 애봉이한테는 지금껏 한 번도 유강지 선생에 대한 얘기를 실토한 적이 없는데, 그건 혹시 그 당시의 내 저의나 본심을 비밀스럽게 간직하거나, 오래도록 혼자 깊숙이 숨기고 싶은 데서 비롯된 건 아닐까?

나는 속으로 자문자답하면서, 우수 어린 슬픔으로 잔잔히 흐르는 아름다운 멜로디에 흠뻑 빠져들어 갔다. 새삼 유강지 선생이 보고 싶었다. 어느 일요일 날, 그이의 하숙집을 맨 처음 방문했을 때의 그 어리어리했던 정경도 바로 어제 일처럼 생생히 되살아났다.

내가 문밖에서 두리번거리며 서 있는 것도 모르고, 그이는 축음기에서 흘러나오는 이 곡에 맞춰 스스로 심취해 지휘까지 해가며, 몰아의 경지에 흠뻑 빠져 있었지. 아, 그러고 나선 또 서양의 고전음악에 전혀 문외한이었던 나에게 이런저런 상식을 친절히 설명해 주었다.

그러나 그 자세한 내용은 지금 잘 기억나지 않는 대신, 이 한마디만은 보석처럼 아직도 선명히 내 가슴에 남아 있다.

느린 빠르기로 노래하듯이!

안단테 칸타빌레는 그런 뜻이야, 하고 덧붙인 그이는 다시 이렇게 보충 설명했다.

느린 빠르기, 표현이 참 재밌잖니? 한없이 느리면서도 빠른 우리네 인생을, 그 슬픔과 고난의 무게를 액면 그대로 전달해 주는 것 같아서, 나는 이 음악을 아편처럼 좋아해.

그 아편 같은 '안단테 칸타빌레'가 음악 교과서에서 흔히 쓰이는 평범한 음악 용어라는 건 한참 나중에야 알았다. 그게 어떤 악곡의 제목으로 사용될 수도 있는 경우가 그리 흔치 않다든가, '안단테'의 뜻이 또 '천천히'와 '보통 걸음걸이 정도로'와 같은 넓은 의미를 두루 함의하고 있다는 사실까지도.

그런데 왜 유강지 선생은 유독 '느린 빠르기로'라고만 단정해 내게 설명해 주었던 것인지. 뭔가 서로 상충되는 것 같으면서도 또한 절묘하게 잘 어울리는 이 이중 구조의 어휘를 통해, 그이는 허무하고도 속절없는 우리네 인생의 참 의미를 어린 나에게 일찌감치 가르쳐 주고 싶었던 건지도 모른다.

아무튼 나는 그이로부터 배운 것이 너무나도 많았다. 음악은 문학이나 미술을 포함한 모든 예술 직감의 원동력이라는 것도 그이한테서 배웠고, 음악은 단순히 바깥 현상만을 표현하는 게 아니라 현상의 본체, 요컨대 그 현상의 내면에 고여 있는 본질을 표현하는 예술이라는 사실도 그이한테서 배웠다. 달빛 어린 호수의 물결 사이로 아름다운 슬픔을 끝없이 퍼 나르는 차이콥스키의 '비창'은 물론, 판타지의 빗방울이 물먹은 유리창을 마구 때리고 할퀴는 것 같은 베토벤의 '월광 소나타'라든지 쇼팽의 '즉흥 환상곡', 스메타나의 '몰다우 강'이나 사라사테의 '지고네르바이젠' 같은 생면부지의 명곡도 그이와 함께 듣고 배웠으며, 그런 다음에 오는 사랑의 기쁨이 또 얼마나 큰 상처의 고통을 불러일으키는지도 유강지 선생은 아주 착실히 나에게 가르쳐 주었다.

지그시 두 눈을 감고 그렇듯 감미로운 옛 추억에 빠져든 지 얼마나 지났을까, 숨 가삐 달려온 애봉이가 용케도 어둠 속의 내 무릎을 툭 치며 들어온다.

많이 기다렸어?

그녀는 잘 보이지 않는 눈으로 내게 물었고, 나는 반갑게 그녀의 손을 맞잡았다. 그리고 우리는 같은 방향으로 나란히 앉아, 음악의 한바다로 나아가는 흰 배에 엄숙하고도 장중한 돛을 올렸다. 느린 빠르기로 노래하듯이, 안단테 칸타빌레가 다시 흘러 나왔다. 보통의 걸음걸이로 천천히 시작된 '시인과 농부'는 돌연 폭풍과도 같은 격정으로 치닫다가, 다시금 밀레의 만종 같은 전원풍으로 여리게 바뀌면서 소박한 황홀경으로 끝났다. 또 다시 '지고네르바이젠'이 흐르고, 체코 남쪽의 '몰다우 강'도 애잔한 달빛 속으로 유유히 흘러갔다.

그 클래식 음악들의 긴 여운을 그대로 이끈 채 우리가 감상실을 나왔을 땐, 거리는 어느새 땅거미 진 노을에 발그레 젖어 있었다. 둘은 끌리듯 무교동 낙지골목을 찾아들었다. 입 안이 얼얼하도록 매운 낙지볶음을 앞에 두고 애봉이 말했다.

"음악은 확실히 모든 예술의 기본이라는 생각이 들어. 문학은 물론, 미술이나 무용, 연극 할 것 없이."

"어디 예술뿐인가. 생활 그 자체지, 뭐.

"그러니까 자기도 시를 쓸 때 절대 이 음악성을 잃지 말라구."

"예전에도 누군가가 그런 말을 해 준 적이 있어서 충분히 알아듣지. 근데, 왜 그래야 되는지는 조금 더 듣고 싶은데?"

"왜냐면, 그건 인간의 마음을 움직이는 예술로서의 힘을 확실하게 발휘하기 때문이지. 우리의 일상 속에도 이 음악이 얼마나 깊숙이 스며들어 있는데! 놀고 춤추고 노래하는 오락으로서만이 아니라, 어떤 의례적인 행사나 운동회, 노동, 심지어는 미사 의식에서조차 음악이란 게 없으면 도무지 진행이 안 되잖아. 그래서 난 성당에서 기도를 올릴 적에도, 장엄한 성가대 합창 소리 때문에 여기 와 있는 게 아닌가 착각할 경우가 흔하다니까. 모든 음악은 그만큼 하늘의 조화를 그대로 반영하고 있어."

"플라톤을 비롯한 여러 철학자들도 그런 말을 했더군. 저 드넓은 천체 구조의 움직임을 모방한 게 음악이라구. 아인슈타인의 상대성 이론도 바로 이 음악적 영감에서 비롯되었다지, 아마?"

"그래, 나도 어디선가 보았던 얘기야. 특히 별들의 움직임에다 음악을 비유한 게 참 흥미로웠는데, 투명한 가을밤 하늘에 떠 있는 별들은 정말로 오묘한 음악 소리를 낸다는 거야. 그 광활한 우주의 리듬을 단순하게, 계속 반복하는 게 다름 아닌 음악이라구 말이지. 음, 어두운 밤하늘의 별은 또 어떻게 해서 빛을 내뿜는지 알아?"

"묻는 것도 많네. 글쎄?"

"수소를 이용해서 스스로를 불태우기 때문이야. 그걸 보면 결국 장렬한 자기 연소 없이는 그 어떤 아름다운 빛도 남에게 보여줄 수 없다는 뜻이 아니겠어?"

"우리 화제가 너무 고상해서 머리 깨지겠다. 자, 이거나 들자."

그리고 우린 다시 가볍게 막걸리 잔을 부딪쳤다. 애봉이는 그 잔을 두어 모금 홀짝이고는 이내 식탁에 내려놓았지만, 나는 기갈이라도 들린 듯 벌컥벌컥 단숨에 들이켰다.

음악과 매운 낙지볶음은 그렇게 우리의 일상 속으로 깊숙이 스며들어 왔다. 아슬아슬한 애봉이의 대학 생활이 1학년 1학기를 어렵사리 끝마칠 때까지.

나는 애가 탔다. 불현듯 애봉이한테서 소식이 뚝 끊어졌기 때문이었다.

르네상스에서 만나기로 한 다음 약속을 그녀는 지키지 않았으며, 청파동에 있는 그녀의 하숙집으로 보낸 여러 통의 편지에도 일체 답장이 없었다. 그 주소지대로 뙤약볕 뚫고 직접 찾아가 보기도 했지만, 그마저 아무런 소용이 없었다. 그 어디에도 그녀는 '없다'는 거였다.

도대체 어떻게 된 거야? 절대 이럴 수는 없는데, 이런 식으로 아무 말 없이 연락을 끊거나 증발해 버릴 친구가 결코 아닌데!

나는 세게 도리질을 쳤다. 정녕 믿을 수 없고, 참담한 내 현실로 받아들일 수가 없었다.

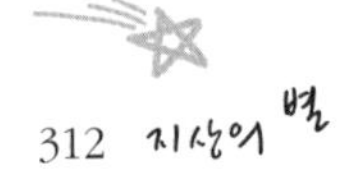

처음엔 물론 그녀의 다짐마따나 치매에 걸린 자기 어머니를 보호하고 지켜드리기 위해 일시 휴학에 들어간 줄로 미루어 짐작했다. 그러나 애봉이는 결코 부산 본가에도 내려가 있지 않은 것 같았다.

생각할수록 섭섭하고, 괘씸하고, 분노가 치밀었다. 그러다가도 문득 어떤 피치 못할 사정에 따라 나한테 아무 연락도 취할 수 없는 절박한 상황에 놓여 있기 때문이라는 결론에 이르면, 나는 또 안절부절 몸 둘 바를 몰랐다. 나는 다시 쉽게 잠들지 못했으며, 밥도 제대로 삼킬 수가 없었다. 눈을 감으나 눈을 뜨나, 책을 읽으나 길을 걸어도, 보이는 건 오직 애봉이뿐이었다.

나는 마침내 벼르던 부산행을 감행했다.

그동안 까맣게 잊고 지냈던 그 땅을 다시 밟자니까, 열다섯 살짜리 가출소년이 치러냈던 당시의 그 아련한 내상의 아픔이 고스란히 되살아났다. 시간상으로는 불과 5년밖에 지나지 않았을 뿐인데도, 아주 까마득한 옛날처럼 여겨졌다.

먼저 자갈치시장부터 찾았다. 낯익은 그 거리의 주유소 골목으로 접어들자, 괜스레 콧날이 시큰해졌다. 눈물까지

펑 돌려 했지만, 나는 곧 내가 이곳에 온 목적을 새삼스레 상기해 내고 그런 어린애 같은 감상感傷을 싹 지워 없앴다.

그런데 문제는 '아바이식당' 간판이 그만 온데간데 없어졌다는 사실이었다. 식당 영업은 그대로 계속하고 있었으나, 그 간판이나 주인은 내가 그토록 애타게 그리던 대상이 아니었다. 내가 전혀 모르는 생소한 이름으로 다 바뀌어 있었다. 새로 바뀐 식당주인은, 이곳을 처분하고 다른 데로 이사 간 전 주인의 신상에 대해서도 아는 게 아무 것도 없었다.

아득한 절망감에 잠시 주저앉았던 나는, 이내 자리를 차고 일어나 남미주유소로 찾아들었다. 그곳이라면 분명 내가 궁금한 여러 정보들을 용케 움켜쥐고 있을 것 같아서였다. 내 예감은 크게 벗어나지 않았다. 천만다행으로 당시의 '왔구나아저씨'가 아직껏 팔팔하게 그 기름때 전 일터를 꿋꿋이 지키고 있었던 것이다.

"아니. 이게 누구야? 이게 누구야?"

잠시 어리벙벙한 혼란 속에 잠겨 있던 그의 두 눈이 화들짝 놀라 깨어났다. 5년 전의 그 어리눅은 소년이, 이리 의젓한 청년으로 돌변해 불쑥 자신을 찾아오리라고는 꿈에도 생각지 않은 모양이었다.

허허 참, 살다 보니 이렇게 또 만날 날도 있네, 하면서 몇 번을 더 공소한 감탄사에 휩싸여 있던 그이는, 곧이어 옛날의 아바이식당으로 나를 끌고 들어갔다. 마침 점심때가 가까워 오는 시각이어서 예기치 않았던 손님에게의 가벼운 식사 대접을 염두에 둔 품새였지만, 그보다도 뭔가 나한테 어떤 긴절한 이야기를 들려주고 싶어 하는 욕구가 더 강해 보였다. 내 쪽에서 보자면, 꿩 먹고 알까지 먹는 행운이었다.

"지금도 여전히 거기 계실까, 긴가민가하면서 둘러보았던 건데……"

"정말 꿈만 같다, 이거제? 맞다, 인생 자체가 꿈 아니가. 니, 뭐 묵을래?"

"아닙니다. 오늘은 제가 대접해 드리고 싶습니다."

"일마가 무신 소릴 하노? 허, 내 입 좀 봐라. 다 큰 청년한테 일마라니? 예전 버릇이 그대로 남아 있어서…… 암튼 뭐 묵으까?"

수선스러운 아저씨의 성품마저도 영락없이 예전 그대로여서, 나는 다시 한 번 반가움의 감정을 혼자 깨물었다. 평소에도 급한 성격이었던 그이는, 이제 더 이상 내게 묻지 않고 해장국 두 그릇을 서둘러 주문했다. 그리고는 이건 아무래도 예의가 아니다 싶었던지, 거기에 제육볶음과 소주 한 병까지 더 추가했다. 사람 좋은 그이의 주문이 끝나기 바쁘게 나는 기다렸다는 듯 입을 열었다.

"여기, 아바이 아주미닌 언제 어디로 이사 가신 거예요?"

"응, 그 양반? 진즉에, 하나밖에 없는 고명딸 시집보내고 나서 바로 고만뒀제. 만사휴의라면서. 어디 가 사는 지는 내도 모르지만서도, 지금 아마 그 양반도 사는 기 지옥이기는 마찬가질 거라."

"지옥요? 그건 또 무슨 말씀이죠?"

"아, 니 분소장네 집안 풍비박산된 거 모르나? 난 그 일들이 걱정되고 궁금해서 부러 여기 내려온 줄 알았다."

"무슨 말씀이신지, 저는 통……"

"그래?"

왔구나아저씨는 그제서야 내가 아무것도 모르고 있다는 걸 간파해 내고선 잠시 착잡한 표정으로 머뭇대다가,

"거, 참…… 참말로 기막힌 사건이 벌어졌제. 여기, 부산 바닥이 다 발칵 뒤집혔다 아이가!"

스스럼없이 까발려 내뱉었다. 내가 채운 소주잔을 벌컥

비우고 난 그이는 계속해서 나머지 이야기들을 조곤조곤 들려주었거니와, 그 내용은 실로 충격 어린 슬픔과 경악 그 자체였다. 그것을 요약하자면 대충 다음과 같았다.

— 지난 초여름 어느 날 밤, 감옥에 들어가 있는 박영균의 영도 본가에 의문의 화재가 발생했다. 깊은 새벽에 일어난 큰불이라 긴급 출동한 소방서에서도 어떻게 손쓸 겨를조차 없이 집이 전소해 버렸는데, 문제는 그 안에 든 두 여자가 함께 처참히 불에 타 죽었다는 사실이었다. 바로 중증 치매에 걸린 박영균의 노모와 그의 아내 김태옥이었다.

화재의 원인을 집중 조사하던 경찰 쪽에서는 곧 누군가의 고의 방화에 따른 사건이라고 단정했다. 처음엔 노모의 치매에 의한 실화 가능성에 무게를 두었으나, 새까맣게 탄 미모의 아내 사체를 정밀 부검해 본 결과, 심하게 목이 졸린 것으로 판명이 났기 때문.

수사 당국에서는 자연 이상한 혼선을 빚지 않을 수 없었다. 평소 고부간의 갈등이 많았던 김태옥이 시어머니를 방에 가둔 채 불 지른 다음 목을 매 자살한 게 아닌가? 아니면 외부에서 침입한 살인 전력의 강도나, 어떤 치정에 얽힌 면식범이 김태옥을 목 졸라 죽인 후 단순 화재 사건으로 위장,

은폐시키고자 불 지르고 도주한 건 아닌가? 그도 아니라면 도대체 누가 왜 이런 끔찍한 살인, 방화를 저질렀단 말인가?

이렇듯 그 미스터리의 단서조차 파악하지 못해 전전긍긍하던 수사진 앞에, 어느 날 문득 한 사내가 나타났다. 불난 집의 둘째 아들 박희균이었다. 이미 알코올 중독을 넘어선 정신분열 증상에까지 깊숙이 다다른 그가, 돌연 놀라운 양심 고백을 하고 나선 거였다. 두 여자를 죽인 건 바로 나라고. 내가 두 여자를 죽이고 집에 불 질렀다고. 그네들을 너무 미치도록 사랑했기 때문에 마침내 그렇게밖에 할 수 없었다고 실토한 거였다.

이 무슨 해괴한 망발이냐며 경찰은 반신반의했지만, 시간이 흐를수록 그것은 기정사실로 굳어졌다. 박희균의 정밀 정신감정 결과 역시 당장에 포박해서 강제 입원시키지 않으면 안 될 정도의 중증 정신병 환자였다.

"그게 정말이에요? 정말 그럴 수도 있나요?"

나는 도저히 믿어지지가 않아서 몇 번이나 도리질을 쳤다. 꿈만 같았다. 몽롱한 비현실의 충격에서 쉬 벗어나오지 못하는 나에게 왔구나아저씨는 말했다.

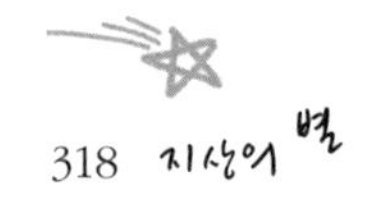

"우리 사는 인생이라는 게 다 그런 거 아니가. 한 치 앞도 내다볼 수 없는 세상사, 정말 아무도 모르는 기라."

"그럼, 그 작은형이 입원한 병원은요?"

"와, 면회라도 갈라꼬? 하지만 어림없다. 정신 나간 사람이 자네를 알아볼 리도 없고, 지키는 경찰이 그런 거 안 시켜준다."

"그럼, 혹시, 그 집 막내딸은, 어떻게 됐는지 아셔요?"

나는 아주 조심스럽게, 말까지 더듬어가며 애봉이의 안부를 슬쩍 떠 보았다. 그런 황망한 와중에도 내가 가장 궁금한 것은 여전히 행방이 묘연한 그녀의 소재 탐색일 수밖에 없었기에.

애초에 기대하지 않았던 대로, 그이는 그것만은 자신도 알 수 없다고 대답했다. 그리고 덧붙였다.

"그 딸인들 지옥이 아니겠나. 우짜든지 어디서든 꿋꿋하게 버텨내야 할 텐데, 참 안 됐다."

"암튼, 여러 가지로 고맙습니다."

그리고 나도 내 몫의 소주잔을 거푸 비워 낸 다음, 일과 시간에 쫓기는 왔구나아저씨를 따라 엉거주춤 자리를 털고 일어섰다.

붐비는 인파로 넘쳐나는 자갈치시장 골목은, 한여름의 불볕더위로 어느새 지열이 후끈 달아올라 있었다. 그 염열 지옥 같은 거리를 나는 걷고 또 걸었다. 어디로 가고 있는지는 나도 몰랐다. 저 푸른 날 한때 시린 몽환처럼 몸담았던 그 시간과 공간들이 그렇게나 낯설게 여겨질 수가 없었다. 애봉이와 함께 나란히 붙어 서서 다가오는 서로의 미래를 이야기했던 부둣가에도 가 보았지만, 그녀가 없는 그 자리는 이미 나에게 아무런 의미가 없었다.

그날 밤, 서울로 달리는 야간열차 안에서 나는 문득 히스클리프를 만났다. 『폭풍의 언덕』에 나오는 반미치광이의 격정 어린 남자 주인공.

온갖 잡념과 번뇌, 망상이 꼬리를 물고 지나가는 창밖으로 멍하니 시선을 던지고 있자니까, 어둠 속을 뚫고 달리는 그 차창에 그림자처럼 어리는 한 얼굴이 있었다. 박희균이었다. 깊고 음산하게 일그러진 그의 두 눈이 나를 이윽히 쏘아보다가, 마침내 사랑하는 자기 여자의 목을 잔혹하게 조르는 장면으로 바뀌어 흘렀다. 그리고 언젠가 책에서 읽었던 히스클리프라는 사내가 그 위에 유령처럼 겹쳐 떠올랐다. 복수의 화신 히스클리프가 다름 아닌 박희균이었던 것이다.

작품 속의 그는 죽은 제 여자에게 말한다.

언제나 나와 함께 있어 줘. 어떤 형체로든지, 차라리 나를 미치게 해 줘! 당신을 볼 수 없는 이 지옥 같은 세상에 나를 내버리지만 말아 줘!

폭풍처럼 사랑했던 캐서린이 죽자, 그는 그녀의 유령이라도 만나 보고자 캐서린이 머물렀던 방을 미친 듯 서성이고, 심지어 무덤까지 파헤치며 울부짖는 것이다. 그 처절한 광기 앞에서 나는 차라리 '사랑은 곧 고통'이라는 등식을 아주 쉽게 얻어낼 수가 있었다. 그 참혹한 복수가 얽혀드는 격정, 워더링 하이츠를 둘러싼 그 음산한 분위기의 야만스런 애증과 분노는, 바로 내 안에도 착실히 똬리 틀어 도사리고 있는 인간 본능이 아니고 또 무엇이랴. 그러므로 이 작품은 분명, 선악이 한데 어울려 몸부림치는 인간 실존의 세계를 무척이나 강렬한 필치로 그려 낸 명작이었다.

— 서머셋 모음은 '세계의 10대 소설'로 이를 당당히 선정했거니와, 나의 문학에 가장 큰 영향력을 끼친 작품 중의 하나로도 꼽힌다. 젊은 날의 나는 또 다름 아닌 모음의 〈달

과 6펜스〉에서 매우 큰 영감을 얻고 감동받은 바 있는데, 특히 빈틈없는 구성과 흡입력 강하고 흥미진진한 이야기의 얼개, 명쾌하고도 간결한 문장이 고루 돋보이는 이 작품을 통해서 나는 참 많은 것을 배우며 익혔다고 보아야 한다. 당시 주인공 나라의 가장 작은 화폐단위였던 '6펜스'에서는 속물들로 가득 찬 지상의 추악함을, 우리의 손이 가닿을 수 없는 저 높은 밤하늘의 '달'에서는 눈물나는 꿈과 이상의 세계를, 이 두 축의 상반된 관념과 가치관을 서로 대비시켜 적나라하게 상징했거니와, 나는 지금도 여전히 허섭스레기 같은 온갖 허위와 욕망에 목말라 하는 그 속물 의식을 가장 경계하고 싫어하는 편이다.

차창에 어리는 그림자 얼굴은 다시 내 자신으로 돌아왔다. 왠지 낯설었다. 생전 처음 마주하는 남 같은 설면한 얼굴이 아주 쓸쓸하고 지친 표정으로 나를 바라본다. 그리고 그는 스스로 자문자답한다.

정말 신神은 있는가? 그래, 만약 신이 존재한다면 나는 진정 그 신이 되고 싶지가 않다. 왜냐하면 세상의 그침 없는 절망과 슬픔이 결국 내 가슴까지 갈기갈기 찢어놓고 말 테니까!

그렇게 회의하며 성내는 내 얼굴 위로 자연스럽게 겹쳐 떠오르는 또 다른 얼굴 하나. 애봉이었다. 그녀의 눈물 흐르는 소리, 고통의 신음이 귓가에 쟁쟁하였다. 아, 너는 지금 황량한 세상 어디를 별처럼 홀로 헤매고 있느냐? 살았는가, 죽었는가. 만약 너마저 저주받은 저 세상의 별로 사라졌다면, 나는 과연 앞으로 어떻게 제대로 숨 쉬며 버텨갈 수 있을 것이냐!

어디 한번 속 시원히 대답 좀 해봐.

나는 차창에 어리는 애봉이를 향해 속으로 울부짖었다.

사랑은 공유하는 거라고 했잖아. 빛과 공기는 물론, 그 모든 기쁨과 슬픔까지도 함께 나눠 갖는 거라고 했잖아!

철그덕철그덕, 밤열차는 아무런 대답 없이 칠흑 같은 어둠 속을 달려 나갔다. 너와 나의 생사 따위는 아무런 상관도 없다는 듯이, 오직 빛 부시게 동터 오는 저 미지의 새벽을 향해서.

그리고 그해 가을, 나는 한 통의 짧은 편지를 받았다.

어느 수녀원에서 애봉이가 써 보낸 거였는데, '너도 좁은 문으로 들어가기를 힘쓰라'는 내용이었다. 〈*〉